태연한 인생

태연한 인생

초판 1쇄 발행 • 2012년 6월 11일
초판 2쇄 발행 • 2012년 6월 15일

지은이/은희경
펴낸이/강일우
책임편집/이상술
펴낸곳/(주)창비
등록/1986년 8월 5일 제85호
주소/413-120 경기도 파주시 회동길 184
전화/031-955-3333
팩시밀리/영업 031-955-3399 · 편집 031-955-3400
홈페이지/www.changbi.com
전자우편/literat@changbi.com
인쇄/우진테크

ⓒ 은희경 2012
ISBN 978-89-364-3392-5 03810

태연한 인생

은희경 장편소설

창비

차 례

1부

이야기의 세계

류의 서사

　아주 오래전 어느 봄날 류의 아버지는 세상에서 가장 아름다운 여인을 보았다.

　그녀는 공중전화부스의 유리에 기댄 채 통화를 하고 있었다. 가냘픈 몸매에 물방울무늬가 들어간 연녹색 원피스와 흰 스웨터 차림이었다. 한 손으로 전화기를 귀에 대고 고개를 비스듬히 기울인 그녀의 얼굴은 희고 투명했다. 옆구리에는 책과 노트를 끼고 있었다. 속눈썹이 긴 그녀의 눈은 꿈꾸듯 먼 허공을 보았고 입술은 장미꽃잎처럼 윤기가 흘렀다. 상아로 깎은 듯한 턱이 살짝 위로 들려서 목선을 한층 우아하게 만들어주었다. 두 뺨은 복숭앗빛으로 물들어 있었는데 말을 할 때마다 그 위로 검은 단발머리가 조금씩 출렁거렸다. 류의 아버지는 그 눈빛과 뺨과 입술의 움직임에서 눈을 뗄 수가 없었다. 상대의 말을 들을 때 그녀는 밤색 구두의 앞부리를 들고 굽으로 바닥을 가볍게 톡톡 쳤다. 숙인 얼굴 위로 머리카락이 흘러내리면서 뒷목의 작고 둥근 뼈가 드러났다. 갑자기 그녀의 동작이 멈췄다. 다음 순간 그녀의 표정이 굳고, 그런 다음 조용히 웃음을 지었을 때, 그리고 그녀의 얼굴 가득 그 웃음이 퍼져나가면서 마치 봄 햇살이 비쳐든 듯 갑자기 전화부스 안이 환해졌을 때, 엄청난 볼티지의 전율이 류의 아버지의 심장을 강타했다. 그녀로부터 흘러나온 그 강력한 빛은 순식간에 류의 아버지가 서 있는 곳까지 뻗어와서 그의 두 발목을 꽉 붙잡았다.

그곳은 대학교 앞의 버스정류장이었다. 류의 아버지는 물론 자기의 집 방향과 상관없이 그녀가 타는 버스에 뒤따라 탔다. 그날이 류의 부모가 처음 만난 날이었다.

두 사람은 같은 대학에 다니고 있었다. 아버지는 졸업반인 어머니보다 한 학년 아래였다. 그것은 별로 문제가 되지 않았다. 문제라면 어머니에게 애인이 있다는 점이었다. 어머니는 마음을 쉽게 바꾸지 않는 순정파였다. 그것은 오히려 류의 아버지가 사로잡힌 맹렬한 불꽃에 산소가 포화된 바람을 불어넣었다. 아버지의 갈망은 산불처럼 타올랐다. 즉각 자신의 모든 낭만적 기질과 무분별한 행동력을 총동원한 끈질긴 구애가 시작되었다. 어머니를 뒤따라다니는 아버지의 모습을 전교생이 목격할 수 있었는데 그때마다 아버지는 술 취한 사람처럼 웃고 비틀거렸다. 몽유병자처럼 홀려 있었고 장님처럼 맹목이었다. 결과는 만족스러운 것이었다. 류의 어머니는 물론 어머니의 부모에게도 받아들여져서 약혼을 하기에 이르렸다. 그러나 류의 어머니가 졸업을 하고 외국계 회사의 비서로 채용된 다음 해까지도 아버지는 취직을 하지 못했다. 집안의 도움을 받을 처지도 아니었다. 류의 어머니는 두 사람이 함께 유학을 갈 수 있도록 끈질기게 부모를 설득했고 마침내는 허락을 받았다. 결혼식을 올린 며칠 뒤 난생처음 타보는 비행기 창을 통해 발밑의 구름을 내려다보는 순간에는 인생의 절정에 오른 기분이었다. 그들은 가난한 유학생 부부가 될 서로의 앞날을 축복하고 격려했으며 사랑의 성취에 도취했다. 아이가 태어나면 이름을 류라고 짓기로 한 것도 그때였다. 그리고 거기까지가 류의 부모에게 허락된 사랑의 서정시대였다. 그 이후 많은 것이 달라졌다.

훗날 류는 어머니에게 왜 자신의 이름을 그렇게 지었는지 물었다. 어머니는 비행기 안에서 지었는데 흐름이란 뜻이지 뭐겠느냐고 대답했다. 비행기를 뜨게 만드는 공기의 흐름과 힘의 관계에 대해서도 알려주었다. 위쪽의 흐름이 빠르면 날개가 가벼워지고 아래쪽의 힘이 그걸 들어올리는 거야. 어린 류가 잘 알아듣지 못하자 이렇게 말했다. 빨리 흘러가는 것들은 가벼워져. 류, 날고 싶으면 빨라져야 해. 온 힘을 다해서 달리면 어느 순간 날아오르지. 그때부터는 어디든 갈 수 있어. 하지만 멈추면 그대로 떨어져버리는 거야. 그 무렵쯤에 어머니는 이미 인생에 대해 씨니컬해져 있었다. 그리고 류가 기억하는 한 언제나 조금쯤 단정적이었다.

아버지의 대답은 달랐다. 「울지 마라, 류」라는 오페라 아리아의 제목에서 따왔다는 거였다. 류는 생애 한번밖에 없었던 어느 아름

다운 봄날 단 한번의 미소만으로 왕자를 사랑하게 된 노예의 이름
이었다. 왕자는 얼음 같은 이국의 공주에게 반해서 위험 속으로 뛰
어들려 하고 있었다. 왕자를 만류하지 못한 류는 결국 스스로 제
가슴에 칼을 꽂아 사랑하는 사람을 구한다. 류의 헌신적 사랑에 마
음이 움직인 이국의 공주는 마침내 왕자를 받아들인다. 류는 사랑
하는 남자가 다른 여자와 맺어지도록 자신의 목숨을 선물했다. 아
버지는 왜 그처럼 비극적인 운명을 지닌 노예의 이름을 딸에게 붙
인 것일까. 운명이라는 극적 정서에 쉽게 공감하기 때문이었을까.

어머니와 아버지 중 누구의 말이 사실인지는 중요하지 않았다.
어쩌면 둘 다 부분적으로는 사실일 것이다. 누구나 지나간 일은 자
기 식대로 편집해서 기억한다. 제각기 근거가 있고 심지어 또다른
자기 버전으로 편집을 하는 증인까지도 등장하기 십상이다. 어쨌
든 류에게는 자기 이름의 연원에 대한 어머니와 아버지의 각기 다
른 설명이 두개의 이미지로 다가왔다. 비행기와 오페라. 하나가 막
막한 허공에서 균형을 잡으려 애쓰는 회색 두랄루민 날개였다면
다른 하나는 죽음을 부르는 눈물 젖은 오페라 아리아였다. 어머니
가 가르쳐준 것이 과학자나 철학자 들이 밝혀내려고 했던 세상의
정돈된 이치였다면 아버지 쪽은 매혹이었다고 할 수 있다. 그리고
매혹은 아버지의 기질이 그렇듯 태생적으로 무책임하고 이기적이
었다.

가난한 유학생 부부에게 이국생활은 얇은 강보에 싸인 아기의
첫 겨울 같은 것이었다. 고통스러운 한해가 지나자 어머니는 어머

니의 집에서 부쳐오는 돈으로 두 사람이 함께 공부하는 건 불가능하다는 결론에 이르렀다. 자기 쪽의 공부가 훨씬 빠르고 성적도 우수했지만 어머니는 아버지가 먼저 공부하는 쪽을 택했다. 자신은 돈을 벌기로 했다. 아버지가 도서관에 가 있는 동안 어머니는 한국인 가게에서 음식을 나르고 물건을 팔고 옷 수선을 했다. 자신과 관계된 지출은 줄일 수 있는 데까지 줄였는데도 생활은 늘 쪼들렸다. 다행히 조건이 좋은 일자리를 찾아냈는데 그것은 교외에 있는 저택의 입주 가정부였다. 유복한 가정에서 자란 어머니는 품위있는 생활방식을 알고 있었으므로 채용은 어렵지 않았다. 주말은 프리였다. 일주일 뒤 어머니는 옷 몇가지와 신분증과 결혼사진이 든 가방을 들고 낯선 외국인의 집으로 떠났다. 그렇게 해서 자신이 알던 사회와 누려왔던 신분, 그리고 아버지로부터 완전히 고립되었고 그 까다로운 노부부의 집에서 벗어날 날을 고대하며 과외수당을 더 받을 수 있도록 열심히 일했다.

걸핏하면 시동이 꺼지는 중고차를 두시간씩 몰아 아버지는 주말마다 어머니를 데리러 왔다. 매번 어머니는 물자가 넘치는 주인집에서 버리고 남는 것들이 담긴 커다란 보퉁이를 준비해두고 있었다. 아버지는 그것을 먼저 트렁크에 실은 다음 어머니를 조수석에 태웠다. 어머니의 우려와 달리 그녀가 가져가는 돈과 보퉁이 덕분에 아버지의 얼굴은 점점 화색이 돌았다. 거기 비하면 어머니는 갈수록 지치고 초조한 기색이 역력했다. 남의 표정을 살피는 버릇도 생겨났다. 시간이 지나면서 아버지는 2주에 한번씩 오기 시작했다.

3주에 한번, 언제부터인가 한달에 한번씩 왔고 그리고 마침내 한달하고 2주가 지났는데도 오지 않는 날이 닥쳐왔다.

맑은 여름날이었다. 류의 어머니는 그날의 강렬한 햇살과 더운 바람을 또렷이 기억했다. 주인 부부는 친척집으로 외출했고 아침 일찍 청소를 마친 커다란 저택 안은 서늘한 정적뿐이었다. 어머니는 야무지게 매듭이 묶인 커다란 보퉁이와 함께 부엌 창가의 의자에 앉아 있었다. 숲 사이로 난 기다란 드라이브웨이로 들어오는 차를 이분 정도 볼 수 있는 그 자리에 네시간째 앉아 있는 중이었다. 잘 손질된 정원에는 꽃들이 키와 색깔을 맞춰 피었고 결을 살려 꼼꼼하게 깎은 드넓은 앞마당의 잔디는 초록색으로 반짝반짝 빛났다. 햇빛이 강렬한 날이었다. 잔디밭에 떨어진 커다란 삼나무 그림자가 마치 검은색 레이스 탁자보를 펼친 것처럼 섬세하고 화려했다. 오후가 되면서 그림자는 모양과 색깔이 조금씩 변해갔으며 바람이 나뭇가지를 흔들 때마다 순차적으로 부드럽게 물결쳤다. 잔디밭에 빛이 사선으로 들기 시작했다. 한때의 찬란함은 조금씩 기울어가고 있었다. 류의 어머니는 오랜 시간 그 모든 것들을 물끄러미 바라보았다. 시간의 흐름과 길어지는 그림자 속에서 어머니가 또 한가지 본 것은 자기 인생의 퇴락이었다.

아버지는 자동차를 수리해야 했다며 다음날 정오 무렵에 왔다. 얼굴이 낯설게 보인 것은 이발을 했기 때문이었는지도 모른다. 류의 어머니는 아버지의 말이 사실인지 아닌지 관심을 갖지 않으려고 노력했다. 그리고 이미 의심이 시작되었는데도 불구하고 그냥 사실이라고 믿어버리고 싶은 마음을 물리치기가 가장 어렵다는 걸 깨달았다. 그것은 자존심이기도 했지만 그보다는 인생을 자기가 아는 방법으로 보전하려는 의지였다. 그녀는 자기가 의존해온 틀을 지키려는 어리석은 긍정과 교활한 평화가 어떻게 사람들을 보수적인 이데올로기 안으로 끌어들이며 또한 자신조차 신뢰하지 않는 채로 그것을 더욱 견고하게 하는 데 앞장서게 만드는지를 어렴풋이 깨달았다. 의심은 시작되었다. 그러나 상처받지 않으려면 의심스러운 것을 의심하지 않아야 했다. 그 생각은 오랫동안 쥐고 있던 소중한 무언가가 손안에서 여지없이 바스러지는 느낌을 불러일으켰다. 순간 날카로운 통증이 가슴을 찔렀다. 언제 또 시동이 꺼질지 알 수 없는 자동차에 실려 흔들리며 말없이 앞만 바라보던 어머니는 불현듯 손을 들어 왼쪽 가슴에 갖다댔다. 낯설어진 세계, 그리고 사랑의 상실에 조의를 표한 셈이었다.

그뒤로도 두 사람은 십육년을 함께 살았다. 아버지와 어머니가 이혼할 때 류는 열여섯살이었다. 류의 어머니가 자기 인생이 낯설어졌음을 피할 수 없이 목격해야 했던 그 여름날 어머니의 뱃속에서 류는 자기의 인생을 출발시키고 있었다. 함께 사는 동안 류의 부모는 사이가 좋기도 하고 아니기도 했는데 더이상 서로를 사랑하지는 않았다. 두 사람 모두 류는 사랑했다. 류의 어린시절은 특별히 행복할 것도 없었지만 불행한 것도 아니었다. 대부분의 어린아이들처럼 행복과 불행에 대해 질문하는 나이가 될 때까지 자신이 어느 쪽일까 하는 생각을 품어본 적 없이 평온했다고 할 수 있다.

불행을 숨기지도 과장하지도 않는 가정에서 자란 때문에 류는 고통과 고독을 일찍부터 학습했다. 반면 부모의 불화가 자신의 불행과 인과관계를 지니지 않는다는 것도 알게 되었다. 류의 부모는 호감이 없는 동료와의 직장생활 같은 가정생활을 통해 누군가가 자신처럼 비겁하다고 해서 비겁한 사람과 친해지고 싶지는 않듯이 내가 불행하다고 해서 다른 사람의 불행과 연대할 이유는 없다는 것을 류에게 가르쳤다. 류는 아버지와 어머니 각자와는 행복의 관계를 맺었다. 류가 한국에 들어와 놀랐던 수많은 일 중에는 부모가 이혼했다는 말에 모두가 어색한 표정을 짓는다는 것도 있었다.

딱 한번 류의 어머니는 입주 가정부를 식모살이라고 표현한 적이 있었다. 그리고 이렇게 말했다. 류, 사랑하는 사람은 동등해야해. 빚이 있는 관계에서는 아무리 사랑을 품고 있어도 그것을 나눠 가질 수가 없어. 한쪽이 빚을 진 상황에서 사랑은 회복되지 않는 거야. 그럼 빚을 갚으면? 류의 질문에 어머니는 미소를 지었다. 빚을 갚은 뒤에는 다시 시작할 수도 있겠지. 류는 뒷날 그 말을 떠올리며 어머니는 아버지가 빚을 갚아주기를 바랐을지도 모른다고 생각했다. 하지만 아버지는 빚을 갚지 않았다. 뻔뻔스러움과 몰상식과 불균형을 잃으면 매혹이 아닌 것이다. 당연히 계산도 하지 않는 것이다.

부모의 이야기 가운데에서 류에게 가장 인상 깊었던 장면은 두 사람의 첫 만남이었다. 그 무렵 젊은 어머니는 한 회사원과 사랑에 빠져 있었다. 공중전화를 보자 갑자기 애인이 그리워진 어머니는 부스 안으로 들어갔다. 자기 쪽에서 전화를 거는 일은 처음이라서 약간 긴장이 되었다. 그러나 애인의 목소리를 듣자마자 표정이 밝아졌다. 저예요. 뺨이 상기되었고 말하는 입술에 교태가 어렸다. 그냥 걸어봤어요. 거기 어딘데? 애인의 말에 무심코 전화부스 밖을 바라보았지만 그녀의 눈에는 아무것도 들어오지 않았다. 사랑에 빠진 그녀의 세상에는 애인과 그녀 둘만 있을 뿐이었다. 오늘 만날 수 있어요? 그녀가 조심스럽게 말하자 애인은 야근을 해야 한다고 대답했다. 잠시 침묵이 흘렀다. 그녀는 입술을 깨물었고 자기도 모르는 사이 구두 뒷굽으로 바닥을 찍고 있었다. 그런데 다음 순간 전화기 너머에서 사랑해,라는 애인의 목소리가 들려왔다. 그녀는 깜짝 놀랐고 그다음에는 류의 아버지가 보았던 그대로 몸속 깊이에서 솟아나 점점 온몸으로 차오르기 시작하는 환희를 견디지 못하고 얼굴 가득 꽃망울이 터지듯 환하게 웃음을 지었던 것이다.

류는 어머니와 더 오래 살았다. 계획대로 어머니는 유학했던 대학의 교수가 되었고 은퇴한 뒤에는 류가 있는 한국을 오가며 살고 있다. 류는 어머니를 닮았다는 말을 수없이 들으며 성장했고 애증으로써 어머니를 신뢰했다. 그러나 종종 아버지가 물려준 매혹의 세계 속에서 자기의 정체성을 찾았다. 살아오는 동안 류를 고통스럽게 했던 수많은 증오와 경멸과 피로와 욕망 속을 통과한 것은 어머니의 흐름에 몸을 실어서였지만 그녀가 고독을 견디도록 도와준 것은 삶에 남아 있는 매혹이었다.

사랑에 빠진 여인은 생애 가장 아름다운 모습으로 빛날 것이다.

류의 아버지가 포착하고 전유한 것은 그 아름다움이었다. 그 아름다움은 대개 이미지로 구현된다. 그렇기 때문에 수많은 서정적 이야기들은 연인의 포옹이나 결혼식으로 끝이 나고 그런 것을 해피엔딩이라고 부르는 것이다. 그 이후 벌어지는 생활과 이데올로기라는 서사의 세계는 이미지의 세계와 인과관계가 없는 다른 영역이다. 이미지는 순간적으로 쏘이는 광선 같은 것이고 자체로 완결되기 때문에 진위 같은 건 없다. 그러므로 아버지는 의심하지도 상처받지도 않았다. 빚 같은 것도 지지 않았다. 하지만 서사의 영역에 속한 어머니의 삶을 이끄는 것은 이미지가 아닌 패턴이었고 그것은 뜨개질 본처럼 이어져가야만 했기 때문에 절단면의 상처는 깊었다. 그것은 비용을 요구했다. 서사의 세계에 속하지 않았던 류의 아버지는 단독자인 셈이었다. 고독은 피할 수 없었다. 반대로 류의 어머니는 서사의 세계를 택했고 그 부조리함 때문에 필연적으로 고통을 받아들여야 했다.

류는 이따금 생각했다. 그런데 아버지는 왜 내 이름을 「울지 마라, 류」에서 따온 걸로 기억하고 있을까. 오페라 속의 왕자는 두가지 노래를 부른다. '울지 마라, 류. 내 사랑을 이루도록 나를 내버려둬. 그리고 내일 아침이면 혼자가 될지도 모르는 내 아버지를 지켜다오.' '잠 못 드는 공주여, 내 이름을 맞혀주오. 수수께끼를 풀어 모두를 잠들게 해주오.' 마침내 공주의 노래가 울려퍼진다. '이제 그 이름을 알겠네. 그는 사랑이라는 이름을 가졌다오.' 이 서사에서 류의 역할은 아버지라고 불리는 세계의 이데올로기를 책임지다가 운

명적 사랑을 남의 발밑에 갖다바치고 그 옆에서 피를 흘리며 죽어
가는 것뿐일까. 고독은 고통보다 더 치명적인 것일까.

요셉의 테마 —— 늙은 주검의 죽음

아침이 되었으므로 요셉은 눈을 떴다. 그는 알람을 사용한 적이 없었다. 같은 소리가 반복되는 게 귀에 거슬렸던 것이다. 무엇보다 그에게는 누군가 자신을 깨우도록 내버려둘 만한 참을성이 없었다. 아내와 함께 살던 때도 마찬가지였다. 그는 아내가 하는 모든 말을 자신에게 불리한 참견과 잔소리라고 미리 단정해놓고 있었다. 당연한 말도 그녀의 입에서 나오면 뭔가 의도를 품은 게 틀림없고 그 의도는 대부분 그녀의 속물근성에서 비롯된 것이라 여겼다. 그는 또 같은 말을 두번 이상 들으면 지루해서 견디지 못하는 뛰어난 기억력을 갖고 있었다. 같은 말이 되풀이된다는 점에서 아내의 말은 잔소리의 요건을 완벽히 갖추었다. 아내는 요셉이 같은 문제를 반복해서 일으키는 한 그에 대한 대응도 똑같을 수밖에 없다고 항변하곤 했다. 애초부터 틀려먹은 악습으로 그를 재단하려는 거였다. 요셉은 사춘기도 되기 전에 이미 개인의 고유성에 눈떴기 때문에 어떤 종류든 틀에 대한 거부감이 컸다. 그리고 친사회적 이데올로기에 물들게 된다는 이유로 남의 말을 듣기 싫어했다. 공부하라는 남의 말을 듣는 결과가 될까봐 숨어서 공부하여 일류대학에 입학한 이력도 갖고 있었다. 그처럼 안내와 고지와 충고를 포함해 모든 알려주는 말을 원치 않는 그로서는 아침이 왔다는 걸 혼자 힘으로 알아내고 스스로 눈을 뜨는 기능을 익히지 않을 수 없었다. 그리고 누가 깨울까봐 일찍 일어나다보니 아침형 인간이 되어 있었다.

아침에 깨어나면 그는 침대에 누운 채로 유리창 바깥의 빛과 풍경을 한참 동안 바라보곤 했다. 시간을 가늠하는 것일 뿐 자연친화적인 사람이어서는 아니었다. 오히려 그는 자연을 싫어했다. 온갖 동식물들이 앞다투어 먹이를 구하고 짝짓기를 하고 영역을 챙기면서 생명을 구가하는 세계란 너무 소란스러웠다. 살아야 한다는 명제를 그토록 노골적으로 드러내는 태도 역시 천박하기 짝이 없었다. 한순간도 쉬지 않고 산과 들, 하늘과 땅밑과 실내에서까지 부화하고 죽이고 잡아먹고 자라나고 맺고 낳는 악착같은 것들에 둘러싸여 사는 기분은 생각만으로도 불쾌한 것이었다. 그는 인간이 대지를 시멘트로 덮는 것이야말로 자연이라는 잔인한 살인자를 생매장하는 것이라고 말한 사람에게 깊이 동의했다. 물론 요셉은 종 우월론자였다. 예술이라는 위장술을 발명했다는 점에서 인류는 다른 생명체와는 달랐다. 도시 또한 위대한 발명품이었다. 자연의 악다구니에 비하면 도시의 소음에는 차라리 기계문명에 지친 인류의 건조한 우수가 깃들어 있었다. 그는 생명력이란 말이 지닌 단세포적인 삶의 긍정을 어처구니없어했다. 그의 방에 벽시계가 없는 것은 어떤 종류의 살아 있는 것과도 방을 같이 쓰기 싫었기 때문이었다. 아등바등 째깍거리는 게 신경에 거슬렸다. 언젠가 도경이 출간 기념이라며 난화분을 보내왔을 때 요셉은 일부러 전화를 걸어서 자신이 맹렬한 경멸만으로 그것을 사흘 만에 시들게 했다고 알려주었다. 도경이 나쁜 머리를 동원해 성의껏 감상적인 일을 꾸미는 건 늘 그를 짜증나게 만들었다.

그가 사는 오피스텔은 건물의 꼭대기인 13층이었다. 그는 빛이 잘 들지 않는 집을 원했다. 부동산 사무소에서 요셉은 남의 발밑에서 살지 않아도 되는 꼭대기 층과 옛 선비들이 책을 읽기 위해 일부러 그쪽으로 창을 냈다는 서향의 집세가 다른 집보다 더 싸다는 사실에 놀랐다. 심지어 오랜 시간 햇빛에 시달려야 하는 남향보다 더 쌌다. 그가 세상일 가운데 자신에게 유리하게 돌아가는 일을 발견한 것은 참으로 오랜만이었다. 그러나 부동산 남자는 그런 집은 시야가 고층건물로 막혀 있어 전망이 어둡다고 말하는 거였다. 요셉이 이마를 살짝 찌푸림으로써 적절한 표현이 아니라는 걸 알려주었음에도 불구하고 남자는 집을 보여주며 다시 그 말을 되풀이했다. 작가 선생님인데 좋은 경치를 봐야 좋은 글이 나오지 않겠느냐고 너스레를 떨기도 했다. 남자가 추천한 곳은 햇빛이 막무가내로 쏟아져들어오고 공원이 환히 내려다보이는 맞은편 라인의 남향

집이었다. 요셉은 좋은 글이란 좋은 걸 보기보다는 싫은 것들을 안 보아야 잘 나온다고 대꾸해주었다. 자신이 특히 싫어하는 두가지가 자연과 인간이라는 말도 잊지 않고 강조했다. 종 우월론자이면서도 인간을 결코 좋아할 수 없다는 것이야말로 요셉의 딜레마였다. 요셉이 창가로 한 걸음 다가가보니 남자의 말처럼 시멘트 건물만 보이는 것은 아니었다. 하늘도 있었다. 하늘은 요셉이 자연 형태 중에서 거의 유일하게 좋아하는 것으로 비 오는 날을 빼고는 소리가 없기 때문이었다.

맑은 날이군. 요셉은 침대 속에서 물끄러미 하늘을 바라보았다. 창을 프레임으로 하여 선명한 푸른색 비단 타래를 펼쳐놓은 것 같았다. 정확한 시각까지 알 수는 없었지만 다른 날 눈뜬 때와 비슷한 무렵이었다. 서서히 몸이 깨어나면서 익숙한 소리와 냄새가 감지되기 시작했다. 냉장고가 웅웅거리며 돌아가고 싸구려 새 가구에서 풍겨나오는 도료 냄새가 희미하게 떠돌았다. 다리에 감기는 이불 주름의 감촉은 언제나처럼 선득했다. 복도는 조용했다. 그는 규칙적 일과를 지닌 사람들이 활동하기 전의 우물 속 같은 정적에 잠시 귀를 기울였다. 그날도 다른 날과 비슷한 생의 리듬 안으로 얼추 들어섰다는 게 느껴졌다. 그리고 언제부터인가 더이상 아무것도 쓸 수 없을 것 같은 막막함으로 하루가 시작된다는 사실이 그의 마음을 무겁게 짓눌렀다.

다음 순간 그는 창밖을 유유히 날고 있는 까치를 발견하고 벌떡 몸을 일으켰다. 뭐야, 새가 13층까지 올라오나요? 집을 보러 온 날

까치를 발견하고 얼굴을 찡그리는 요셉에게 부동산 남자는 큰 하자라도 들킨 듯 당황하며 저는 몰랐는데요,라고 변명했었다. 요셉은 이사 온 첫날부터 온 힘을 다해 까치를 멸시했다. 좋은 소식을 전한다는 기만적인 이미지부터가 마음에 들지 않았다. 땅 위에 내리지도 않은 채 허공에다 똥을 갈기는 건 인간도 같이 사용하고 있는 이 자연계의 공중도덕을 거스르는 파렴치한 범법행위였다. 특히 똥을 싸기 전 짧은 한순간 날갯짓을 멈추고 움찔 몸을 비트는 모습을 목격한 이후 그는 까치를 쫓는 일을 아침 일과에서 빼는 법이 별로 없었다.

냉장고에서 생수병을 꺼내 찬물을 마신 다음 그는 소파에 가서 앉았다. 그리고 탁자 위의 휴대폰을 켜서 일정을 확인해보았다. 다섯시 이안과의 약속뿐이었다. 이안은 요셉이 예술대학의 시간강사로 소설창작을 가르칠 때의 조교였다. 요셉의 집에도 여러번 놀러온 적이 있었다. 그때는 아내와 함께 살던 시기였는데 웬일인지 아내는 술상만 내오는 게 아니라 그 옆에 함께 앉기도 했었다. 이안이 졸업 후 소설 쓰기를 포기하고 영화로 진로를 바꿔 러시아인지 폴란드인지로 유학을 갔다는 건 어느 여학생에게서 전해들은 소식이었다. 요셉은 그 소식을 반겼다. 내용은 기억나지 않았지만 그가 보아달라고 부탁했던 소설이 형편없었다는 사실은 잊지 않고 있었기 때문이었다. 이안이 얼마 안 가 공부를 포기하고 돌아왔다는 소식을 들은 건 다른 여학생에게서였다. 이안의 동기인 그 여학생은 그가 국내 영화제에 괜찮은 단편영화를 출품했는데 상을 받지 못했다며 안타까워했다. 그의 성공을 손꼽아 기다리던 아버지인지 어머니인지가 사고로 목숨을 잃어 더욱 그렇다는 거였다. 요셉은 그 여학생과 그날 밤을 어떻게 보내게 될 것인지에만 신경이 곤두서 있어 건성으로 들었다. 그 이유가 아니더라도 그는 이안에게 처음부터 그다지 관심이 없었다.

이안이 전화를 걸어왔을 때 요셉은 그가 상을 당한 일에 유감을 표했다. 인사치레는 내키지 않았지만 세상 소식과 담을 쌓고 지낸다는 인상은 주기 싫었다. 알고 있었다는 사실만으로 고맙다고 이안은 침통하게 대꾸했다. 너무 갑작스럽긴 했어요. 그렇게 돌아가실 줄은 정말 몰랐거든요. 어떻게 돌아가셨는데? 농약 때문에요. 자살이었나? 요셉은 약간 흥미를 느꼈다. 그건 아니구요. 이안이 말끝을 흐렸지만 요셉의 질문은 이어졌다. 자살이 아니면, 그럼 살인사건이야? 아네요. 이안은 정도 이상으로 강하게 부정했다. 그냥 사고예요. 생수병에 들어 있어서 물인 줄 알고 마신 것뿐이에요. 누가 농약을 생수병에 부어놓았는지 궁금했지만 요셉은 그쯤에서 입을 다물었다. 어차피 만날 테니 그때까지도 궁금하면 다시 물어보면 될 일이었다. 어쩌면 그렇게 되지 않을 가능성이 더 크긴 했다. 시간을 두고 천천히 생각해보면 뻔해지는 게 이야기의 속성이었다. 그것들은 요셉이 언젠가 만들었던 이야기이거나 언젠가 했던 생각, 심지어 언젠가 썼던 문장 중 하나일 것이다. 아니라면 남들이 이미 해버린 이야기이거나 그들이 요셉보다 더 잘 아는 이야기임이 틀림없었다. 요셉은 문득 인쇄소에서 용지를 재단하는 데 쓰이는 패턴이라고 불리는 금속 형판을 떠올렸다. 언제부터인가 자신의 머릿속도 그것과 비슷해졌다는 생각이 들었다. 치수대로 종이를 찍어내고 나머지는 버리는 식으로 패턴을 반복하고 있는 것이다. 조금 나은 것으로 옷본이라는 패턴이 있긴 했다. 전세계에서 수많은 옷이 염색과 재단 옷본에 의해 찍혀나와 쇼윈도우에 걸린다. 그러나 신상품의 지위를 잃는 순간 창고 속의 재고품으로 굴러다니다 흔적 없이 사라지는 것은 마찬가지였다.

집 앞 까페로 찾아오겠다는 이안을 못 오게 할 이유는 없었다. 달리 할 일이 있는 것도 아니었다. 하지만 전화를 끊은 뒤 요셉은 곧바로 후회했다. 오래전 일이라 깜빡 잊고 있었는데 이안은 지루한 청년이었다. 화제가 뻔했고 재치도 없는데다 결론을 낼 필요 없는 일에 끈질기게 매달렸다. 최악의 경우 예술의 불길한 운명이나 예술가의 각오 따위에 대해 지껄여대기도 했다. 이안처럼 자신의 무지를 순수함이라고 착각하는 부류들은 걸핏하면 자신이 그 이유로 상처받았다고 생각하기 때문에 피곤했다. 보나마나 술값도 없을 것이다. 요셉의 오후 시간의 즐거움에 보탬이 될 만한 것은 한가지도 갖고 있지 않은 셈이었다. 요셉으로서는 새로 시작한 프로젝트와 관련해서 상의할 게 있다는 이안의 용건이 궁금할 턱도 없었다. 요셉은 남의 이야기와 사연 듣기를 싫어했다. 자기 인생이 대하소설이라고 스스로 감탄하는 사람의 이야기일수록 상투적이었다. 자신의 이야기를 꼭 한번 소설로 써보라는 사람에게 요셉은 당신이 하고 싶은 이야기이니 당신이 직접 쓰라고 대답해왔다. 조언과 충고를 구하는 사람도 질색이었다. 의욕적인 계획을 늘어놓고 조언을 구하는 사람들은 오직 동의를 원할 뿐이었다. 충고를 구하는 사람들은 거의 언제나 희망을 기대했다. 비관이 신중함이고 냉정해야만 객관적이라고 생각하는 요셉의 충고는 받아들여지기 힘들었다. 결국 시간만 아까웠다.

요셉이 강의를 하게 된 것은 그 학교 교수인 동료 소설가의 부탁 때문이었다. 그때는 요셉이 일년에 한두편씩 문예지에 작품을 발표하던 시기였다. 마지못해 그는 봄학기만 맡겠다고 말했다. 스승의 날에 선물을 받은 다음 그만두겠다는 요셉의 말에 동료 소설가는 그의 생일이 언제인지 물었다. 혹시 9월 이후라면 가을학기에 받게 될 생일선물을 놓치는 게 아깝지 않겠느냐는 거였다. 그 농담이 재미있어서 거절하지 못한 요셉은 이년 동안 강의를 했다. 예쁜 여학생은 그리 많지 않았지만 요셉에게 뭔가 지도받기를 바라고 술자리에 따라오는 학생 중에 여학생이 빠진 적은 없었다. 그마저도 요셉은 곧 싫증이 났다. 젊은이들의 새로움은 짧았고 그것이 풍부한 변주로 이어질 만한 내적 체계까지는 갖춰져 있지 않았다. 새로운 것과 어린 것은 달랐다. 지속적으로 관계를 맺기에는 그들은 서사가 빈약했다.

수업시간에 '늙은 주검은 젊은 주검에게 자리를 양보해야 한다'라는 제목의 단편소설을 다룬 적이 있었다. 오랜만에 남편의 무덤을 찾은 늙은 여자가 공동묘지 관리인으로부터 무덤을 없애버렸다는 소식을 듣는다. 부지가 좁기 때문에 새로 들어온 시신을 위해 임대기간이 경과한 무덤은 파내야 한다는 것이다. 그녀가 눈물을 참는 장면이 이렇게 묘사된다. "그녀는 옛날에도 남편의 죽음을 막지 못했는데, 이제 남편의 두번째 죽음 앞에서도 아무 힘 없이 서 있게 된 것이다. 이제 더이상 주검으로서 존재할 수조차 없게 된 '늙은 주검'의 죽음 앞에 말이다." 그 문장을 읽어준 다음 요셉은 책에서 눈을 들어 학생들을 바라보았다. 무덤에 들어간 뒤까지도 계속 늙어가서 결국 새로 죽은 젊은 주검에게 밀려나야 하는 늙은 주검의 이야기에 그는 깊은 인상을 받았다. 산 사람이 죽은 사람을 갖고 제멋대로 만들어내는 새로운 서열이라는 아이러니의 세계, 그것과 조우하는 순간의 젊은 영혼들의 전율을 보게 되리라고 기대했던 것이다. 졸고 있는 학생 몇명의 모습이 눈에 들어왔다. 둘러보니 반 이상이 마찬가지였고 강의실 안에는 가수면의 평화가 은은히 흐르고 있었다. 그 평화는 방금 그가 보여주려고 했던 늙은 주검의 죽음과 정확히 반대편에 있었다. 학생들의 나른한 표정을 묵묵히 내려다보며 요셉은 돌연 가르치고 쓰는 일 전부에 격렬한 환멸을 느꼈다.

생각할수록 요셉은 이안을 만나기가 귀찮아졌다. 이안이 상의하겠다는 일의 내용이 무엇이든 그런 건 좋지 않은 아이디어라고 말하려는 쪽으로 이미 마음이 기울어 있었다. 요셉은 또한 자기의 판단이 틀리는 것도 원치 않았다. 그러므로 반드시 좋지 않은 아이디어여야만 했다. 요셉이 이안을 만나기도 전에 그가 하려는 일이 잘 풀리지 않기를 바라고 있었던 것은 그런 경위에서였다.

이채의 플롯과 요셉의 재구성

요셉은 까페의 창가 자리에 앉아 있었다. 이안을 만나기로 한 장소에 약속보다 한시간쯤 일찍 나온 것이다. 청소를 해야 할 상태가 되면 그는 집보다 까페에 나와서 많은 시간을 보냈다. 책을 읽거나 잡다한 원고 정리를 했고 랩톱을 들여다보며 수시로 인터넷 싸이트를 돌아다니기도 했다. 반사신경만 사용하는 간단한 게임을 하면서 시간을 보내는 때도 있었다. 조금 전까지는 심사를 맡은 보험회사 생활설계사들의 수필 원고를 읽는 중이었다. 하지만 말이 빠른 옆자리 여자들의 수다를 도저히 견디지 못하고 프린트 원고에서 눈을 떼고 말았다. 그가 몇번인가 눈총을 주었지만 각기 아기를 데리고 외출 나온 세명의 여자들이 시어머니로 대표되는 시댁을 성토하는 열정에는 전혀 지장을 주지 못했다. 요셉의 신경을 교란하는 건 감정이 실린 그녀들의 거침없는 목소리이기도 했지만 무엇보다 이야기였다. 흥미가 없는데도 기승전결이 따라주면 어쨌거나 이야기는 귀에 들어오게 돼 있었다. 결말을 기다리는 게 이야기의 속성이기 때문이다. 익숙한 패턴이면 더욱 그랬다. 그것이 통속의 위대성이었다. 그는 원고 읽기를 포기하고 의자에 등을 기대어 무심히 창밖을 보았다.

건너편의 노상주차장에 차가 한대 선다. 젊은 남녀가 운전석과 뒷자리에서 따로따로 내린다. 둘이 싸웠나? 그건 아니다. 조수석 문을 열고 나오는 여자를 나중에 본 것이다. 옆자리에 앉아 있었으니 그녀가 남자의 애인이겠군. 뒷자리 여자는 남자와 여자 중 누구 쪽의 친구일까. 요셉이 셋의 관계를 구성해보는 사이 그들은 그가 있는 까페의 문을 열고 들어온다.

역시 조수석에서 내린 여자가 남자의 옆자리에 앉는다. 눈에 띌 만한 미인은 아니지만 눈초리가 살짝 올라가고 입술이 도톰한 게 이국적 매력을 풍기는 얼굴이다. 머리는 쇼트커트 스타일이고 빨간색 반팔 스웨터에 얇고 긴 머플러를 둘렀다. 스키니진을 입었는데 다리가 길어서인지 빨간 선이 들어간 흰색 러닝화가 무척 산뜻해 보인다. 학생은 아닌 듯하고 직업이 있다면 큐레이터나 음악 매거진의 기자가 어울릴 것 같다. 의외로 어린이집 교사 혹은 간호사처럼 상냥하게 보여야만 하는 직업일 수도 있다. 은행원과 판매원은 아닌 게 확실하다. 팔을 젓는 동작으로만 보면 빵을 만드는 여자인지도 모른다. 빠리의 꼬르동 블뢰에서 공부하고 돌아와 이 동네에 가게를 열려고 알아보고 다니는 중 아닐까. 남자에게는 차가 있고 친구는 이 신도시에 살고 있어 안내를 맡고 말이다.

그녀가 남자의 애인이란 건 마음에 들지 않는다. 남자는 별로 영민해 보이지 않는 머리에 야구모자를 썼고 다리를 건들거리며 말하는 품이 허세가 많아 보인다. 티셔츠 속에 묵직한 금목걸이를 했을 수도 있다. 입안에서 웅얼거리는 발음도 그의 인상만큼이나 명쾌하지 않다. 그런데도 그녀는 남자가 말할 때마다 고개를 돌려 그를 바라보곤 하는데 무슨 말일지 궁금하다는 듯 입가에는 다정한 웃음이 떠올라 있다. 남자는 이렇게 다양한 드립 커피가 갖춰진 커피전문점에 와서 고작 아메리카노다. 두 여자가 주문한 에티오피아와 케냐 커피에 대해서는 잊지 않고 아는 체를 하고 있다. 남자의 말이 끝나자 그녀가 찻잔을 들어 커피를 한모금 마신다. 잔을 입술에 댈 때 눈을 약간 위로 뜨며 호기심 어린 표정을 짓는다. 잠시 고개를 갸우뚱하더니 이윽고 남자의 말이 맞는다는 뜻으로 그와 눈을 맞추며 활짝 웃는다.

그녀는 좀 두리번거리는 편이다. 고개를 갸웃갸웃하며 실내를 둘러보고 문이 열릴 때마다 입구 쪽으로 고개를 돌린다. 앞자리 여자의 말을 들을 때는 두 손을 허벅지 아래에 밀어넣고 몸을 약간 앞으로 내민다. 생동감이 넘치는 여자다. 이야기하면서도 손짓을 많이 한다. 그녀의 가슴께에서 흔들리는 길고 하얀 팔목에는 심플한 가죽줄 시계뿐 반지는 끼고 있지 않다. 웃을 때는 어깨를 가볍게 들먹이는데 그때마다 살짝 드러나는 두개의 앞니가 설치동물처럼 귀엽다. 교정을 하라는 권유를 무시할 만한 고집은 마땅히 갖추고 있는 것이다. 옆으로 고개를 돌릴 때의 각도를 보면 훈련으로 얻어진 씰루엣이라는 느낌이 든다. 주말에는 발레학원을 다니는지도 모른다. 이제 이름을 지어본다. 이채나 시흔 같은 낯선 이름이 어울릴 것 같다. 하지만 소설 속에서는 미혜 혹은 지수 같은 친근하면서 감상적인 느낌의 이름으로 등장해야 감정이입이 쉽겠지.

그녀에 비하면 앞자리 여자는 이야기를 상상해낼 만한 게 없다. 긴 스트레이트파마에 한창 유행하는 짧은 팬츠에 킬힐을 신고 속눈썹을 검게 칠한 공들인 화장을 했다. 예쁘긴 한데 전형적이다. 불특정 다수 모두에게 잘 보이려고 기를 쓰고 치장했다는 느낌 때문에 어딘지 천박해 보인다. 아마 처음에 남자는 저 여자의 세련된 전형성에 더 끌렸을지도 모른다. 예쁘다는 실감에 앞서, 저런 모습이 예쁜 거라고 끊임없이 세뇌하는 유행이라는 상업 패턴에 속았을 것이다. 하지만 상투적인 스캔 단계가 지나간 뒤에는 결국 지금의 관계를 형성했을 것이고, 저 여자가 친구로라도 남자 곁에 머물기를 원했기 때문에 자신감 있는 요셉의 주인공 그녀로서는 굳이 함께 어울리지 않을 이유가 없는 것이다.

그들이 자리에서 일어난다. 그녀가 맨 뒤에 나간다. 문을 열려다가 걸음을 멈추고 입구에 놓인 화분 쪽으로 몸을 굽힌 채 한참이나 꽃냄새를 맡는다. 서 있는 모습을 보니 의외로 살집이 있다. 가슴도 약간 큰 편이다. 꽃냄새를 맡는다거나 하는 소녀풍의 정서도 이채와 시흔의 이미지에는 어울리지 않는다. 주인공의 고유성을 잃어버렸다고나 할까. 한시적으로 주어진 이야기 구성의 시간이 끝나기도 했고, 요셉은 이제 그녀를 주인공의 직위에서 해제한다. 까페 문을 열고 나갈 때쯤이면 그녀는 그냥 모르는 여자로 돌아가 있다. 요셉의 시선이 주차장까지 따라가지는 않는다.

그때까지도 이어지고 있던 아기 엄마들의 일상언어가 강력한 현실감을 갖고 다시 귀에 들어오기 시작했다. 요셉은 휴대폰을 켜서 시간을 확인했다. 조금 일찍 나와도 괜찮을 텐데 이안은 끝내 약속 시간을 지키려는 모양이었다. 그 고지식함은 한시간 가까이나 먼저 나와서 그를 기다린 셈인 요셉을 벌써부터 지루하게 만들고 있었다.

요셉은 본다는 행위에 대해 잠시 생각하기로 했다. 대부분은 뭔가를 인지하기 위해서 본다. 그런데 그 대상이 사람일 경우에 그것은 잠재적 욕망의 표현일 수가 있다. 카메라 렌즈가 관음적인 성격을 띠는 것도 그 때문이다. 불쌍한 피핑 톰의 이야기도 '본다'는 행위가 갖는 욕망에 대한 은유일 것이다. 16세의 아름다운 여성 고디바가 있다. 그녀의 남편은 70세의 사악한 영주이다. 가혹한 세금정책으로부터 농노들을 구하려는 그녀에게 남편은 알몸으로 말에 올라 영지를 한바퀴 돌라고 요구한다. 의리의 농노들은 모두 집 안에 들어가 커튼을 내리고 그녀를 보지 않기로 결정을 내린다. 그러나 소년 재봉사 톰은 그녀의 알몸이 궁금해 참을 수가 없었고 문틈으로 고디바를 엿보다가 눈에 화살을 맞고 만다. 아름다움을 탐한 댓가로 더이상 어떤 아름다움도 볼 수 없게 된 것이다. 화살은 톰의 한쪽 눈만을 맞혔겠지만 비유나 상징은 리얼리티를 고려하지 않는

다. 이야기의 세계가 뻗어가도록 엔진을 달아주어야 하기 때문이다. 요셉의 결론은 까페 안에 엇갈려 떠다니는 수많은 시선의 기류를 뚫고 조금 전 그녀가 자신의 눈길을 잡아당겼던 것은 '본다'는 행위에 플롯이 주어졌기 때문이라는 거였다.

빨간 스웨터 위에 카디건을 걸쳐 입고 그녀가 다시 까페 문을 열고 들어온 것은 십분쯤 지난 뒤였다. 이번에는 혼자였다. 그녀는 요셉의 자리를 향해서 똑바로 걸어왔다. 다리를 꼬고 있던 요셉의 신발 바로 옆에 예의 빨간 선이 들어간 흰 러닝화 두 짝이 나란히 멈춰섰을 때 그는 뿌린 지 얼마 안된 진한 향수 냄새를 맡을 수 있었다. 김요셉 선생님이시죠? 여자는 손에 들고 있던 그 동네 서점의 상호가 박힌 비닐백을 다른 쪽 손가락으로 가리켰다. 그러고는 그 안에 든 책을 꺼내 탁자에 내려놓은 뒤 자신의 엉덩이는 요셉의 앞자리에 내려놓는 것이었다. 싸인해주세요. 까페에서 나간 지 십분 만에 애인과 친구를 따돌리고 서점에 가서 책을 산 뒤 향수를 뿌리고 같은 장소로 되돌아온 여자의 목소리에서는 약간의 흥분이 느껴졌다. 무례하거나 당돌하다고 느껴야 함에도 불구하고 그것은 오히려 요셉에게 가벼운 호의라는 긍정적 영향을 끼쳤다. 나를 어떻게 알아봤어요? 요셉은 진심으로 궁금했다. 최근 몇년간 없던 일이기 때문이었다. 여자가 웃으며 대답했다. 처음 여기 들어올 때부터 앉아 계신 걸 봤거든요. 처음 들어올 때? 네. 요셉은 여자의 눈을 똑바로 바라보았다.

처음 들어올 때 요셉을 알아봤다는 말은 여자가 처음부터 요셉의 시선을 의식하고 있었다는 뜻이다. 남자의 말에 귀를 기울일 때의 다정함과 커피잔을 들어 맛볼 때의 호기심, 친구에 대한 당당하고 친근한 태도, 그 모두에는 그녀의 의도가 들어 있었다. 그녀는 옆자리 남자 쪽으로 고개를 돌림으로써 요셉에게 자주 자신의 얼굴 정면을 선보였다. 손짓을 하고 몸을 흔들어서 그의 시선을 붙잡았고 나갈 때 화분 앞에서 발을 멈춰 마지막으로 대단원의 인상을 남기는 것도 빼놓지 않았다. 요셉이 본 것은 모두 '본다'에 대응하는 연출된 서사였다. 그리고 그녀의 플롯은 결코 나쁘지 않았다. 이름이 뭔가? 요셉이 탁자 위의 책을 끌어당겼다. 제 이름은요. 여자는 요셉이 정확히 적을 수 있도록 자신의 이름을 또박또박 발음했다. 그러나 흐트러진 심사원고 위에서 볼펜을 집어든 요셉이 책의 속표지에 쓴 것은 다른 이름이었다. 이채에게? 그게 뭐예요? 여자가 도톰한 입술을 동그랗게 벌리며 물었다. 그러고는 요셉이 곧 쓰기 시작할 소설의 여주인공 이름이라고 대답하자 긴 속눈썹으로 반쯤 가려진 갈색 눈동자에 웃음을 듬뿍 담고 그의 시선을 맞받는 것이었다. 말할 것도 없이 그것은 요셉의 서사 속에 당당히 등극한 여주인공의 표정이었다.

그녀가 말했다.

— 전 여기 일주일 전에 이사 왔어요. 상점하고 아파트가 이렇게 많은 데는 정말 처음 봐요. 선생님, 이 까페 자주 오세요?

— 글쎄, 한마디로 대답하기는 어려운데.

— 네? 왜요?

—맛있는 커피를 마시려면 저기 반대쪽 모퉁이에 있는 까페로 가지. 근데 그 집은 단 쿠키와 케이크만 팔아. 아침이나 점심을 함께 해결하고 싶을 때는 쌘드위치를 파는 여기 이 까페로 와. 커피는 중간이지만 브런치 메뉴가 좋거든. 하지만 의자가 불편해. 리필도 안되고.

—까페 자주 다니시나봐요.

—작업도 해야 하고 커피도 마셔야 하니까. 버스정류장 앞 까페는 자리가 넓고 콘센트도 많아 일하기는 괜찮은 편이야. 그래도 체인점은 어쩔 수 없어. 산만하고 커피도 맛없고 특히 화장실이 멀다구. 주차장 뒤에 있는 까페는 그런 건 없지. 인테리어도 쾌적하고 오백원만 더 주면 커피도 에스쁘레소로 리필해줘.

—거긴 단점은 없어요?

—좀 좁아. 아늑하긴 한데 운동하고 나온 아줌마들이라도 닥치면 망해. 거기 테이블마다 양초가 있거든. 촛농으로 고막을 틀어막으면 오분은 더 앉아 있을 수 있을 거야. 특히 오후 시간에는 까페란 데가 거의 여자 기숙사야. 온갖 화장품 사용법과 쎌카 찍는 법 토론하고 실습하고. 밤에는 또 커플 천국이지. 보통 몇시에 자나?

—글쎄요, 정해진 건 없지만, 새벽 돼야 자요.

—그럼 극장 앞의 까페도 괜찮겠군. 거긴 24시야. 술 먹고 들어왔을 때나 잠 안 올 때 가면 돼. 새벽에 깨었을 때 막막하지도 않고. 언제 가도 시끄럽긴 하지만, 테이크아웃하면 되니까. 근데, 아침에는 늦잠을 자겠군?

─일찍 일어날 때도 있구요. 왜요?

─이 동네 까페는 아침 여덟시 반이면 대충 문을 열어. 이다음 블록 사거리에 있는 까페만 빼고. 거긴 모닝빵도 주고 커피값도 싼데 아르바이트 학생이 한번도 제시간에 문을 연 적이 없어. 아침 기분을 망치지. 물건이 고장나 있을 때랑 비슷하다구. 사람이든 물건이든, 하기로 한 일이 있으면 약속을 지켜야지.

─까페가 정말 많네요. 선생님 단골은 어디예요?

─그런 건 없어. 난 잘해주는 거 별로 좋아하지 않아. 무조건 어느 한 장소로 가는 것도 싫고 어쩐지 가줘야 할 것 같은 기분도 싫어. 선택의 여지가 많은 걸 자유롭다고 하지. 대신 선택할 만한 게 모조리 싸구려라야 해. 그래야 자유롭게 아무거나 선택할 수 있거든. 서른개도 넘는 까페가 동등하게 싸구려라는 게 이 거리의 매력이지.

─저희 언니도 까페에서 일해요. 동네는 다르지만. 참, 아까 여기 같이 왔었는데.

─그래?

─네. 실은요, 언니가 선생님 팬이에요. 저는 언니가 알려줘서 알았어요. 죄송해요. 선생님 책 아직 못 읽어봤는데, 그래도 싸인은 꼭 받고 싶었거든요.

─날 알지도 못하는데 그건 왜 그렇지?

─언니가 좋아하니까요. 언니는 선생님 싸인 못 받아봤대요. 근데 선생님, 언니 못 알아보시겠어요? 눈하고 코만 좀 고쳤는데.

36

불현듯 어떤 느낌 때문에 요셉은 고개를 들어 탁자 너머 문 쪽을 바라보았다. 이안이었다. 여자도 요셉을 따라서 시선을 돌렸고 고개를 조금 숙여 인사하는 이안을 보았다. 저는 일어날게요. 탁자 위의 책을 집어들고 몸을 일으키며 그녀가 말했다. 선생님 말씀대로요, 내일은 이 까페에서 브런치를 먹어봐야겠어요. 선생님도 오실 건가요? 눈치 없는 이안이 걸음을 빨리해 다가오고 있었기 때문에 그녀는 요셉의 대답을 기다리지 않고 자리를 떠났다.

이안이 요셉을 한눈에 바로 찾은 건 아니었다. 몇년 사이 요셉은 모습이 좀 변해 있었다. 여전히 미남으로 보이긴 했지만 얼굴이 여위었고 정수리가 눈에 띄게 휑했다. 그가 있는 탁자를 향해 천천히 다가가던 이안은 몇 걸음 옮기고 나서야 동행이 있음을 알았다. 그는 요셉의 앞자리에서 황급히 일어나는 여자의 옆모습을 얼핏 보았을 뿐이었다. 그러나 이안이 신물 나도록 보아온 익숙한 장면이기도 했다. 그것이 이안으로 하여금 요셉이 조금도 변하지 않았다는 데 환멸을 느끼게 하는 동시에 자신이 제대로 찾아왔다는 안도감을 느끼게 해주었다. 그가 만들려는 영화 「위기의 작가들」은 상식적인 사람들의 이야기가 아니었다. 이안이 보여주고 싶은 것은 세계의 순수함에 상처를 입히고 구원을 박탈하는 추악한 욕망의 서사였다. 인사를 하는 이안의 표정에서 요셉 역시 그가 몇개의 이마 주름을 만들어낼 만큼은 세월을 소화했지만 지루한 청년에서는 그다지 더 나아가지 못했다는 걸 발견했다. 앉으려는 이안에게 요셉은 바로 술자리로 옮기는 게 어떻겠느냐고 말했다.

이안의 주인공

　이안의 예상과 달리 요셉이 앞장선 곳은 제법 격식을 갖춘 일식 집이었다. 예전처럼 노가리에 생맥주가 아니었다. 요셉의 형편이 남들이 말하는 만큼 나쁘진 않은 모양이라고 이안은 생각했다. 그들은 종업원의 안내를 받아 복도 끝 방에 마주 앉았다. 만난 지 십분 만에 비로소 인사할 틈을 얻은 이안이 그동안 어떻게 지냈느냐 며 안부를 물었다. 요셉은 담배를 끊은 지 두달째인데 지금까지 그 래왔듯 곧 다시 피울 것이며 새 소설을 시작했지만 담배처럼 그것 역시 시작하고 끊고를 반복해왔으니 특별한 일은 아니라고 대답했 다. 삼개월 안의 최근 소식이라면 도경이라는 유부녀 외에 달리 만 나는 여자가 없다는 정도라는 거였다.

　이안은 영화 「위기의 작가들」에 요셉을 끌어들이는 일이 쉽지 않을 것임을 알고 있었다. 용건은 천천히 꺼낼 생각이었다. 함께 알던 사람들의 근황이나 주고받으며 과거의 친근감을 환기시키는 게 먼저였다. 그런 다음 자신이 예술가들을 다룬 단편영화를 찍을 계획이고 저예산이라 같이 영화 하는 친구들이 배우를 맡아주기로 했다며 운을 떼는 편이 나을 것 같았다. 그 친구들이 소설가에 대해 각별한 존경을 품고 있다고 강조하는 건 빼놓지 말아야 했다. 작가 겸 교수가 한 사람 등장해야 하는데 유명한 소설가가 카메오로 나와주면 영화가 살아날 것 같다고 슬쩍 덧붙이는 것이다. 그리고 이 점이 중요한데, 그것은 반드시 이안 자신이 아닌 영화계 친구들의 의견이어야 했다. 정해진 씨나리오대로 연기하는 게 아니라는 점도 강조할 필요가 있었다. 예술가들의 자연스러운 모습을 보여주려는 의도이므로 작가는 제자 역을 맡은 남녀 젊은이들과 술만 마시면 된다는 점을 충분히 설명해야 한다. 처음부터 출연을 제의하면 요셉은 당장 거절할 것이 틀림없었다. 누가 좋을지 상의하는 투로 말을 꺼내고 영화계 친구들 모두 유명한 소설가 역에 요셉을 적임자로 꼽았다는 거짓말은 술이 좀 거나해졌을 때 꺼낼 계획이었다.

이안은 첫 화제로 A의 이야기가 적당하다고 생각했다. 그는 요셉이 이년 동안 가르친 제자 중 유일하게 등단한 소설가였다. 문단에 나온 지 얼마 안돼 문학상 두개를 연이어 받았고 몇달 전에는 세번째 장편소설을 발표했다. A의 이름이 나오자 요셉은 표정이 싸늘해졌다. 최근에 그를 만났다는 이안의 말을 듣는 둥 마는 둥 시큰둥하게 술잔을 기울일 따름이었다. 그러나 A의 새 소설이 전

작과 달리 팔리지도 않을뿐더러 문예지에서 한 줄도 다뤄주지 않아 의기소침해 있더라고 하자 그랬어?라며 관심을 보이는 것이었다. 정확히 이안의 예상과 맞아떨어지는 반응이었다.

조교 시절 이안은 작가 강사들을 많이 상대했고 교내 행사를 진행하는 과정에서도 여러 작가들을 만났다. 작가들에게는 자신이 충분히 평가받지 못하고 있다고 오해하는 공통점이 있었다. 이름을 얻은 작가들도 다르지 않았다. 책이 많이 팔리는 작가는 그 때문에 편견이 생겨서 문학성을 인정받지 못한다는 피해의식에 사로잡혀 있었고 반대인 경우는 문단의 상업주의 탓에 형편없는 작품이 대중의 인기를 업고 후하게 평가되고 있다고 불만이었다. A의 태도는 전자에 가까웠다. 자신의 작품세계가 가볍다는 일부의 평가에 예민하게 반응해왔던 그는 본격문학의 무게감을 보여주겠다며 기염을 토했고 그 결과 엄청나게 평범하고도 두꺼운 장편소설을 내놓았던 것이다. 책은 무거웠지만 A 자신이 믿는 것처럼 내용까지 그렇지는 않았다. 이안은 A가 자기 문학을 알아주지 않는 이 세상과 자신은 영원히 불화하는 관계이며 지금과 같은 수준의 세상에 자신은 너무 일찍 도착해버린 비극적 존재라고 탄식하고 다닌다는 말을 던진 뒤 요셉을 슬쩍 바라보았다.

요셉은 즐거운 표정을 숨기려 하지도 않고 곧바로 입을 열었다. 아직 한두 단계 더 남았군. 뭐가요? 완전히 맛이 가려면 몇 단계가 더 남았다고. 그게 뭔데요? 예술혼인지 뭔지를 불태운다고 수선 피우던 놈들이 그다음 하는 짓이 있지. 글이 안 써져 고민하다가 짐

싸들고 떠나는 작가 이야기 말야. 여행지에서 또 반드시 누구를 만나지. 그런 소설은 대개 독백이 길고 대화도 장황해. 뜻이 애매한 관념적 문장도 많고. 그러고는 예술가소설이라고 갖다붙이는 거야. 요셉은 강의시간에도 작가가 화자로 등장하는 소설을 안이한 접근이라고 비판한 적이 있었다. 하지만 그때와는 뭔가 달랐다. 훨씬 구체적이었다. 이안은 요셉이 요즘 쓰기 시작했다는 소설이 바로 그런 소설일 거라고 확신했다. 이안의 짐작은 어느정도 사실이었다. 그런 따위의 엄살 부리는 소설은 결코 쓰지 않겠다고 다짐해왔지만 요즘 요셉의 머리에 가득 찬 생각은 어딘가로 떠나볼까 하는 것밖에 없었다.

이마에 주름을 만들며 요셉이 다시 말을 이었다. 그다음 단계는 말야, 대놓고 상업적으로 가보겠다고 설치는 거야. 그런 놈들은 꼭 자기가 주목을 못 받는 건 순전히 자기 작품이 어려워서 그렇다고 생각하거든. 물론 백발백중, 실패지. 그건 문학 한다고 폼 잡다가 찌그러진 것보다 오백 배는 더 아플걸. 대중은 절대 만만하지 않아. 제 주머니에서 돈 나가는 일인데 안 그렇겠어? 대중은 자기가 뭘 원하는지 정확히 알고 있다구. 좋은 작품은 보기도 하고 안 보기도 하지만 나쁜 작품은 절대로 안 봐. 근데 그따위 치기를 위악이라고 속아줄 것 같아? 어림없지. 그런 건 전략은 물론 잔꾀도 못돼. 뭐, 모색? 한국어가 아깝다. 그럼 선생님은 어느 단계까지 간 건데요? 나? 네, 선생님요. 아니꼬운 표정으로 듣고 있던 이안의 입에서 마침내 볼멘소리가 튀어나오고 말았다. 여기 선생님 말고는 저뿐이잖아요. 부당하거나 위선적인 상황 앞에서 참을성을 갖지 못하는 것이야말로 이안이 생각하는 자신의 단점이었다. 그러나 참을성이 없기는커녕 소설가가 되려는 목표가 있었을 때에는 자신이 적극적으로 요셉의 권위에 비굴하게 복종했다는 걸 이안은 기억에서 완전히 지워버리고 있었다. 타락한 기득권의 세계가 청춘의 상실에 어떻게 개입하는지를 보여준다는 기획의도를 내세우지만 요셉에 대한 사적인 앙심도 「위기의 작가들」을 기획하게 된 중요한 동기라는 걸 스스로에게 감추고 있는 셈이었다.

반발하는 말이 불쑥 튀어나오고 말았지만 이안은 이내 후회했다. 그는 요셉이 나?라고 되물으며 시간을 벌려 하는 것이 말문이 막혔을 때 나오는 버릇임을 기억해냈다. 그리고 그런 반문의 순간이 반복되다보면 요셉은 얼마 안 가 취해버리곤 했다. 이안은 이쯤에서 빨리 영화에 대한 이야기로 들어가고 싶었다. 요셉은 그렇지 않았다. 이안의 건방진 태도를 보니 이제는 그가 갖고 온 용건을 듣기조차 싫어졌다. 그리고 뭐가 됐든 들어보기도 전에 도움을 주지 않을 방법으로는 빨리 취하는 것밖에 달리 떠오르는 게 없었다.

술을 단숨에 들이켠 뒤 요셉이 대꾸했다. 내가 어느 단계냐. 글쎄, 인정받아본 적이 없는 작가한테는 단계 따위가 적용 안돼. 요셉이 스스로 인정받지 못했다고 말하는 건 겸손이 아니라 불쾌감의 표현이었다. 선생님이요? 그건 아니잖아요. 지금은 아부라도 해야겠다고 급히 노선을 바꾼 이안이 대꾸했다. 내가 호랑이를 그려놨는데 사자 잘 그렸다고 칭찬받은 것 말야? 선생님, 정말 그렇게 생각하세요? 이안의 말꼬리가 과장되게 올라갔다. 그 순간 요셉은 이안이 눈치만 없는 게 아니라 눈치 없기를 확보한 상태에서 간죽대기도 잘한다는 걸 기억해냈다. 그것은 아주 조금밖에 없던 요셉의 참을성이 바닥을 보이면서 그 아래 깔려 있던 노골적 경멸로 접어드는 길을 활짝 열어젖히는 결과를 낳았다. 요셉이 이죽거리기 시작했다. 맞아, 뭘 쓰든 마찬가지야. 누구 한 사람 제대로 읽어준 적이 없다니까. 잘된 일이지. 어차피 멋대로 읽을 거니까 아무거나 막 써도 되거든. 무조건 엉뚱하게 읽을 텐데 잘 쓰려고 할 것도 없고. 잘 쓰는 게 또 뭐야. 읽는 놈들 기분에 따라 다르지. 정당한 평가 따위는 없다구. 생각해봐. 그런 게 있다면 이안도 벌써 소설가가 됐겠지. 안 그래? 소설 잘 썼잖아? 선생님. 말을 끊는 이안의 목소리가 떨려나왔고 거기에 요셉은 매우 만족했다.

세상이 그렇게까지 엉터리예요? 그건 선생님 생각이죠. 공정함은 살아 있어요. 선생님 뜻대로 안되니까 그걸 부정하시는 거잖아요. 말귀를 못 알아듣는군. 왜 공정해야 한다고 생각해? 그걸 누가 정하는데. 그리고, 공정함이 좋은 거야? 그럼 카오스가 좋은가요? 이안은 또 한번 자기다운 고지식한 이분법으로 맞받았다. 맞아. 요셉이 술잔에 남아 있던 마지막 술을 비웠다. 맞다구. 빛과 어둠은 태초에 나눠지지 말았어야 했어. 괜히 헛수고만 했지. 어차피 어둠이 다 먹었잖아. 대체 세상에 빛이란 게 있기나 해? 그런 게 있으면 이렇게 세상이 나쁜 놈들의 천국이겠어? 고개 돌리지 말라구. 돌리는 순간 곧바로 여기 앉아 있는 너하고 나 말고도 나쁜 놈이 세명 이상은 보일걸. 아 참, 지금 내가 여기서 이러고 있을 때가 아니야. 어서 가서 나쁜 짓 좀 더 해야지. 악행질량불변의 법칙이란 게 있거든. 세계의 악행에는 정해진 총량이 있는데 내가 안하면 다른 놈들이 나쁜 짓을 다 해버릴 거 아냐. 그럼 아깝잖아. 선생님, 그렇게 냉소적일 거라면 대안이 있어야죠. 무슨 대안을 갖고 계신데요? 뭐? 대안이 없으면 싫다는 말도 못해? 싫다는 감정은 독립적으로 존재할 수 없나? 불완전명사라도 돼? 지하철 안에서 떠들지 말라고 잔소리하는 늙은이들 봐. 남을 야단치면 자신은 높아진다고 생각하잖아. 그렇다고 자신은 똑같은 짓 안하는 줄 알아? 고래고래 소리지르잖아. 그 늙은이도 대안은 없어. 대안이 없이 싫다고 소리치는 것이야말로 고결한 태도야. 남을 야단치는 늙은이들 다 자기가 정의를 집행하는 줄 아는 거라구.

아 참. 마침 적당한 할 말이 생각났다는 듯 요셉은 이안을 똑바로 바라보았다. 아버지 연세가 어떻게 되셨는데? 자살한 게 아니라고 했지? 네, 어머니가 부어놓은 농약을 물인 줄 알고 마셨다고 말씀드렸잖아요. 거기까진 말 안했지. 아무튼 범인이 어머니였군. 다음 순간 요셉은 자기 말을 정정했다. 아니, 정확히 말하면 몹쓸 우연성이지. 그래서, 즉사겠군? 병원에 입원하고 한달 뒤에 돌아가셨어요. 이 화제를 끝내고 싶은 이안이 다소 고통스럽게 대꾸했지만 요셉은 집요했다. 사인이 독극물 과다복용인가? 그게 아니라 패혈증이에요. 병실에서 감염됐어요. 반전이군. 생수병에 든 농약을 물인 줄 알고 마셨고, 다 나은 줄 알았는데 패혈증에 걸려 갑자기 돌

44

아가셨고, 가족들은 병문안을 갔다가 장례를 치렀다. 플롯이 있네.

　이안이 아무 말 없이 술잔에 남아 있던 마지막 한모금을 비우는 동안 요셉은 벗어놓은 겉옷 주머니에서 휴대폰을 꺼냈다. 물론 이안에게 아무런 양해도 구하지 않았다. 통화는 길지 않았다. 휴대폰을 탁자 위에 내려놓은 뒤 요셉은 강남에 살고 있다는 도경이라는 여자가 신도시에 도착할 때까지 마실 술을 한 병 더 주문했다.

도경과 요셉의 대단원

요셉은 화제를 바꿔 여자에 대한 찬사를 늘어놓기 시작했다. 유용하고 매력적인 소모품이라는 거였다. 곧 그 자리에 도착할 여자는 게다가 공짜라면서 낄낄거렸다. 요셉에게 비싼 선물을 사주는 취미까지 갖고 있다고 했다. 그녀는 자신이 가진 돈의 극히 일부와 지능의 거의 대부분을 소비해서 그 취미를 실행에 옮겼다. 그 결과 그녀가 생각보다 돈이 많으며 생각보다 지능이 낮다는 사실 둘 다로 매번 요셉을 놀라게 해준다는 거였다. 요셉은 그 두가지에 그녀의 정체성에 대한 은유가 담겨 있다고 말했다. 요셉이 단정짓는 그녀의 특성은 돈으로 표출되는 헌신과 멍청함에서 비롯되는 무의미한 평화였다. 그리고 그 둘은 사실상 서로 돕는 관계인데 자신은 헌신의 지겨움에서 뜻밖의 중독성을 발견했다고 너스레를 떨었다.

지겨운 관계니까 지속되는 거야. 새롭고 재미있는 건 오래 못 가거든. 지켜우면 끝내야 하는 거 아닌가요? 요셉의 궤변에 말려든 다는 것을 느끼면서도 이안은 가만히 듣고 있을 수가 없었다. 그게 상대에 대한 예의잖아요. 넌 예의상 연애하냐? 그리고, 지겹다고 박차고 일어나는 게 예의냐, 아니면 지겨워도 참는 게 예의냐? 내가 참을성 많고 예의 바른 인간이 아니었다면 어떤 여자가 선물을 주겠냐. 이안은 입을 다물었다. 속이 뻔히 들여다보이는 요셉의 반어법에는 넌더리가 났다. 술자리에서 누군가가 어떤 작품에 대한 생각을 물으면 요셉의 대답은 거의 똑같았다. 작품보다는 사람이 낫지. 그리고 거기 비하면 부끄럽게도 자신은 자신이 쓴 작품보다 한없이 형편없는 사람이라는 것이었다. 이안은 그것이 농담이라고 생각해본 적이 한번도 없었다. 여자를 칭송하는 농담도 마찬가지였다. 뮤즈 기능으로 대상화했을 뿐 사랑의 대상으로 삼지 않았다.

이안의 머릿속에 요셉의 집을 방문했던 어느 겨울 저녁이 떠올랐다. 요셉은 집에 없었다. 현관문을 열어주던 요셉의 아내는 이안이 취한 걸 보고 조금 놀란 눈치였다. 집 안으로 들어간 이안은 주말 저녁 요셉의 아내가 혼자 텔레비전 앞에 앉아 영화를 보고 있었다는 걸 알았다. 「차와 동정」이라는 영화는 제목부터가 낯설었다. 지도교수의 아내를 사랑하게 된 대학생의 이야기였다. 집에 찾아간 대학생에게 차를 대접하며 교수의 아내는 이렇게 말한다. 내가 너에게 줄 수 있는 건 이 차와 그리고 동정뿐이야. 요셉의 아내도 이안에게 차를 끓여주었다. 요셉이 좋아한다는 중국차였다. 집 안은 조용했다. 차 향기와 정적만이 실내를 가득 채웠다. 이안은 그녀의 불행한 결혼생활이 끝나지 않는 것은 무엇 때문일까 하는 생각으로 머릿속이 터질 것만 같았다. 말없이 뜨거운 차를 홀짝거리는 동안 불을 켜야 할 만큼 실내가 어두워졌다는 걸 두 사람 모두 깨닫지 못하고 있었다.

이안은 탁자 건너편의 요셉을 흘낏 바라보았다. 아무래도 요셉과 아내에 대한 소문이 사실인지 물어보아야 할 것 같았다. 영화와 관련된 것 이외에는 아무것도 궁금해하지 않을 작정이었지만 결국 그렇게 되지는 않는 모양이었다. 이안은 술을 한모금 마셨다. 그러나 이안이 탁자 위에 잔을 내려놓는 순간 문밖에서 노크 소리와 함께 여자의 목소리가 들려왔다.

문이 열리고 들어온 여자는 이안의 짐작과는 거리가 있었다. 이안이 보아온 요셉의 여자들은 퇴폐적 옷차림에 느릿느릿 말하는 내성적인 타입이거나 정반대로 큰 눈에 깡마르고 헐렁한 옷을 입고 다니는 결핍된 소녀 같은 여자들이었다. 페미니스트와 감상적인 여자는 질색이었다. 그렇지만 재능 있고 영민하다면 어느정도는 접어주었다. 도경은 그 어디에도 해당되지 않았다. 키가 작고 통통했으며 생글거리는 인상이었다. 나이는 들어 보이지 않았다. 사십대로 접어든 아줌마라기보다 공부 못하고 엉뚱한 말썽을 피우는 여고생 같았다. 손에는 학원가방 같은 납작한 토트백이 들려 있었는데 실제로도 발레학원에서 오는 길이라 목이 탄다며 앉기도 전에 요셉의 잔에 남아 있는 술을 단숨에 마셔 없애는 거였다. 그런다음 탁자 위에 남아 있던 접시들을 훑어보더니 대뜸 문을 열고 종업원을 불러 매운탕을 주문했다. 요셉은 도경의 등장이 수선스럽다며 눈살을 찌푸렸다. 선생님은 꼭 시간이 남아돌 때만 연락하더라? 그럼 시간 없으니까 못 만난다고 연락해야 하나? 그것이 그들의 첫 대화였다.

이안이 자신을 영화감독이라고 소개하자 도경은 자기는 발레학원 학생이라고 받았다. 춤에 관심이 많으신가봐요? 이안의 물음에 도경은 정도 이상으로 활짝 웃었다. 그건 아니구요. 그냥, 배우는 게 좋아서요. 저는 아는 게 별로 없거든요. 배운 건 금방 잊어버리구요. 뭐든지 새로 배워야 하니까 맨날 배우고 있는 거예요. 요가도 배웠고, 수영도 배웠는데 물에 뜨지도 못했어요. 나중에 다시 배워야죠. 그래서 제가 좀 바빠요. 요셉이 말없이 이마를 잔뜩 찌푸리고 있는 데에 신경이 쓰인 이안은 조교 시절처럼 일종의 책임감을 느끼며 다시 도경에게 말을 건넸다. 운동을 좋아하세요? 그건 아닌데. 근육 생기는 것도 싫고. 근육이 있으면 거기에 근육통도 생길 수 있잖아요. 그냥 전 무조건 남 따라 하는 게 좋아요. 꽃꽂이랑 사진도 배웠는데. 아, 맞다. 제빵교실도 다시 다닐 때가 됐네. 밀가루 쌓아서 달걀 섞는 법까지 잊어버렸어.

갑자기 요셉이 끼어들었다. 꼬르동 블뢰에서 공부했다는 그 사람 어떻게 됐어? 응? 누구 말하는 거지? 눈을 동그랗게 뜨는 도경이 답답하다는 듯 요셉의 말이 빨라졌다. 레스또랑 내는 거 아니었어? 인테리어 업자한테 주방에서 테이블까지 음식 도착하는 시간을 30초에서 25초로 줄여달라고, 최선을 다해달라고 당부했다는 사람 말야. 왜요? 왜 시간을 줄여야 해? 난들 아나. 음식이 식을까 봐 그런다나 어쩐다나. 네가 한 말이잖아. 점점 짜증이 담겨가는 요셉의 말투에 이안은 불안해졌지만 도경은 아랑곳하지 않는 눈치였다. 응, 기억난다. 그 사람 말이구나. 그 사람 근데 죽었어요. 죽었다고? 네. 왜? 베란다 난간에 기대고 달을 보다가 떨어져 죽었대요. 13층이었대. 고개를 너무 젖혔나봐. 그래서 레스또랑은 안하기로 했어요. 아, 맞다. 그 사람 문상도 갔었다. 여기 신도시였어. 여기 진짜 멀잖아. 전철 타고 오다가 너무 더워서 중간에 내렸거든. 그 동네도 아파트 많더라. 시간도 남고, 그냥 아무거나 하나 샀더니 2억인가 3억인가 올랐대.

종업원이 끓고 있는 매운탕 냄비를 가져다 휴대용 버너에 올려놓고 나갔다. 도경이 한 손에 국자를 들고 다른 손을 요셉의 앞접시로 뻗었다. 요셉은 보호하기라도 하듯이 얼른 앞접시를 자기 쪽으로 끌어당겼다. 도경을 향해 손사래까지 쳤다. 하는 수 없이 국자 속의 매운탕을 자기 접시에 쏟아붓는 도경의 표정은 무안하다기보다 시무룩했다. 도경이 밥을 먹는 동안 요셉은 바보들만 터득한 방법으로 젓가락질을 한다고 핀잔을 주었고 오이 씹는 소리가 너무 크다고 지적했다. 도경이 숟가락을 들자마자 그것으로 자기를 가리키며 말을 할 생각이라면 당장 내려놓으라고 경고하면서 스테이크 집에서 몇번이나 칼을 쥔 손으로 자기를 공격했다는 점을 거듭 상기시켰다. 국물을 뜰 때 숟가락을 꺾는 각도와 속도가 경박하다고 핀잔을 주기도 했다. 짧게 끊는 동작을 보니 팔이 짧은 게 실감난다는 거였다.

　어느 순간 도경이 슬그머니 국자를 들었다. 요셉이 방심한 틈을 타서 생선 토막이 든 국물을 요셉의 앞접시에 부어놓는 데에 성공했을 때 그녀는 속눈썹을 깜박이며 가까스로 기쁨을 감췄다. 물론 요셉은 자기만의 매운탕 공략의 단계적 계획을 망쳐버린 도경에게서 증오에 찬 시선을 한참이나 거두지 못했다. 어류의 골격구조를 면밀히 계산하며 신중히 뼈를 발라낸 결과 드디어 생선의 하얀 살점이 드러나는 순간 그 위를 무식한 뻘건 국물이 덮어버린 데 대한 분노 때문에 자신의 얼굴도 국물과 비슷한 색깔이 되었다. 요셉은 젓가락을 소리나게 내려놓았다. 그리고 흐르는 땀을 닦을 생각도 하지 않은 채 배려와 헌신이라는 이름으로 행해지는 폭력이야말로 자기가 가장 혐오하는 것인데 그 이유는 진정한 헌신이란 존재하지 않기 때문이라고 장광설을 늘어놓았다. 스스로 헌신이라고 의식하는 모든 행위는 정산되기를 바란다는 점에서 잠재적 빚이라며 자신은 그런 부당한 빚 따위는 결단코 용납할 수 없다고 사뭇 목청을 높이는 거였다. 도경이 오기 전 헌신에서 뜻밖의 중독성을 발견했다고 너스레를 떨 때와는 딴판이었다.

　일단 목적을 이룬 도경은 잘 듣는 것 같지 않았다. 어차피 잊어버리기 때문에 들어둘 필요가 없다고 생각하든지 나중에 또 말할 테니 그때 들으면 될 것 아니냐고 생각하든지 둘 중 하나인 것 같았다. 잠시 후 이안은 자신이 요셉의 감정 기복과 변덕에 대해 간과하고 있었음을 또 한번 깨달아야 했다. 취한 요셉이 도경을 칭송

하기 시작했던 것이다. 도경이는 밑 빠진 독이야. 밑이 빠졌다는 말 알아? 뭐든 부으면 새버리는 것. 의미 따위가 축적되지 않는 거야. 이미지도 패턴도 성립 안돼. 도대체가 성립되지 않는 세계란 말이지. 밑 빠진 독. 알아듣겠냐? 헤픈 걸로는 또 최고지.

요셉이 빈 술병을 들어 흔들었다. 술을 더 주문할 기색이었다. 이안은 자신이 이 자리에 앉아 있는 이유를 잊지 않고 있었다. 취한 요셉을 바라보는 이안의 시선은 약간 초조했다. 주문을 만류하기 위해 그는 짐짓 걱정스러운 목소리로 말했다. 선생님 주량은 여전하시네요. 간은 괜찮으신 거죠? 못 들은 척 호출 벨을 누른 다음 요셉이 눈을 아래로 뜬 채 천천히 대꾸했다. 몸에 병 없기를 바라면 안되지. 몸에 병이 없으면 탐욕이 생기기 쉬워. 병고로써 양식을 삼으라, 그거 몰라? 그게 또 그렇게 되나요? 이안이 도움을 청하는 눈길을 건너편의 도경에게 던져봤지만 도경은 활짝 웃는 얼굴을 보여줄 뿐이었다. 요셉의 말이 계속되었다. 세상일에 곤란 없기를 바라지 말라. 곤란이 없으면 업신여기는 마음과 사치하는 마음이 생기니, 근심과 곤란을 갖고 세상을 살아가라. 부처님 말씀이야. 이것도 있지. 공부하는 데 장애가 없기를 바라지 말라. 장애가 없으면 배우는 것이 넘치게 되느니 장애 속에서 해탈을 얻으라. 맞아, 딱 내 얘기네. 도경이 박수를 쳤다. 너 머리 나쁜 건 장애가 아니야. 불능이지. 요셉이 고개를 돌리고 한마디 던지자 도경이 다시 감탄사를 내뱉었다. 아하! 노골적인 경멸을 담은 눈을 게슴츠레 뜬 채 요셉은 되물었다. 뭐가 아하야? 알았다는 뜻이죠. 뭐든 아는 건 좋은 거잖아요. 깔깔 소리내어 웃는 도경을 멍하니 바라보는 이안을 향해 웃음을 그치지 못해 계속해서 어깨를 들먹이며 그녀가 겨우 말했다. 저 원래 잘 웃어요.

술을 더 마실지 아닐지는 그들이 결정하는 게 아니었다. 영업시간이 끝났다며 종업원이 계산서를 들고 왔다. 도경이 학원가방에서 지갑을 꺼내더니 카드를 빼서 건네주었다. 이안은 자기도 모르게 잘 먹었습니다, 고맙습니다,라고 말했고 도경에게서는 어머, 돈 때문에 고맙다는 말 처음 들어, 감독님 왜 그렇게 심각하세요,라는 대꾸가 돌아왔다. 이안은 여자가 있는 한 요셉과의 술자리가 2차로 이어지지 않는다는 걸 알고 있었다. 이젠 종업원이 카드와 영수증을 갖고 돌아오기 전까지의 시간밖에는 남아 있지 않았다. 이안의 말이 또박또박하고 빨라졌다. 선생님, 제가 단편영화를 찍으려고 해요. 돈이 없어서 영화 일 하는 친구들이 출연해주기로 했는데요. 이안은 요셉이 알 리 없는 이름을 줄줄이 늘어놓은 다음 다시 말을 이었다. 후원하는 곳은 있어요. B문화재단 아시죠? 거기 공모에 트리트먼트가 당선됐거든요. 담당 팀장이 이름이 좀 특이한 여자인데요. 이안은 마지막 남은 기운을 다해 자기의 계획을 설명했다. 요셉은 조용했다. 이안의 말에 귀를 기울이는 건 요셉이 아니라 통통하고 하얀 팔을 탁자 위에 올려서 턱을 괴고 있는 도경이었다. 말이 끝나자 요셉은 꼭 그렇게 소리를 지르면서 말해야 하느냐고 한마디 던졌을 뿐이었다. 아무리 시간이 지났어도 사람 사이에는 한번 설정된 관계의 틀이 바뀌지 않고 반복된다는 생각이 이안에게 약간의 좌절감을 주었다. 그것은 익히 알고 있던 요셉의 속된 욕망과 과장과 이기심에 대한 염증을 불러일으켰는데 그 항목 모두는 요셉이 이안에게 염증을 느끼는 이유와 일치하는 것이었다. 위악과 자기기만으로 각기 다르게 표출될 뿐이었다.

이안이 잡아주는 택시에 오른 뒤 요셉은 도경의 어깨에 머리를 기댔다. 취하긴 했지만 완전히 풀어진 건 아니었다. 술이 들어가면 말이 길어진다는 사실은 스스로 알고 있었다. 자기연민에 빠지거나 심정을 토로하는 어설픈 짓을 하지 않았으면 그만이었다. 이안이 하는 말을 제대로 듣지 않을 수 있었다는 것만은 그날의 만남에서 어느정도 만족스러운 결말이었다. 택시가 출발하고 이안이 눈앞에서 완전히 사라진 다음에야 요셉은 그가 찍겠다던 영화에 대해 생각해보았다. 이안의 입에서 나왔던 이름들을 떠올렸다. 거기에는 류의 이름도 있었던 것 같았다. 택시는 불규칙하게 흔들리고 있었다. 반동이 전해져올 때마다 요셉은 도톰한 도경의 어깨 살집의 감촉을 느꼈다. 불현듯 이 여자의 옷을 벗길 일이 지겨워졌다. 섹스할 때 도경은 충실한 애완견처럼 굴었지만 재치도 창의력도 없었다. 시종일관 온몸을 조이는 것만으로 최선을 다했다. 늘 불을 끄기 때문에 보이지는 않지만 두 주먹을 쥐고 있을지도 모른다. 힘 좀 빼보라니까. 요셉은 인상을 쓰며 이렇게 말하게 될 것이다. 이렇게요?라며 깔깔대겠지만 도경의 표정이 어떤지는 알 수 없는 일이다. 안다고 해서 무엇이 달라지는 것도 아니다. 요셉은 도경의 어깨에 기댔던 머리를 일으켜세웠다. 그리고 자신의 허벅지에 올려져 있던 그녀의 손을 차갑게 밀쳐냈다. 머리가 지끈거리기 시작했다. 요셉이 손끝으로 명치를 누르며 택시기사에게 라디오를 꺼달라고 말하려는데 도경이 갑자기 낮게 부르짖었다. 어머, 비 온다. 고개를 돌린 요셉의 시야로 차창에 부딪치는 밤의 봄비가 뛰쳐들어왔다. 빛의 빗금이 검은 어둠을 뚫고 맹렬히 따라오며 차창을 두드렸다. 요셉은 차가운 유리에 이마를 갖다댔다. 떠오르는 문장이 있었다. 좀처럼 가지 않는 어두운 숲을 물려받았지만 그러나 숲은 움직이게 되리라.* 류가 식탁 위의 공책에 써놓은 구절이었다. 류의 마지막 말인 셈이다. 요셉은 그 시의 다음 문장을 이어 쓰고 싶었다. 자신이 걷게 된 다른 숲에 대해서도 말해주고 싶었다. 온 힘을 다해 그토록 수없이 외쳤지만 그러나 그 말은 류에게 전해지지 못했다.

십육년 만의 무더위라는 기상청의 발표는 매일 기록을 경신했다. 어느날부터는 기상관측 이래라는 표현으로 바뀌더니 한동안 그 말이 계속해서 뉴스에 오르내렸다. 폭염 속에서 우리는 S시에 방을 얻었다. 서로를 떼어놓는 각자의 인생으로부터 도망쳐온 것이었다. 그때의 우리가 생각할 수 있는 가장 먼 곳은 그 섬이었다. 전국을 가마솥처럼 달구고 있는 열기에 비한다면 S시는 그다지 덥지 않았다. 그러나 거대한 휴화산이 편서풍을 가로막아 도시 전체를 습하게 만들었다. 마치 비닐을 씌운 장마철의 온실 속 같았다.

* 토마스 트란스트뢰메르 「소곡」 중.

텔레비전 화면 귀퉁이에는 매일의 습도가 기온보다 큰 숫자로 떠 있었고 지역뉴스 시간에는 대형마트에 제습기가 동이 났다는 소식이 보도되었다. 우리가 세 든 태양연립 301호의 벽에도 안내문이 붙어 있었다. 1) 습도가 높으니 꼭 창문을 닫아주세요. 2) 곰팡이를 자주 닦아주시고 모기향이 준비돼 있습니다. 도망자답게 우리는 하루 종일 창문을 꼭꼭 닫고 지냈다. 온몸이 땀으로 범벅된 채 낙원 추방의 전야처럼 끼니를 때우고 술을 마시고 함께 뒹굴었다. 끈적끈적한 팔을 휘감았고 미끌거리는 이마를 맞댔고 쉴 새 없이 땀이 흘러내리는 등을 서로 기대었다. 나귀처럼 더운 입김을 내뿜으며 키스했다. 눅눅한 이불 속에서 뜨거운 진흙탕에 빠진 것처럼 얽혀 허우적거렸고 달고 뜨거운 시럽같이 그대로 녹아내려 마침내는 세상에서 사라져버리자고 약속했다. 찰싹찰싹 손바닥으로 모기를 잡다 말고 후텁지근한 실내에 모기향을 피웠다. 우리들의 장례식에 문상 온 흉내를 내며 모기향 앞에 절을 하고 킬킬거렸다. 우리는 버림받기를 간절히 바랐다. 무위와 권태에 매혹되었고 따분함을 즐겼다. 시장에 가고 골목을 산책했지만 금방 태양연립 301호로 돌아오곤 했다. 류는 노래를 잘 불렀다. 그녀가 이인용 식탁에 앉아 손으로 턱을 받치고 작은 목소리로 아리아를 부를 때 머리카락을 타고 내려온 땀방울이 손등으로 미끄러졌다. 실내에는 늘 모기향과 곰팡이와 하수구 냄새가 떠돌았고 벽과 바닥은 눈물에 젖은 듯 차고 축축했다. 깊은 밤 어쩌다 창문을 열면 희뿌연 안개 입자들이 수상한 기척과 함께 집 안으로 몰려들어왔다. 그뿐이었다. 아무도 우리를 찾아내 갈라놓지 못했다. 눈을 뜨면 언제나 옆에 류가 있었다. 잠들어 있거나 잠든 나를 내려다보고 있었다. 우리는 말하기 싫을 때 뭔가 적어놓도록 식탁 위에 공책을 한권 갖다놓았다. 곁에 없다면 그 공책에 편지를 써놓고 집 안 어딘가에 혼자 있는 것이었다. 류가 사라졌을 때 나는 맨 먼저 그 공책부터 집어들었지만 새로 적어놓은 글은 없었다. 집 안 구석구석을 미친 듯이 뒤졌고 계단을 서너 칸씩 건너뛰며 구르듯 내려가서 골목과 시장을 샅샅이 살폈지만 그녀는 없었다. 나의 몸은 우리가 함께 흘린 땀보다 몇 배나 많은 땀으로 흠씬 젖었다. 달콤한 훈향은 더이상 깃들어 있지 않았다. 류, 왜 떠났을까. 다시 태양연립에 뛰어 돌아와 짐을 싸면서 류의 여행가방이 있던 자리를 바라보는 나의 눈에는 눈물이 그치지 않았다. 그날 밤 공항에 내리자마자 류의 아파트로 갔다. 새벽까지 기다렸지만 문은 열리지 않았다. 전화도 받지 않았다. 그다음 날도 그다음 날도 마찬가지였다. 그녀의 아파트를 등지고 돌아나올 때마다 꽃냄새를 품은 쾌적한 새벽바람이 마치 백화점 향수 코너를 채운 에어컨 냉기처럼 싸늘해서 몸을 움츠리곤 했다. 며칠 동안 먹지도 마시지도 않은 채 온갖 곳을 찾아 헤맸지만 류는 만날 수 없었다. 모든 연락이 끊어졌다. 도무지 이유를 알 수 없었다. 그때 나는 새벽 거리에 몸속의 모든 것을 게워놓고 그 옆에 쓰러진 채, 무엇이 달려와 나를 뭉개버리든 지금보다 비참하진 않을 거라는 절망 속에서 어떤 말을 되뇌었던가. 그녀에게 보여주고 싶었던 움직이는 숲, 새로운 숲과 밝은 숲. 그러나 도대체 내가 그것을 알기는 했을까.

　요셉은 도경의 위에서 빠르게 몸을 움직였다. 땀에 흠뻑 젖어 있었지만 살갗의 안쪽은 차가웠다. 격정 없이 난폭해질 수 있다는 것만 봐도 알 수 있는 일이었다. 섹스에는 일인극과 소극의 요소가 있다. 요셉은 일인극을, 도경은 소극을 원했지만 갈망이 없기는 둘 다 마찬가지였다. 패턴의 세계라는 이름의 이 극장의 배우들은 막이 내리기만을 기다리고 있었다. 이윽고 요셉이 거칠고 짧은 숨소리를 뱉었고 도경은 어둠 속에서 가만히 팔목을 들어 시계의 야광 바늘을 보았다. 시계를 차고 섹스하는 여자들은 집에 돌아가야 할 시각이 언제인지 잊지 않고 있다. 내일을 시작하기에 합당한 장소로 돌아가려는 것이다. 요셉 또한 다른 날과 비슷한 주기 속에서 그날분의 이야기가 끝나가고 있음을 느꼈다. 그것은 시작될 때와 마찬가지로 약간의 우울과 무거움을 동반했는데 굳이 따지자면 고통보다는 고독에 가깝다는 생각이 들었다.

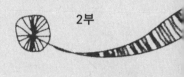

2부

그들 각자의 극장

고통과 고독의 세계

류는 부모가 유학한 나라의 시민권자로 태어났다. 류가 자란 도시에서는 일년의 절반 동안 비가 내렸다. 우기를 알리는 차가운 빗방울과 함께 가을이 시작되면 비는 겨울이 끝날 때까지 계속되었다.

여름이 끝나갈 때 사람들은 뒷마당에 있던 피크닉 테이블과 해먹을 차고로 집어넣었다. 잔디깎이와 자전거와 농구대도 함께 차고 구석으로 들어갔고 굳게 닫힌 창문에는 블라인드가 내려졌다. 비는 온종일 그쳤다 내렸다를 반복하며 길고 지루한 시간을 예고했다. 이따금 후드를 뒤집어쓴 사람들이 어깨를 움츠린 채 묵묵히 걸어 지나갈 뿐 거리는 텅 비어갔다. 점점 일조량이 부족해졌고 우울증 환자가 병원 대기실을 채우기 시작했다. 따뜻한 곳으로 여행을 떠난 사람의 빈집에 홈리스들이 숨어들어 어둠 속에서 몇주일을 보냈다는 신문기사가 실리기도 했다. 도시는 그 시기에 전국에서 가장 높은 독서율과 자살률을 기록했다. 모든 일이 봄이 온 뒤로 미뤄진 탓에 삶은 무력했고 그것은 도시 전체를 웅크린 회색 동굴지대처럼 음울하게 만들었다. 그러다가 마침내 비가 그쳤다. 동물원 앞 언덕길의 매화가 꽃을 피우면서 그 너머로 이루 말할 수 없는 푸른빛의 바다에 금화살 같은 햇살이 가득 고이는 날이 왔고 모두가 일제히 반바지 차림에 썬크림을 바르고 집 밖으로 뛰쳐나갔다. 그것은 어둑어둑한 실내에서 그칠 줄 모르는 비를 바라보며 긴 겨울을 지내본 사람만이 알아볼 수 있는 눈이 시린 찬란이었다.

그 도시의 봄은 크레파스 상자 속 같았다. 난생처음 크레파스를 선물받은 아이가 상자에서 이것저것 아무거나 꺼내 자신을 둘러싼 모든 사물에 아낌없이 색칠을 해놓은 것도 같았다. 숲과 잔디와 바다와 꽃과 하늘과 산과 호수가 맨 처음 이름 붙여진 그대로의 초록과 연두와 노랑과 선홍과 파랑과 하늘색으로 생생하게 살아났다. 그 푸르름 속을 한차례의 핑크빛 벚꽃 축제가 흔들고 지나간 뒤에는 호수에 뜬 요트의 흰 돛과 언덕 위를 달리는 자전거의 은빛 바퀴살이 하루 종일 햇빛을 튕겨냈다. 만년설이 덮인 산봉우리는 마치 거대한 아이스크림이 스쿠프에서 떨어지는 순간 그대로 허공에서 얼어붙은 모양으로 도시의 짙푸른 하늘 한가운데에 떠 있었다. 뒷마당의 잔디밭에 다시 파라솔이 펼쳐지고 고양이를 약올리기에 바쁜 다람쥐가 삼나무 사이를 오르락내리락하고 튤립과 수선화가 피고 스프링클러가 하늘 높이 물줄기를 뿜어내기 시작했다.

그런 눈부신 봄날 중 어느 하루 류의 가족도 분주하게 피크닉 준비를 하고 있었다.

어린 류는 주방에서 짐을 꾸리는 어머니를 도와 심부름을 했다. 어머니는 양쪽에 손잡이가 달린 큰 아이스박스에 바비큐용 고기와 쎌러드 야채와 안줏거리 들이 든 밀폐통을 넣었다. 류에게는 작은 아이스박스를 챙기게 했다. 그것은 캔맥주와 음료수와 과일로 채워졌다. 후식으로 구워 먹을 감자와 옥수수와 마시멜로우는 칩 봉지와 함께 따로 비닐백에 담겨 있었다. 수영복과 세면도구가 든 옷가방은 이미 캠핑 도구와 함께 아버지가 차에 실어놓았다.

류의 가족은 일주일간 야영을 하며 해안도로를 따라 서쪽 바다를 일주할 계획이었다. 이웃의 두 가족과 함께 떠나는 여행이었다. 지난겨울 카드놀이를 하면서 이 여행을 생각해낸 아버지의 제안에 따라 그날 카드놀이의 판돈은 세 가족이 함께 여행할 수 있는 밴을 렌트하는 데 쓰였다. 류의 가족을 빼고 다른 두 집에는 아이가 없었기 때문에 12인승이면 충분했다.

드라이브웨이에 세워진 밴 주변에는 이미 반바지와 쌘들 차림의 이웃 아저씨들이 모여 서서 들뜬 목소리로 여행지와 날씨에 대해 얘기하고 있었다. 류의 아버지는 말은 많지 않았지만 웃음소리만은 거기 있는 누구보다 컸다. 아버지의 웃음소리가 들려올 때마다 류는 드라이브웨이를 향해 난 창문 쪽으로 고개를 돌렸다. 바다도 좋고 피크닉도 캠핑도 다 좋았지만 무엇보다 아버지와 일주일 동안이나 온종일 함께 시간을 보내는 건 흔치 않은 일이었다. 류가 또다시 들뜬 표정으로 창문을 향해 고개를 돌렸을 때 어머니는 더

이상 도울 게 없으니 아버지에게 가보라고 말했다. 하지만 류는 어머니 곁을 떠날 마음이 없었다. 작년에 학교에 들어간 류는 주방에서 어머니를 돕는 것이 더 어른스러운 일이라고 생각하고 있었다.

아버지가 집 안으로 들어와 주방에 얼굴을 내밀었다. 이웃집 아줌마들이 도착해서 짐을 싣고 있다며 구석에 챙겨놓은 아이스박스와 가방을 들었다. 작은 아이스박스까지 한꺼번에 옆구리에 끼려고 하자 어머니는 자신이 들 테니 두고 가라고 말했다. 눈을 마주치지는 않았지만 두 사람의 목소리는 부드러웠다. 짐을 들고 나가면서 아버지는 류를 향해 싱긋 웃어 보였다. 그 얼굴 그대로 어머니 쪽으로 시선을 돌렸고 어머니는 아버지 뒤쪽에 조금 열려 있던 현관문으로 다가가 그것을 활짝 열어젖혔다. 양손에 무거운 짐을 들었지만 아버지는 성큼성큼 걸음을 옮겼다.

마지막으로 집 안 구석구석을 둘러보고 블라인드를 내리고 문단속을 한 다음 식탁 의자에 걸려 있던 류의 피크닉 모자를 건네주고 욕실에 들어가 손을 씻고 거울을 보는 것으로 어머니의 출발 준비는 끝나는 듯했다. 그러나 현관에서 실내화를 쌘들로 갈아신던 어머니는 잠깐 동작을 멈추고 가늘게 한숨을 내쉬었다. 와인 챙기는 걸 잊었던 것이다. 류는 이미 현관문 밖으로 한 걸음 나가 있었다. 어머니는 류에게 차에 먼저 가 있으라고 말한 뒤 쌘들을 신은 채 지하계단으로 통하는 복도로 몸을 돌렸다. 류는 그대로 빠른 걸음으로 밴으로 향했다.

어머니는 좀처럼 나타나지 않았다. 짐을 모두 실은 아저씨들이 손에 들고 있던 빈 맥주캔을 쓰레기봉투에 담은 뒤 밴에 들어가 자리를 잡고 앉은 뒤까지도 나오지 않았다. 운전석에 앉은 아저씨가 가볍게 경적을 울렸지만 집 안에서는 아무런 기척이 없었다. 아저씨가 의아한 표정으로 아버지를 돌아보았다. 그러자 그 일이야말로 자기 몫이라고 생각한 류는 의자에서 벌떡 일어났고 차에서 내리자마자 드라이브웨이의 자갈을 밟으며 집을 향해 달려갔다. 현관문을 여는 순간 부산했던 기운과 여행 짐이 모두 빠져나가 어쩐지 텅 비어 보이는 실내가 눈에 들어옴과 동시에 뭔지 모를 서늘한 정적이 류의 몸을 감쌌다. 어머니의 모습은 보이지 않았다. 조금 전 어머니가 벗어놓은 실내화가 발밑에 밟혔다. 류의 한쪽 무릎이 현관에 내놓여 있던 와인 박스를 건드렸는지 병 주둥이들이 서로 부딪쳐 가볍게 쨍강 소리를 냈다.

어머니는 주방 벽에 붙은 전화기를 귀에 댄 채 멍하니 서 있었다. 전화기 너머에서 누군가 거친 말을 하고 있는 게 막연히 느껴졌다. 어머니의 표정이 차갑게 굳어 있었고 집 안으로 들어온 류를 전혀 깨닫지 못한 것 같았으므로 류는 자기도 모르게 숨을 죽였다. 어머니가 조용히 전화기를 제자리에 올려놓을 때까지 복도에 선 채 꼼짝할 수가 없었다. 천천히 식탁 의자에 앉는 어머니의 씰루엣이 보였다. 어머니는 블라인드가 내려져 아무것도 보이지 않는 창문을 멍하니 바라보고 있었다. 류는 이유를 알 수 없는 불안으로 금방이라도 오줌을 쌀 것만 같았다. 실내에 떠돌던 공기가 거기 놓인 모든 사물을 향해 바짝 조여드는 느낌이었다. 어머니가 불현듯 류가 있는 쪽으로 고개를 돌렸다. 그리고 류가 뭐라고 입을 열기도 전에 의자에서 일어났고 어정쩡하게 서 있는 류의 곁을 지나쳐 천천히 와인 박스 쪽으로 걸어가 허리를 굽히고 두 손으로 그것을 들었다.

차에서 나와 드라이브웨이를 걸어오고 있던 아버지가 어머니로부터 와인 박스를 받아들었다. 아버지가 그것을 트렁크에 싣는 동안 류와 어머니는 차에 올라탔다. 이웃들이 한마디씩 쾌활하게 인사를 던졌다. 모두 여행을 앞두고 들떠 있었다. 누군가 멋진 써니 데이이니 어머니가 꾸물거린 것쯤 용서해주겠다며 농담을 던졌고 그런 싱거운 말 한마디만으로도 차 안에는 한바탕 웃음소리가 가득 찼다. 뒤이어 차에 오른 아버지도 어머니가 아니라 와인이 꾸물거린 거라며 농담을 거들었다. 어머니는 차 안의 모두처럼 활짝 웃는 얼굴이었다. 여름 내내 써니 데이가 계속될 테니 자신을 용서해줄 날들은 아직 많이 남아 있다고 대꾸하기도 했다. 그러나 옆에 앉은 아버지가 안전띠를 매주기 위해 고개를 숙이고 어머니 쪽으로 몸을 기울였을 때 류는 보았다. 아버지를 뚫어지게 바라보는 어머니의 눈길은 길거리 쇼윈도우의 디스플레이 인형에 박힌 유리 눈알처럼 차가웠다. 철컥 소리와 함께 버클이 채워진 뒤 아버지는 고개를 들었고 어머니와 눈이 마주쳤다. 그러나 다음 순간 차 안쪽에서 한바탕 웃음소리가 터져나왔기 때문에 그쪽으로 고개를 돌렸다. 어머니의 오른쪽 손은 아까부터 왼쪽 가슴 위에 올려져 있었다. 안전띠를 붙잡는 것처럼 보였지만 손가락 마디가 마치 골절된 뼈를 누르듯 안으로 구부러져 있었다.

　그 여행에 대한 류의 기억은 그것이 거의 전부였다. 어디를 어떻게 돌아다니며 어떤 시간을 보냈는지 이상할 만큼 아무 기억도 남아 있지 않았다. 아마 기억에 남을 만큼 즐겁지도 않고 그렇다고 불쾌하지도 않은 여행이어서 그랬을 것이다. 그 여행 내내 자연스럽지 않거나 특별한 사건은 아무것도 일어나지 않았다.

　그날 어머니가 받은 전화가 무엇을 의미하는지 류는 훗날 그 전화를 건 사람으로부터 직접 들어 알게 되었다. 흔하디흔한 이야기였다. 아버지는 일주일간 만날 수 없다는 말을 하기 위해 떠나기 전날 밤 당시의 애인을 만났고 가족여행이란 말에 질투에 사로잡힌 여자가 어머니에게 아버지와의 관계를 밝히며 여행을 훼방하려 했던 것이다. 자신의 가정이 있었던 그 여자는 아버지의 결혼을 깨려는 의도까지는 없었다. 여행을 망치는 작은 수확만으로도 무례한 침입을 행사할 만큼 급하고 천박한 여자였으며 자신이 남을 불행하게 만들 수 있다는 악의의 권력적 측면에 도취해 있었다. 자신이 품은 악의가 아니면 절대로 남에게 아무 영향도 미칠 수 없는 종류의 여자였다. 부동산 중개인이었던 여자가 매물로 내놓은 류의 집을 둘러보러 왔을 때 어머니는 외출 중이었다. 류는 하이스쿨 동급생의 엄마이기도 한 그 여자를 형식적으로 집 안으로 맞아들였다. 그녀가 식탁에 앉아 류가 내온 차를 마시며 십년 전 봄날 여행을 환기시킨 것은 어이없게도 한때 류의 가족 중 한 사람과 연인이었다는 것을 친분관계로 암시하여 부동산 거래를 유리하게 이

끌려는 속셈에서였다. 그 여자의 십년 전 애인이 누구였으며 어떤 관계를 맺었는지는 류의 관심을 끌지 못했다. 그때 부모는 이혼해 있었고 열여덟살인 류는 이미 아버지에 대해 많은 것을 알고 있었다. 여자의 말을 듣자 류의 머릿속에 선명하게 떠오른 것은 그 봄날 지금 여자가 앉은 것과 같은 자리에 앉아 있던 어머니의 씰루엣이었다.

어머니는 가족여행을 떠나는 차에 올라타기 직전 남편의 부정을 알게 되었다. 이제 그 남편 곁에서 꼼짝없이 일주일을 보내야 한다. 차 안에서 여행지에서 그리고 텐트 안에서. 그 여행은 부부들끼리의 캠핑 휴가였다. 이웃 부부들이 그러듯 어머니도 아버지와 함께 불을 피우고 식사 준비를 하고 설거지를 하고 커플 게임에서 한팀이 되어 호흡을 맞춰야 했다. 옆자리에 붙어앉아 술잔을 부딪쳐야 할 것이고 아버지가 운전을 맡을 때는 조수석에 앉아 지도를 펼치고 의견을 나눠가며 함께 길을 찾아야 한다. 그 여행은 아버지가 아니라 아버지의 부정과의 여행이었으며 그것은 한시도 떨어지지 않고 어머니의 눈앞에서 끊임없이 존재를 일깨우도록 각본이 짜여진 셈이었다. 여자에게서 걸려온 전화를 끊고 어머니는 의자에 가서 앉았다. 차에 시동을 걸고 어머니를 기다리는 일행은 한껏 들뜬 경적 소리로 출발을 재촉하고 있었다. 어떻게 해야 할 것인가. 잠시 눈을 감고 자신이 맡은 배역의 감정을 잡은 다음 어머니는 천천히 무대로 걸어나갔다.

어머니의 결혼생활에서 류가 받아들일 수 없었던 것은 바로 그런 점이었다. 어머니는 그 봄날의 피크닉처럼 많은 순간 자신을 배우로 바꿔서 고통 속을 통과해나가려 했다. 진실을 알려고도 하지 않았고 그것을 밝히는 과정에서 파생되는 어떤 변명도 요구하지 않았다. 거의 혼자 힘으로 지켜나간 가족이라는 이데올로기의 힘은 어머니 편이었지만 그 권리를 행사하여 아버지에게서 구성원으로서의 각성을 이끌어내려고 하지도 않았다. 류에게 아버지를 비난하는 일도 없었으므로 류와 아버지 관계의 독자성은 지켜졌다. 류의 집에는 사소한 일상의 갈등과 반목은 있었지만 격렬한 다툼 후에야 도래하는 화해와 용서의 감동적이고 뜨거운 서사 같은 것은 없었다.

대체 왜 그랬을까. 어머니는 그 여자의 말을 믿고 싶지 않았을 것이다. 그런데도 묻지 않았다. 사실이 아니라고 무시해버렸나? 그러기에는 그 소식은 전혀 터무니없지가 않았다. 아버지를 사랑했던 것일까. 그렇다면 조금이라도 더 뜨겁게 반응해야 했다. 만약 아버지를 사랑하지도 않고 또 믿지도 않게 되었다면 왜 떠나지 않았던 것일까. 아무것도 개선하려고 하지 않는 태도는 어머니의 합리적이고 깔끔한 성격과 맞지 않았다. 또한 그것은 책임감이나 헌신, 도덕적 우월감, 자존심이나 위악, 사회적 평판 그 어떤 것과도 관계가 없었다. 그런 소모적 감정이나 공허한 명분 때문에 고통을 참아내면서 인생을 낭비할 만큼 어머니는 어리석지도 무능하지도 않았다. 어쩌면 어머니가 믿지 않게 된 것은 아버지뿐 아니라 아버지를 포함한 타자로서의 모든 세계였을지도 모른다. 어디로 이사를 가든 어차피 같은 세계 안이고 천국이 아닌 것은 마찬가지라고 말이다.

아버지 방에는 책과 음반이 많았다. 그 취미들은 혼자 있는 시간을 요구했다. 집에 있는 동안에 아버지는 자기의 공간에서 자신이 좋아하는 일에 빠져 있곤 했다. 혼자 떠나는 여행도 좋아했다. 취향이 맞는 흥미로운 새 친구를 만나 흥분하곤 했지만 오래 지속되는 관계는 별로 없었다. 새 친구들과 만나고 작별하는 과정에서 새로운 취미를 발견하고 새로운 물건을 사들이고 새로운 기능에 심취했지만 그것들 모두는 이내 새롭지 않게 되었다. 그런 라이프스타일과 교제 패턴에는 시간과 돈이 필요했다. 그 문제로 고민할 필요는 없었다. 돈을 많이 벌지 않았으므로 아버지는 시간에 쫓기지 않았다. 또 가계의 많은 부분을 맡고 있는 어머니 덕분에 형편도 나쁘지 않았는데 간혹 형편이 나쁠 때는 나쁜 대로 그 안에서 다른 방식과 규모로 자기의 세계를 만들었다. 때로 그 세계엔 어머니와 공유하고 있는 세계에서는 받아들여지기 어려운 황당함과 치졸, 뻔뻔스러움이 있었으나 아버지는 그것을 어머니의 세계로 끌어들이는 데 아무런 주저도 하지 않았다. 그런 아버지가 간혹 불편하거나 난처해 보이긴 했지만 고통스러워 보인 적은 없었다.

어머니는 집에서도 늘 바빴다. 공부를 하거나 식탁을 차리거나 옷장을 정리하거나 파티를 준비하거나 류의 숙제를 도와주거나 세

차를 하거나 마당의 민들레를 뽑거나 수표책을 주문하거나 학생들의 과제물에 점수를 매기거나 이웃에게 차를 대접하거나 각종 고지서를 처리하거나, 언제나 동시에 두가지 이상의 일을 하곤 했다. 하지만 어느 순간 불현듯 그 모든 걸 덮어버리고 차에 시동을 걸어 극장으로 달려나가는 것이었다. 류가 혼자 집에 남겨져야 할 상황에는 옆자리에 태우고 함께 나갔다.

극장에서 어머니는 스크린에 몰두했다. 영화가 끝난 다음에도 자리에서 일어나지 않고 다음 상영시각을 기다려 같은 영화를 두번씩 보는 경우도 있었다. 극장에 도착해서 무엇이든 가장 빨리 상영되는 영화를 택하는데도 그런 태도는 언제나 똑같았다. 어두운 극장에 들어가 의자에 앉는 순간 침묵이 지나쳐 숨소리까지 죽였으며 옆에 앉은 류의 존재조차 잊어버린 것 같았다. 류는 잠들어버리는 일이 많았다. 영화가 끝나갈 무렵 어머니는 팔목을 들어 시계를 보았는데 이상하게도 그 작은 기척이 잠든 류를 깨우곤 했다. 류는 지루했지만 어머니가 바빠 보이지 않는 게 왠지 좋았으므로 투정하지 않았다. 때로 류가 잠들지 않고 끝까지 볼 수 있는 영화도 있었다. 어머니는 디즈니 애니메이션까지도 한 장면이라도 놓칠세라 스크린에서 눈을 떼지 않았다. 내용을 잘 기억하지 못했지만 류는 어른들이 어린애들의 세계를 이해하지 못하는 게 조금도 이상하지 않았다.

언젠가 류는 유난히 재미없는 영화를 만나 첫 장면이 시작되자마자 잠들어버렸다. 그리고 중간쯤 깼는데 그 이후로 다시 잠들지 못해 어머니와 함께 영화 후반부를 보게 되었다. 어느 순간 어둠 속에서 어머니가 손목시계를 보려고 팔을 드는 기척이 느껴졌다. 류는 어머니 쪽으로 고개를 돌렸다. 스크린에서 반사되는 빛이 시곗바늘과 어머니의 얼굴을 동시에 비췄다. 어머니의 얼굴은 영화에 몰두한 사람이라고 보기에는 부자연스러울 만큼 무표정했고 흐트러짐 없이 단정했다. 다시 스크린으로 고개를 돌리려던 류의 시선이 불현듯 어머니의 오른팔에서 멈춰졌다. 그것은 어머니의 왼쪽 가슴 위에 사선으로 얹혀 있었는데 손끝이 쇄골 근처를 파고들 듯 구부려진 채 무엇인가를 꾹 누르고 있었다.

류는 어머니의 방문을 불쑥 열었다가 어머니가 그런 자세로 침대 헤드에 기대앉아 있는 모습을 몇번 본 적이 있었다. 요리를 하다가 갑자기 씽크 모서리에 기대선 것도, 그리고 류를 태우고 운전을 하던 중에 차를 길 한쪽에 세우고 그렇게 잠시 앉아 있는 것도 보았다. 특히 언젠가 저녁 공원을 산책하면서는 몇번이나 걸음을 멈춘 채 가슴에 손을 얹곤 하는 것이었다. 다친 게 아닌지 류가 물었을 때 어머니는 고개를 저었다. 아니. 오래전 다친 곳이 갑자기 아플 때가 있어. 그리고 한번 다친 곳을 또 다치면 예전의 통증까지 한꺼번에 되살아난단다. 괜찮아. 소독을 하면 돼, 류. 차갑고 따갑지만 소독을 하면 병균이 잠들어. 병균을 깨울까봐 잠시 가만히 있는 것뿐이야. 류가 어린애다운 과격함과 정의감에 차서 병균을 죽여버리라고 주장했고 어머니는 병이란 함께 살아가는 것이라고 짧게 대답했다.

어두운 극장의 구석 자리에 앉아 어머니가 보고 있었던 것은 영화가 아니라 스크린일 뿐이었다. 영사기가 돌며 보여주는 것은 흘러가는 시간이었고 그동안 어머니의 왼쪽 가슴 아래에서는 자기 삶에서 고통을 추출하는 원심분리기가 천천히 돌아가고 있었다. 고통의 분량이 많을 때는 영화 상영 1회분의 시간을 더 설정해야 했다. 그렇게 해서 어머니는 매번 영화가 끝난 뒤 고통이라는 침전물이 담긴 자신을 조심스럽게 움직여 환한 극장 출구에서 기다리고 있는 제 몫의 인생 속으로 태연히 되돌아갔던 것이다.

그 침전물이 고통이 아니라 고독이었다는 걸 류는 그때는 알지 못했다. 가난한 유학생이 외국인의 입주 가정부가 되어서 창밖을 바라보며 오지 않는 남편을 기다리던 어떤 여름 오후. 스러지는 햇빛 아래 나무의 긴 그림자가 마치 자신의 인생의 퇴락처럼 힘겹게 빛과 모양을 유지하려 애쓰며 바래가던 날, 어머니는 자기 앞에 다가와 있는 상실의 세계를 보아버렸다. 이제부터는 쓸쓸할 줄 뻔히 알고 살아야 한다.* 거짓인 줄 알면서도 틀을 지켜야 하고 더이상 동의하지 않게 된 이데올로기에 묵묵히 따라야 하는 것이다. 어머니는 그 세계를 물끄러미 응시했다. 세계를 믿지 않게 되었지만 그렇다고 달리 무엇을 믿는단 말인가. 상실은 고통의 형태로 찾아와서 고독의 방식으로 자리잡는 것이었다. 어머니는 어두운 극장의 의자에 앉아 모든 것이 흘러가고 가라앉기를 기다렸다. 고통은 제

* 허연 「일요일」 중.

무게를 이기지 못하고 침전될 것이었다. 하지만 원심분리기 안의 소용돌이 속에서 추출되고 있는 부유물은 고통으로 보이는 고독이었다. 그 봄날의 피크닉이 오랜 우기 끝에 찾아온 찬란 뒤에 불길함을 숨겨놓았듯 모든 매혹은 고독의 그림자를 감추고 있었다.

고독, 불연속선

　조의를 표하는 듯한 어머니의 그 몸짓이 다시 떠오른 것은 시간이 많이 흐른 뒤였다. 직장에서 첫번째 여름휴가를 받아 유럽으로 떠나던 비행기 안에서였다.

　여행의 일정은 모두 K가 짠 것이었다. K와는 대학 졸업반 때 만나 삼년을 사귀어온 사이였지만 각자 일이 바빠서 휴가를 함께 떠나기는 처음이었다. 그는 비행기 옆좌석이 아니라면 언제 그렇게 오랜 시간 류를 자기 곁에 묶어놓을 수 있겠느냐며 되도록 비행시간이 긴 나라를 택했다고 농담을 했다. 떠나기 전날 밤에 그들은 친구들과 함께 술을 마셨다. 류의 스튜디오에서였다. 친구들이 허니문 예행연습이라고 놀리며 차례로 술을 권하는 바람에 류는 다른 날보다 훨씬 많이 마셨다. 휴가를 떠나기 전에 업무를 다 처리하느라고 몹시 지쳐 있어 금방 취한 것이기도 했다. 몸이 아래로 처지면서 졸음이 쏟아졌고 속이 메스꺼운 느낌 속에 술잔 부딪치는 소리와 친구들의 웃음소리가 어렴풋이 멀어지면서 한순간 기억이 끊기고 말았다.

　아침에 일어나니 스튜디오 안은 난장판이었다. 머리는 깨질 듯 아팠으며 비행기 출발시각은 세시간 뒤였다. 욕실과 옷장과 신발장으로 뛰어다니며 눈에 띄는 대로 아무거나 급히 가방에 쑤셔넣고 택시를 잡아탄 류보다도 K는 더 늦게 도착했다. 류보다 더 서둘러야 했던지 머리카락은 마구 엉켜 있고 잠이 깨지 않은 듯 어리둥절한 표정에 옷도 어제 입은 그대로였다. 24시간 마트에서 급히 사기라도 한 것처럼 가격표가 그대로 붙어 있었지만 다행히 여행가방만은 무사히 손에 들려 있었다. 류는 한 손으로 이마를 누르고 있었다. 술 때문만은 아니었다. 기억나지 않는 악몽 탓이었다. 몹시 고통스럽고 불길하고 두려운 꿈이었다. 내용은 떠오르지 않았지만 그 꿈이 불러일으킨 감정들은 고스란히 남아 있어 류를 알 수 없는 불안에 사로잡히게 만들었다. 미처 마무리하지 못한 회사일 때문이었을까. 오랜만의 여행이라 설레기도 했지만 한편에는 닥쳐올 낯선 상황에 대한 긴장도 있었을 것이다. 아니면 술자리에서 친구들과 가벼운 말다툼이 있었는데 기억을 못해서, 그래서 꺼림칙한 기분이 드는 걸까. 류는 옆에서 걷고 있는 K에게로 손을 뻗어 그의 팔을 꼭 붙잡았다. K가 팔에 힘을 주어 류의 손을 겨드랑이 가까이 끌어가며 웃음 띤 얼굴로 바라보았으므로 류는 조금 안심이 되었다. 그들은 숙취와 무거운 다리를 끌고 나란히 출국수속을 마친 뒤 탑승했다.

　류는 창가 자리에 앉아 밖을 내다보았다. 자리에 앉으니 두통도 알 수 없는 불안도 약간 가라앉는 것 같았다. 이제부터는 슬리퍼로 갈아신고 등받이에 기대고 앉아 책을 읽고 중간중간 기내식을 먹고 잠을 자고 쉬기만 하면 되었다. 무엇보다 곁에는 K가 있었다. 그와 함께라면 사소한 일까지도 즐겁고 편안할 것이며 무슨 사고가 일어난다 해도 남들보다는 훨씬 안전할 것이었다. 어린시절엔 비행기에 나쁜 사람이 타서 그 사람을 벌주기 위해 사고가 일어날지도 모른다는 생각을 했다. 그러나 류 자신처럼 나쁜 사람이 세상의 절반 이상을 차지하지는 않기를 바랐던 사춘기 이후 비행기 사고에 대한 불길한 생각은 떠올리지 않게 된 지 오래였다. 조금 가벼워진 마음으로 K 쪽으로 고개를 돌렸을 때 류의 시선은 선반에 가방을 올리고 있는 그의 가슴께에 머물렀다. 재킷이 벌어져서 안에 입은 셔츠의 주머니가 드러났다. 그 안에 들어 있는 건 귀고리가 분명했다. 순간 류는 자기가 어떤 악몽을 꾸었는지 기억났다. 류는 자기의 스튜디오에서 잠들어 있었다. 비몽사몽간에 한번 눈이 떠졌는데 그때 아마 악몽이 시작되었던 것 같았다. 주변은 온통 어두웠다. 술병과 접시가 어지럽게 놓인 탁자 근처에만 희미한 빛이 키스하는 남녀를 비추고 있었다. 여자는 류의 대학 동기였고 남자는 등을 돌리고 있어 누군지 보이지 않았다. 푸른 줄이 들어간 얇은 여름 셔츠가 눈에 익었다. 여자의 귀고리 한 짝이 벗겨져 어깨 위로 떨어지자 여자의 등을 껴안고 있던 남자의 한 손이 그것을 집었다. 사소한 일로 키스가 중단되는 걸 원치 않는 것 같았다. 여자의 입술에서 입술을 떼지 않은 채 남자는 오므린 손으로 여자의 등을 더욱 가까이 끌어당겼다. 그다음이 궁금했지만 류는 졸음이 덮쳐와 더이상은 눈을 뜨고 있을 수가 없었다.

K는 재킷을 벗어 선반 안의 가방 옆에 집어넣고 덮개를 닫은 뒤 자리에 앉았다. 류는 반사적으로 입을 막았다. K의 입김에 섞인 것인지 자기 입에서 나는 것인지 술냄새가 역겨웠다. K가 류 쪽으로 몸을 구부리고 팔을 길게 뻗어 안전띠를 매주려고 했을 때 입을 막은 류의 손바닥에 세게 힘이 들어갔다. 토할 것 같았다. 입을 막은 채 눈동자를 돌려 K의 옆모습을 뚫어져라 바라보는 류의 얼굴에는 악몽이 시작되는 순간의 두려움과 고통이 떠올라 있었다. 그 악몽은 류를 허공의 고문대에 묶어놓은 채 목적지에 도착하는 순간까지 계속될 것이었다. 무슨 말인가 하기 위해 K가 얼굴을 가까이 가져왔을 때 류는 자기도 모르게 몸을 뒤로 빼며 이 악몽의 출구는 오직 K라는 절망뿐이라는 걸 깨달았다. 그리고 그 봄날 밴의 창가 자리에 앉아 조의를 표하듯 오른손으로 가슴을 누르던 어머니의 몸짓이 떠올랐던 것이다. 류는 독을 삼키고 잠들고 싶었다. 비행기가 목적지에 착륙하고 죽음 같은 잠에서 깨어난다면 곧바로 낯선 나라의 극장으로 달려가고 싶었다. 어두운 극장의 구석 자리에 앉아 스크린 위를 흘러가는 빛을 바라보며 시간을 빨리빨리 흘려보내고 싶었다. 인생이라는 필름은 조금도 심각하지 않답니다. 자, 다시 한번 돌려볼까요. 시간을 다시 설정할 필요 없이 그 나라의 극장에서는 그런 안내방송이 흘러나올지도 모른다. 그리고 극장 문을 열고 밖으로 나가더라도 그 낯선 나라에 류를 고독과 고통의 세

계로 끌고 가기 위해 기다리는 태연한 인생 따위는 없을 것이다. 낯선 곳으로 가고 있다는 것만이 그 상황에서 류의 단 하나의 위안 이었다. 류는 눈을 감았다. 아무것도 알고 싶지 않았기 때문에 두 손으로 귀를 막았다. 굉음을 내며 비행기가 이륙하고 있었고 류의 감은 눈이 더욱 찡그려졌다.

그러나 류는 눈을 떴다. 기내의 움직임이 다시 눈에 들어왔다. 류 는 생각했다. 다른 단계의 인생으로 접어든 것뿐이야. 진짜와 가짜 라는 건 없어. 그냥 다른 것이야. 다른 시간과 다른 층위의 방식이 섞이며 흘러가는 것뿐이야. 류의 눈앞에 어머니의 모습이 스쳐지 나갔다. 어머니는 너그러운 적국에 들어가 살게 된 포로 같았다. 그 나라의 이데올로기에 복무했지만 그것을 믿지는 않았고 세계가 동 일한 적국이었으므로 삶의 부역자일 수밖에 없었다. 류는 창밖을 바라보며 어머니 삶의 해피엔딩에 대해 생각했다. 세계는 고통을 실어나른다. 고통은 관계의 고독이고 고독은 개인됨의 고통이었 다. 그리고 그 둘을 섞었을 때 어머니의 인생은 비로소 납득할 만 한 것이 되었다. 어머니는 오래전 물방울무늬 원피스를 입었던 봄 날의 전화부스로 되돌아가 자신의 인생을 리셋했다. 구름층을 뚫 고 올라온 비행기는 비가 내리지 않는 차원의 창공으로 진입하고 있었다. 피크닉을 떠나던 봄날처럼 결코 비는 오지 않을 것이다. 구 역질이 가라앉았으므로 류는 입에서 손을 떼고 K에게로 몸을 돌렸 다. 그리고 비행기의 흐름에 몸을 실었다. K는 되도록 비행시간이 긴 도시를 목적지로 택했다고 했다.

나쁜 남자들은 패턴과 싸운다

다음날도 요셉은 비슷한 시각에 눈을 떴다. 창밖에 어김없이 하루분의 시간이 밝아 있었다. 까치는 요셉의 경멸에도 아랑곳없이 더욱 유려한 포물선 그리기에 성공한 것 같았다. 요셉은 누운 채로 눈을 감았다 떴다 해보았다. 마취에서 깨어난 순간처럼 어딘가 먼 곳에서 갑자기 이 세상으로 돌아온 듯한 느낌이 드는 것은 숙취 때문일 것이다. 탁자 위의 크리스털 잔 하나와 내용물이 반쯤 남은 위스키 병이 눈에 들어왔다. 둘 다 도경이 선물한 값비싼 물건이었다. 요셉은 침대에서 몸을 일으켰다. 13층에서 내려다보이는 거리는 지난밤의 비에 깨끗이 씻겨 있었다. 검은 구름이 빠르게 이동 중이었지만 그 틈으로 푸른 하늘이 아른아른 비쳤다. 다시 비가 내릴 것 같지는 않았다. 여느 날처럼 냉장고에서 생수병을 꺼내 찬물을 마신 뒤 요셉은 소파에 앉아 휴대폰을 켜고 그날 일정을 확인했다.

출판사에서 제정한 젊은작가상 시상식과 에세이를 주로 싣는 문예지의 필자모임이 있었다. 둘 다 내키지 않는 자리였다. 평론가까지 포함해서 요즘 젊은 필자들은 작가보다는 주인공으로서의 자의식이 더 많은 것 같았다. 정상이니 최고봉이니 은밀한 신경전을 벌였던 선배 세대와 달리 개인주의자들끼리의 배타적 친밀이라는 묘한 연대를 형성하여 서로를 사이좋게 견제하면서 공존하는 법도 터득하고 있었다. 그들이 의자를 길게 붙이고 앉아서 텔레비전 광고나 최신 예능 프로그램의 어법을 써가며 저마다 공허한 재치의 각축을 벌이는 시끌벅적한 오락시간에 요셉은 이방인일 수밖에 없었다. 대부분 모르는 얼굴이란 게 더 큰 이유일 것이다. 더욱 결정적인 것은 물론 그쪽에서 거의가 요셉을 알아보지 못한다는 사실이었다. 요셉의 생각대로라면 그것은 무례가 아니라 엄연한 무식이었다. 그렇다고 중견작가들이 모여 앉아서 익히 알고 있는 원로작가의 자기 자랑을 들어줘야 하는 모임이 나은 것도 아니었다. 그것은 오랜 세월 되풀이되었을 뿐 아니라 거기 보낼 새로운 자랑거리가 만들어지지 않은 데 대한 어떤 자각도 없기 때문에 더욱 지겨웠다.

언제부터인가 세상일이 다 그런 식이었다. 마음에 들지 않는 두 가지 중에서 하나를 택하게 되어 있는 것이다. 요셉은 둘 중 어느 자리에도 가지 않음으로써 무조건 오답을 택하게 돼 있는 부조리한 시스템에 저항하겠다는 결심을 굳혔다. 게다가 그는 꼭 참석하기를 바라는 작가에게는 편집자가 하루 전쯤 확인전화를 한다는 것을 알고 있었다. 그런 전화를 받은 지 꽤 오래된 요셉으로서는 그들의 관리대상 리스트 따위에는 끼든 말든 관심이 없다는 것을 보여주기 위해서라도 얼굴을 내비치면 안되었다. 어쨌든 요셉은 이제부터 오늘을 어떻게 보내야 할지 생각해야 했다. 요셉의 경우 아침형 인간이란 아침부터 비관적인 인간을 뜻하는 것이었다.

그날 첫번째로 할 일은 까페를 고르는 일이었다. 요셉의 머릿속에 여덟시쯤 문을 여는 그저 그런 까페가 다섯군데쯤 떠올랐다. A까페는 따뜻한 쎈드위치가 있고 커피 맛이 괜찮았지만 가요방송을 틀어놓기 때문에 거슬렸다. 요셉은 말을 싫어했다. 그가 클래식 연주음악을 반기는 것은 단지 가사가 없기 때문이었다. 그는 또 팝송의 가사를 무심히 흘려들을 수 있다는 것에서 영어를 열심히 공부하지 않은 보람을 느끼곤 했다. B까페는 음악은 거슬리지 않지만 아침 시간에 마주치곤 하는 중년 부부가 마음에 들지 않았다. 야외 테이블에 앉아 신문을 보며 커피를 홀짝거리는 그들은 개를 한마리씩 데리고 있었다. 무릎에 앉혀놓고 입에 빵 부스러기를 넣어주는가 하면 기다란 털에 코를 처박고 부비기 일쑤였다. 거기에 고무된 개는 더러운 혀를 부산스럽게 날름거리며 주인의 뺨과 입술을 핥았다. 그들은 종종 개 짖는 소리에 항의하는 이웃에 대한 험담을 늘어놓았다. 그런 인간은 동정심도 친절도 없으며 당연히 개보다 훨씬 못하다는 거였다. 그들은 인간을 동물을 사랑하는 인격체와 그렇지 않은 야만 생명체 두 부류로 나누었는데 그것이야말로 이기적으로 살아가도록 돼 있는 생태계의 권리를 왜곡하는 관점일 뿐 아니라 특히 종 우월론자인 요셉을 자극하는 말이었다. 자신이 심심해서 키우는 것이면서 동물애호가를 자처하는 건 자기 자식을 키우면서 인류애라고 말하는 거나 마찬가지였다. 요셉은 숨소리 때문에 특히 개를 싫어했다. 도무지 태연하지가 않았던 것이다. C까페에도 가고 싶지 않았다. '아프리카'라는 상호에 맞춰 싸파리 분위기를 내려고 그랬는지 그곳 입구에는 커다란 사자와 기린 모양의 봉제인형이 세워져 아이들과 어른들 모두의 사랑을 받았다. 그러나 어느 아침 문을 열던 아르바이트 여학생이 그 인형들을 내동댕이치듯 함부로 던지는 것을 본 이후 요셉은 그 집에 발길을 끊었다. 예쁘게 진화한 여자들이 인류의 기대를 저버리고 유인원처럼 무신경한 모습을 보일 때 요셉은 마음의 상처를 받았다. 대학교 구내매점의 좁은 진열대를 차지하고 있는 인조 속눈썹을 발견했을 때 그리고 북까페의 책상마다 비치된 펜꽂이 속의 손거울을 보았을 때 요셉은 재색 겸비에 대한 여성들의 각성을 감지하고 그 수혜자로서 크게 환호했다.

결정 내리기가 쉽지 않을 때는 최상의 결과를 얻는 건 포기해야 한다. 무난한 걸 택하는 게 그나마 최악으로 가지 않는 방법이다. 이런저런 신중하고 사려 깊은 생각 끝에 요셉은 D까페로 마음을 정했다. 정해진 매뉴얼을 잘 따르기로는 그 까페가 제일이었다. 그곳은 메뉴와 커피 맛, 써비스, 분위기 어느 하나 최고는 없었지만 최악도 없었다. 좋은 것이 있어서가 아니라 좋지 않은 것이 없다는 조건이 많은 손님을 확보하게 만드는 것만 봐도 신도시의 이 거리가 얼마나 편리한 싸구려의 세계인지 알 수 있는 일이었다.

창가 자리에 부부로 보이는 운동복 차림의 사십대 남녀가 앉아 있을 뿐 까페 안은 텅 비어 있었다. 요셉은 주문한 커피와 쌘드위치가 든 쟁반을 들고 그들의 대각선 쪽 자리에 가서 앉았다. 남자는 아이스커피에 쌘드위치를, 여자는 뜨거운 커피에 베이글을 선택해 먹고 있었다. 요셉의 아내라면 아마 요셉과 같은 것을 먹었을 것이다. 요셉의 아내는 뭔가 선택하는 일을 세상에서 가장 어려워했다. 누구와 사랑에 빠질지 누구와 결혼할지도 선택하기 어려워해서 요셉이 선택해준 남자와 결혼했을 정도였다. 자기 쪽에서 누군가를 좋아한다기보다 누군가 자신을 좋아하면 그것을 주어진 조건으로 알고 성실하게 반응하는 그녀가 자기 인생의 행복을 위해 할 수 있는 가장 적극적인 행동은 그렇게 해서 같이하게 된 사람이 좋은 사람이라고 필사적으로 믿는 것뿐이었다. 자신의 남편이라고 해서 무조건 좋은 사람으로 믿으려 하다니 그런 점에서라면 아내처럼 낙천적인 인생관을 가진 사람을 요셉은 본 적이 없었다. 그것은 지나치게 천진한 낙관인 만큼 그리 어렵지 않게 깨져버렸다.

그들이 젊었던 한때 '불가능한 꿈을 꾸자'라는 구호가 유행했는데 그녀가 거기 매료되었던 것 역시 자신의 낙관 때문이었을 것이다. 요셉의 아내는 동아리방에서 혁명가들에 대해 학습했고 선배들에게 호되게 야단을 맞으면서도 토론에 빠지지 않았고 대오에 앞장서지 못하는 걸 자책해가면서 꾸준히 자신의 낙관을 실천했다. 아내와 정반대로 요셉은 동아리에서 가장 회의적이었다. 아마 자신이 가진 얼마 안되는 낙관을 모조리 아내에게 쏟아부었기 때문일 것이다. 어쨌든 그 결과 아내가 주변의 구애자들을 발견하지 못하도록 만드는 데는 성공을 거두었다. 요셉은 매번 예상 밖의 행동으로 놀라게 해서 아내의 시선을 자신에게로 붙들어두었는데 결혼한 뒤에도 변함없이 예상과는 다른 남편이 되었다. 그럼에도 아내는 가끔 동아리 선배였던 사람이 등장한 신문기사를 보다가 자신의 낙관을 발휘해 요셉에게 말하곤 했다. 사람들이 다 이상하게 변했어. 여자애들이 혁명보다 혁명가를 좋아해서 운동했다더니 남자애들은 정의보다 정의를 집행하는 힘에 도취됐던 거야? 그래도 말야, 설치던 남자애들 중에 당신이 제일 순수해 보이더니, 그거 한가지는 내 생각이 맞았어. 아내는 자신의 낙관을 지키려고 최선을 다했다. 비록 결혼과 마찬가지로 이혼에 대해서도 아무런 결정을 하지 못했지만. 아마 그 역시 요셉이 결정해주어야 하는 것이었겠지만 그때 그는 아내의 이혼 문제에 신경써줄 만큼 한가하지 않았다.

한가지 분명한 것은 아내는 낙관을 포기하지 않았을 뿐 순종적인 여자는 아니라는 점이었다. 요셉이 번번이 자신은 그녀가 원하는 행복을 줄 수 없으니 그건 다른 남자에게 부탁해보라고 충고했지만 따르지 않는 눈치였다. 요셉은 가정 안에서 군림하되 통치하지 않는다는 입헌군주제를 택하고 있었다. 그 덕분에 그녀는 자유롭고 시간이 많았으므로 열심히 돈을 벌었고 승진을 했고 환경단체와 유니세프에 정기적으로 후원금을 보냈다. 그리고 지금 딸기잼을 입가에 묻힌 채로 베이글에 버터를 듬뿍 바르고 있는 맞은편 자리의 여자보다 열 배는 미인이었으며 뒷모습만 보면 여대생으로 알겠다는 말을 불쾌하게 생각할 만큼 앞모습도 젊었다. 요셉이 생각하기로 아내가 갖게 된 모든 것은 자신의 처복에서 비롯된 것이었다. 어릴 때 요셉은 떠돌이 점쟁이로부터 외로울 고에 떠돌아다닐 역, 그리고 뒤집어엎는 파가 두개나 들어 있는 놀랍도록 바랄 것 없는 팔자이지만 처복 하나만은 남부럽지 않다는 점괘를 받았다. 요셉은 그 말을 어떤 여자든 자신의 처가 되면 준비된 처복에 의해 행운을 누리게 되어 있다는 뜻으로 해석했다. 하지만 아내는 그 사실을 깨닫지 못하는 것 같았다. 요셉의 처복을 마음껏 누렸으면서도 요셉의 예술적 자의식은 받아들이지 않았다. 요셉은 상식적 이데올로기의 패턴에 따르기를 원하지 않았다. 이성애자에다가 친구도 많고 쾌적한 집을 갖고 자식을 좋은 학교에서 공부시키고 가족 모두가 건강하고 사이가 좋고, 그런 식의 잘 갖춰진 삶을 살고 있다면 그것은 다수의 이데올로기에 따랐다는 증거였다. 그런 삶을 꾸려가는 한편에서 이데올로기에 저항하는 것이 숙명인 예술적 성취를 꿈꾼다는 건 아무리 그것에 의존해왔다고는 하지만 아내로서도 지나친 낙관이었다.

요셉이 잠깐 생각에 잠긴 사이 사십대 부부는 쟁반을 들고 자리에서 일어나고 있었다. 입구에서는 약간의 수선을 피우며 젊은 부부가 유모차를 끌고 들어오는 중이었다. 유모차 속의 아기는 머리카락이 몇 가닥 되지 않는 민머리에 머리띠를 하고 레이스가 잔뜩 달린 원피스를 입고 있었다. 아기 아빠가 브런치 메뉴를 주문하는 동안에도 아기 엄마는 계속해서 아기에게 콧소리가 섞인 찬사를 보냈고 아기는 깔깔 웃으며 화답했다. 우연히 눈이 마주친 요셉을 향해 아기 엄마는 아기가 귀엽지 않으냐는 듯 노골적인 강요의 웃음을 보냈다. 그러나 요셉의 시선은 막 까페 문을 열고 들어오는 남녀에게로 향하고 있었다. 그들에게서는 밤을 함께 보낸 커플만이 가질 수 있는 야릇한 분위기가 풍겨나왔다. 조금은 피곤하고 뿌듯하고 그만큼 어색하고 이대로 헤어지기에는 뭔가 미진하고 앞으로 관계가 어떻게 될지 신경이 쓰이고 상대가 만족했을지 궁금하기도 한, 바로 요셉이 좋아하는 달큰하고 애매한 분위기였다. 사랑의 진위나 쾌락의 값에 상관없이 그런 시기는 극히 짧게밖에 주어지지 않는 법이다. 자신들이 지금 생애의 얼마나 눈부신 순간에 도달해 있는지 깨달을 만큼 인생을 잘 알지는 못하는 젊은 그들은 요셉이 보내는 축복의 시선을 불편하다 못해 적대감을 갖고 피하는 눈치였다. 사실 요셉이 입가에 웃음까지 띤 것은 젊은 부부와 아기 때문이기도 했다. 요셉은 그들이 과시하려고 하는 것을 한사코 보지 않음으로써 그들과 같은 패턴의 세계에 속하기를 거부했던 것이다. 그처럼 친사회적 가족 이데올로기를 거부하고 함께 밤을 보낸 젊은이들의 개인의 행복추구권을 더욱 폭넓게 조망한 것은 그날 아침 요셉이 결행한 의미있는 성취라 할 만했다.

요셉은 자신이 마음 깊이 원했던 여자와 밤을 보내고 함께 아침을 맞이한 게 언제였는지 생각해보았다. 그 생각을 더 깊이 하기도 전에 요셉의 머릿속에 한 문장이 떠올랐다. 섹스를 하는 것보다 섹스 후에 함께 잠드는 것이 진짜라는 어느 소설 속 한 구절이었다. 요셉은 모든 점에서 자신과 생각이 비슷한 그 작가를 좋아하지 않았다. 요셉이 쓰고 싶은 것을 모조리 먼저 써서 출판해버렸기 때문이었다. 운 좋게 요셉보다 삼십여년 일찍 유럽에서 태어난 덕분에 그는 세계적인 작가가 돼 있었다. 그러나 그가 요셉의 생각에서 더 나아간 글을 쓰는 것은 보지 못했다. 요셉에게 그렇게 말해준 것은 류였다. 류처럼 요셉의 말을 귀 기울여 듣는 사람은 없었다. 요셉이 얘기하는 동안 그를 바라보는 류의 커다란 갈색 눈동자는 조금도 움직이지 않았다. 강물이 흘러가는 시간처럼 깊고 부드러운 그녀의 집중은 요셉으로 하여금 중요한 말을 했다고 믿게 만들었다. 류는 말수가 적었다. 한국말이 완벽하지 않기 때문이기도 했지만 대화가 많지 않은 가정에서 자랐기 때문에 말 한마디 한마디에 귀를 기울이고 뜻을 헤아리는 습관이 몸에 배었다고 했는데 그것이야말로 모든 형태의 알려주는 말을 싫어하는 요셉이 원하는 대화 방식이었다. 게다가 류는 문학을 전공했고 교육에 의해 아름다운 한국어 문장을 익히고 있었다.

처음 만난 자리에서 류는 요셉을 추종하지도 않고 도발도 하지 않았으며 관심을 갖지도 않았다. 초여름 어스름이 깔리기 시작하는 장례식장의 뒷마당이었다. 검은 옷을 입은 류는 커다란 미루나무 아래 혼자 앉아 스러지는 저녁 빛을 오랫동안 바라보고 있었다. 요셉에게 그 실루엣은 이 세상의 것 같지 않았고 평생 잊을 수 있을 것 같지도 않았다. 이윽고 대화를 나누게 되었을 때 화제는 자연스럽게 죽음과 육체와 소멸로 흘러갔다. 그리고 요셉을 물끄러미 바라보며 그의 말에 귀를 기울이던 류가 자신이 즐겨 읽던 책의 작가와 생각이 비슷하다고 한마디 말했을 뿐인데 요셉은 이미 자신이 그녀와 치명적인 사랑에 빠졌다는 걸 알 수 있었다.

그해 여름 요셉은 작가로서 가장 절망적인 시기를 지나고 있었다. 더이상 한 글자도 쓸 수 없을 것 같았다. 류와 함께 S시로 도망칠 때 그는 영원히 돌아오지 않을 세상의 끝을 향해 떠난 셈이었다. 그러므로 류가 S시의 태양연립을 떠나기 전 공책에 써놓은 마지막 말은 그 절망에 동반했던 사람의 주문이나 마찬가지였다. S시에서 돌아오고 몇달 뒤에 요셉은 남들이 대표작이라고 평가하는 세번째 장편을 탈고했다. 그때는 십년 뒤 지금과 같은 결정적인 절망이 다시 오리란 것은 전혀 예상하지 못했다. 절망 뒤에 절대 절망이 남아 있고 아무리 고독한 사람에게도 더 고독해질 방법이 있다는 것을 말이다. 류는 결코 흔한 이름이 아니었다. 십년 전 류는 외국 문화원에서 일하고 있었다. 서른일곱살이 된 지금 영화사를 가진 재벌회사 문화재단의 팀장이라 해도 이상할 건 없었다.

요셉은 이안의 전화를 기다렸다. 이안의 전화를 기다리는 날이 오다니. 이안도 쓸모가 있다는 사실이야말로 인생의 의외성의 발견이라 할 만한 사건이라고 요셉은 생각했다. 그런데 의외성이란 또한 타성 속에서만 발견되는 속성을 지닌 모양인지 이안이 눈치가 없는 건 여전했다. 그가 진짜 쓸모있는 인간이려면 만에 하나 요셉이 기다릴지도 모르므로 아침 일찍 전화를 해야 옳았다. 게다가 오늘은 요셉이 부조리한 시스템에 저항하는 뜻으로 두가지나 되는 일정을 취소한 날이었다. 한마디로 심심한 날이었다. 내일만 해도 지역 도서관의 자문위원회의에 참석해야 하고 그 관료적이고 비생산적인 자리가 끝나면 비싼 안주 하나 없는 김빠진 회식이 이어질 것이며 얼마 안되는 회의비를 받기 위해 그런 한심한 명단에 끼어든 자기 자신에 대한 자괴감 때문에 기분이 나빠져서 이안을 만나기 싫어질 가능성도 있었다. 이안이 진정으로 장래가 유망한 젊은이라면 당장 오늘 저녁이라도 영화제에 입상하여 상금을 받은 다음 류를 데리고 요셉의 오피스텔과 가장 가까운 술집으로 달려와야 옳았다.

그 생각을 하자 요셉은 우울해졌다. 십년 전에 비해 자신은 너무 멀리 와버렸고 게다가 그리 좋은 장소에 와 있는 것도 아니었다. 신도시의 오피스텔 건물 중에도 가장 작은 평수에 사는 사십대 후반의 독신 남자였고 편집자가 모임에 꼭 나오라는 전화를 걸어오지 않는 잊혀진 작가였으며 도경이 아니면 생선회도 먹지 못했다. 불현듯 배가 고파진 요셉은 휴대폰을 켜서 시계를 보았다. 독신이라는 라이프스타일을 결핍이나 결손으로 간주하는 이 사회에서 혼자 들어갈 수 있는 식당은 많지 않았다. 고기를 구울 수도 없고 전골이나 점심정식은 일인분 주문을 받지 않았으므로 음식을 선택하는 데에도 제약을 받았다. 요셉은 보통 점심시간이 시작되는 열두시보다 삼십분쯤 빨리 식당에 가곤 했는데 지금이 바로 그 시간이었다. 가까운 데에 제법 맛 좋은 생선구이집이 있었지만 거기로는 가지 않을 생각이었다. 며칠 전 혼자 그 식당의 구석 자리에서 고등어의 구조를 염두에 두고 뼈에서 신중하게 살을 발라내고 있던 요셉의 앞에 불룩한 배에도 아랑곳없이 꼭 달라붙는 검은색 복장을 맞춰 입은 자전거 동호회원들이 들이닥쳐 빨리 단체석을 만들어달라고 소리쳤던 것이다. 그것은 혼자 4인석을 차지하고 있던 요셉을 몹시 불안하게 만드는 폭력적인 행동이었다. 게다가 실컷 단체활동을 하고 난 뒤까지도 잠시라도 헤어지지 않으려는 그들의 패거리의식을 요셉은 도저히 이해할 수가 없었다. 남과 다른 개인적 선택을 하려면 반드시 뭔가 비용을 치러야 하는 이 나라의 삶 자체가 무식한 단체생활이라는 생각이 들어 신물이 났다. 메뉴를 고를 때 고등어구이와 갈치조림 사이에서 고민했던 요셉은 그들이 두가지를 모두 주문하여 사이좋게 나눠먹는 것을 보고 더욱 화가 치밀었다.

언제부터인가 까페 안에 사람들이 가득 차 있었다. 사람들은 이제 광장에 모이지도 밀실에 숨어들지도 않았다. 남의 집을 방문할 필요도 없었다. 대신 까페에 자리를 잡았다. 실내는 쾌적했으며 먹고 마실 것이 준비돼 있었고 참견하는 사람도 없었다. 집을 벗어나는 것만으로도 마음이 가벼워지는 사람들끼리 용건 없이 만나 가벼운 개인사를 공유하면서 함께 시간을 보냈다. 데이트하는 남녀는 서로를 바라보고만 있지는 않았다. 각기 사진을 찍고 음악을 듣고 스마트폰의 앱을 뒤적였다. 따로 노는 것 같지만 애인을 다른 사람과 만나지 못하게 하는, 연애에서 가장 중요한 일을 수행하는 중이었다. 혼자 있다는 것 또한 자연스러웠다. 공부를 하든 인터넷 쇼핑몰을 뒤지든 집에 틀어박혀 있을 때와 달라서 분명 혼자는 아니었다. 그들 모두는 같은 장소에 함께 있었지만 독립적이었다. 심심할 수는 있지만 고독해 보이진 않았다. 어쩌면 각자 눈에 보이지 않는 부스 안에 들어가서 비용을 지불하고 그 댓가로 고독에 대한 통각을 차단하고 있는지도 모른다.

동네 사람들

오후에는 상가 뒤쪽의 조용한 까페에서 시간을 보내기로 했다. 날씨가 흐려진 탓인지 체인점 커피가 아닌 향이 살아 있는 드립 커피 생각이 간절했던 것이다. 요셉은 자리를 잡고 커피를 주문한 뒤에야 구석 자리에 앉아 있는 낯익은 얼굴을 발견했다. 출판사 모임에서 몇번인가 마주친 적 있는 신진소설가 B였다. 인터넷 포털 싸이트를 통해 신간이 나왔다는 기사를 본 기억이 났다. 탁자 위에 놓인 녹음기를 보니 지금도 인터뷰 중인 것 같았다. 이마가 벗어진 맞은편 남자는 기자가 틀림없었다. 부동산 가격이 수준에 맞는다는 이유로 신도시로 너무 많은 작가들이 몰려오고 있는 게 아닌가

하는 평소 요셉의 불안이 현실로 나타난 것이었다.

종업원이 이미 커피를 날라오고 있었으므로 요셉은 그대로 나가지 못하고 B와 등을 지도록 탁자 건너편으로 자리를 옮겼다. 그의 말소리가 더욱 또렷이 들려왔다. 한국문학에 필요한 소설요? 글쎄요, 인간을 이해하는 관점을 넓혀주는 게 문학의 할 일이라고 생각해요. 관점이란 많으면 좋겠죠. 개성적이고 새로운 관점을 담은 소설을 꾸준히 쓰고 싶어요. 평론가의 역할도 중요하죠. 최근 한국문학에 애정을 가지고 있고 자기만의 스타일을 가진 젊은 평론가들이 많이 나와 문단의 목소리가 훨씬 다양해졌어요. 좋아하는 작가를 꼽으라면, C와 D예요. C는 내가 잘할 수 있는 것을 더 잘해서 때로 질투가 나거든요. 반대로 D는 내가 할 수 없는 것을 하기 때문에 선망하는 거죠. 추천할 만한 책이라, E의 초기 단편들과 F의 장편요. E는 단편을 쓸 때 최적화되는 것 같아요. F의 장편은 고등학교 때 읽었는데 그때 충격을 아직까지도 잊지 못해요. 그가 노벨상을 받지 말고 현역으로 오래 남아서 인간에 대한 진실을 더 많이 밝혀주었으면 좋겠어요. 아, 앞으로의 계획이라면, 글쎄요. 저는 어쩔 수 없이 휴머니스트예요. 인간이 가진 선의에 어떤 매혹이 있는 것 같거든요. 이미 새 장편에 들어갔어요.

요셉은 B의 소설을 딱 한권 읽어보았다. 독학자들이 그렇듯이 아는 걸 전부 다 써놓았다는 점이 기억에 남았다. 한 평론가가 그것을 가리켜 객관적 정보를 통해 주관적 서사를 창조하는 새로운 시도라는 평가를 내리자 스스로는 몰랐던 사실이지만 자신이 한 작업의 진정한 의미를 깨치게 되었다고 말한 인터뷰도 본 적 있었다. 평론가가 가르쳐주어서 자기가 뭘 썼는지 알게 되었다는 그의 말에서 요셉은 어리석음이 아니라 약삭빠름을 보았다. 요셉은 그의 소설 역시 흥행 요소와 문학적 모호함을 적당히 조합한 시의성 기획물이라는 생각을 지울 수 없었다. 쿨하다고 말해졌지만 단지 싸가지가 없는 것으로 보였다. 포스트모던하다는 평가는 교묘하게 정면돌파를 피했다는 뜻일 뿐이었다. 요셉의 생각에 누가 문단에서 잘나가는가는 업계로서도 중요한 문제였다. 인정할 만한 작가가 평가를 받으면 질투가 날 뿐이지만 동의할 수 없는 작가가 승승장구하는 세상은 특히 요셉 자신처럼 재능 있는 수많은 작가들을 좌절시키기 때문이었다.

요셉은 B가 사용하는 초기 단편이라거나 말년의 문제작이라는 식의 표현을 싫어했다. 종교가 무엇이냐는 단순한 질문에 여러 종교의 문제점을 지적하며 자신에게는 초기 불교의 소승주의가 맞는 것 같다고 대답하는 종류의 사람들에게서 느끼는 거부감과 비슷했다. 그런 사람들은 왕의 파티에 가서 오줌을 참다가 방광이 터져 죽은 튀코 브라헤 같은 특이한 이름을 외우고 다닌다. 존경하는 인물이 누구냐고 물으면 자신이 여섯살 칠개월과 일곱살 석달 사이였을 때의 후견인이라고 대답할지도 모른다. 그런 사람들은 고유명사나 특별한 숫자의 인용이나 디테일로 독자를 현혹할 뿐 자기만의 사유체계는 없다. 분명 책은 안 보고 서평만 볼 것이다. 그런 의미에서 요셉이 생각하기에 한국문학에 필요한 소설은 틀에 갇힌 바보들을 화나게 만들 수 있는, 그러니까 패턴을 벗어난 소설이었다. 바보들도 읽게 하려면 그 방법밖에는 없다고 생각했다. 요셉이 평론가에 대해 호감을 느끼는 것은 잘나가는 작가들을 비판해줄 때 정도였다. 또한 추천할 만한 책을 고르라면 끝까지 읽은 책이 별로 없으며 세상에는 끝까지 읽을 만한 책이 그리 많지는 않다고 대답할 것이었다. 그리고 인용될 우려가 있는 남의 칭찬은 하지 않는 편이 좋다는 게 요셉의 생각이었다. 남을 칭찬할 때마저 부주의하게도 멋진 문장을 사용하는 바람에 자신의 의도와 전혀 달리 누군가의 평판이 높아지는 데 도움을 주어버린 일이 있었기 때문이었다.

가상 인터뷰에 대답을 해보면서 커피를 홀짝이던 요셉은 불현듯 이마를 찡그렸다. 자리를 뜨기 위해 뜨거운 커피를 급하게 마셔야 하는 자신이 B 때문에 이유 없이 피해를 입고 있다는 걸 깨달았던 것이다. 불쾌감이 치밀어올랐다. 그렇지만 오래 앉아 있으면 있을수록 그것대로 피해는 더 커질 수밖에 없었다. 그것은 그들이 자신을 알아보지 못하는 시간이 길어진다는 뜻이기 때문이었다. 요셉은 자리에서 몸을 일으켰다. 그 순간 창밖이 뿌옇게 흐려지더니 갑자기 비가 쏟아졌다.

쉽게 그칠 것 같지 않은 억센 비였으므로 요셉은 짜증이 나기 시작했다. 거리를 지나가는 수많은 사람들은 무슨 이유에서인지 자신과 달리 모두 우산을 갖고 있었다. 비를 맞으며 뛰어가는 남자가 하나 있긴 했지만 영락없이 비루먹은 개의 모습이었고 먹다 버린 하찮은 뼈다귀 하나 때문에 그렇게 열심히 뛰는 게 틀림없었다. 요셉의 시선은 무심히 그의 움직임을 따라 횡단보도를 가로질렀다. 쫄딱 젖은 남자가 마침내 건너편 상가 입구에 당도해 숨을 몰아쉬는 게 보였다. 상가의 차양 아래 서서 담배를 피우고 있는 한 여자에게 쫄딱 젖은 팔을 들어 알은척을 하기까지 했다. 여자도 가볍게 한 손을 들어 인사를 받았다. 요셉의 눈썹이 약간 찡그려졌다. 어디선가 본 적이 있는 여자였다. 특히 손을 들어 보일 때 긴 팔의 흔들림에 실어 손끝을 까딱거리는 몸짓은 요셉의 머릿속에 최근 입력된 모습이라는 느낌을 불러일으켰다. 남자가 상가 안으로 사라지고 난 조금 뒤 여자는 담배를 끄고 상가의 유리문 하나를 열고 들어갔다. 네일 아트라는 핑크색 간판이 눈에 들어왔다. 이채라는 이름으로 싸인을 해주었던 여자였다. 아마 조잡한 프릴이 달린 핑크색 에이프런을 입고 있어 금세 알아보지 못했을 것이다.

그때 탁자 위에 놓여 있던 요셉의 휴대폰이 울렸다. 액정에 뜬 이안이라는 이름을 보고 요셉은 깜짝 놀랐다. 자신이 이안의 번호를 저장했다는 게 너무 뜻밖이기 때문이었다. 요셉은 통화 버튼을 누른 다음 무뚝뚝한 목소리로 전화를 받았다. 통화는 길지 않았다. 이안이 자신의 프로젝트에 대해 기억하는지 묻자 요셉은 기억이 날 것도 같은데 확실진 않다고 대답했고 다시 만나 구체적인 계획을 상의하고 싶다는 말에도 생각은 해보겠지만 내키지 않는다며 선뜻 승낙하기를 피했다. 그랬더니 이안은 마침 주말 저녁에 스태프들과 B문화재단 측의 미팅이 있는데 그 자리가 끝나면 뒤풀이가 이어질 것이고 요셉이 그 술자리에 나타나주기만 하면 출연 여부와 관계없이 싸인회를 방불케 하는 팬 미팅이 이어질 거라며 꼭 와달라고 간곡히 부탁을 해오는 거였다. 그 말을 듣자마자 요셉은 빨리 전화를 끊고 싶어졌다. 류와의 재회라니 도무지 믿기지 않았으며 조금 전까지 혼자 시간을 보내는 것이 그렇게나 지겨웠음에도 불구하고 갑자기 혼자 있고 싶다는 생각에 사로잡혔던 것이다.

전화를 끊은 뒤 요셉은 눈을 감고 심호흡을 하면서 흥분을 가라앉히려고 해보았다. 하지만 요셉의 뜻대로는 되지 않았다. 등 뒤에서, 김요셉 선생 아니세요?라며 기자가 등받이 뒤에서 고개를 돌려 말을 걸었던 것이다. 요셉도 아는 얼굴이었다. 저 진지하고 재미없는 인간이 다른 건 할 줄 아는 게 없다보니 아직도 문학담당이구나 하는 생각과 함께 요셉은 재빨리 이안과의 통화에서 자신이 무슨 말을 뱉었는지 떠올려보았다. 영화 출연하시나봐요? 기자는 의자에 앉은 채 고개를 빼고 말했다. 그 앞자리의 B도 요셉과 눈이 마주치자 가볍게 고개를 숙였다. 기자가 다시 물었다. 무슨 영화인데요? 요셉이 적당한 대답을 찾고 있는 사이 다분히 웃음기가 섞인 말이 이어졌다. 별거 다 하시네요. 이제 소설은 안 쓰세요? 그러자 예의 바른 표정으로 B도 한마디 거들었다. 시사회에 꼭 불러주세요. 기자는 요셉과 같은 학번이었다. 인터뷰 때마다 요셉에게 왜 자기 세대의 이야기를 쓰지 않느냐는 질문을 빠뜨린 적이 없었다. 시대를 증언해야 한다나 뭐라나, 아무튼 그 자신이 십수년 동안 써제껴온 경직되고 결론이 뻔한 기사만으로도 충분히 지겨운 관점이었다. 그가 속해 있는 것과 같은 집단에서는 간혹 소수라는 사실을 도덕적 우월함으로 삼아 권력적이 되는 인간들이 있었다. 개를 키우는 게 곧바로 생태주의의 실천이 아니듯이 소수라는 것 자체가 곧바로 정당함을 의미하는 것은 아니었다. 그들에게 주목하는 것은 다수에 의해 소외된 다양한 관점과 철학에 귀를 기울이고 개인의 고유한 권리를 존중하려는 의도일 뿐 소수라거나 소외된 사람의 의견이라서 무조건 중요한 건 아닌 것이다. 세상에는 '나는 나야'라는 아웃사이더 소수에서 시작하지만 '나는 남과 달라'라는 권력적 소수가 되어버리는 일이 흔했다. 그러나 아무리 가르쳐줘봤자 못 알아들을 게 뻔하기 때문에 요셉은 빗방울이 약해진 것을 핑계로 자리에서 일어났다.

젊은이들은 연기를 한다

요셉은 단골을 싫어했다. 그나마 자주 가는 곳이 있다면 인도 음식점이었다. 인도 음식을 좋아하는 건 아니었다. 장사가 잘 되지 않는 한산한 식당이라 혼자 시간을 보내기가 괜찮았다. 양념 맛이 지나치게 강하고 반 이상이 꺼멓게 탄 채 바구니에 담겨 나오는 탄두리 치킨에다 병뚜껑을 딸 때마다 녹을 닦아내야 하는 미지근한 맥주를 마시는 시간을 그나마 즐겁게 만들어주는 것은 전적으로 인도 뮤직비디오였다. 요란한 리듬과 화려한 색감, 격렬하고 일사불

란한 군무. 그리고 육감적인 젊은 남녀가 온몸으로 연출하는 성적 환상. 모두 마음에 들었지만 특히 요셉은 설정된 이야기의 통속성에 매료되었다. 그것은 익숙한 기승전결로 진행되었고 멋진 주연들의 해피엔딩이란 공식을 철저하게 따르고 있었으므로 정서와 논리에 거슬리는 것이 전혀 없었다. 요셉은 원색적 관능의 힘이 넘치는 화면을 벅찬 감동으로 바라보며 혼자 맥주병을 비워갔다. 플라스틱 바구니 안의 치킨은 차갑게 식어 있었다.

자리에서 일어나면서 요셉은 약간의 취기를 느꼈다. 단지 피로감 때문인지도 몰랐다. 잘 설명할 수는 없지만 아마 하루의 동선이 너무 짧았기 때문인 것 같았다. 식당에서 나와 오피스텔 쪽으로 걸음을 옮기는 요셉은 낮 시간을 보낸 까페에서 겨우 몇 발자국 떨어진 인도를 지나고 있을 뿐이었다.

신호등의 파란불이 점멸로 바뀌었다. 점멸이 반복될수록 횡단보도를 건너는 사람들의 걸음도 따라서 빨라지는 걸 요셉은 멍하니 바라보았다. 그 사람들의 무리에서 누군가 요셉의 이름을 불렀다. 그리고 요셉이 두리번거리는 사이 누군지 확인할 겨를도 없이 한 여자가 달려와 요셉의 팔을 붙잡는 것이었다. 요셉이 먼저 본 것은 그 여자의 얼굴이 아니라 일행인 듯한 젊은 여자들의 어리둥절한 표정이었다. 선생님, 브런치 드시러 왜 안 오셨어요?라고 말하며 여자가 팔을 가볍게 흔들어서야 요셉은 이채라는 걸 알았다. 그녀가 상가 앞에 서서 담배를 피우고 있을 때에는 핑크색 에이프런 때문에 얼른 알아보지 못했지만 이번에는 그것이 없어서 또 생소했던 것이다. 이채는 함께 횡단보도를 건너온 젊은 여자들에게 요셉을 소개했다. 엄청 유명한 소설가세요. 나중에 내가 싸인받은 책 빌려드릴게요. 그제야 여자들은 어정쩡한 표정을 풀고 일제히 고개를 숙였다. 안녕하세요. 그녀들의 얼굴에 떠오른 정중함과 호기심이 섞인 애매한 웃음이 웬일인지 요셉을 약간 불편하게 만들었다. 직장에서 같이 일하는 언니들이에요. 지금 퇴근해요. 선생님도 어디 가시는 길이에요? 요셉으로서는 이채가 동료들 앞에서 지나치게 친근하게 구는 게 조금도 이상하지 않았다. 연출이 강한 이채가 요셉의 여주인공이라면 요셉은 그 이야기를 탄생시킨 작가인 것이다. 서사는 이어지고 있었고, 누구나 짐작할 수 있는 상투적 과정을 생략하는 스피디한 진행이야말로 요셉의 작업 스타일이기도 했다.

이채는 동료들과 헤어진 뒤 다시 요셉의 팔을 끼었다.

—선생님, 약속 없으시면 저랑 같이 가요.

—어디 가는데?

—언니네 까페요. 아시잖아요, 저희 언니.

코하고 눈밖에 안 고쳤다는 마스카라를 두껍게 칠한 긴 머리 여자를 요셉은 뒤늦게 기억해냈다. 그리고 이채를 따라 어정쩡하게 걸음을 옮기기 시작했다.

—원래는 까페가 아니라 여행사였어요. 사장님이 언니네 학교 선배인데 인도 여행가거든요. 인도 전문 여행사를 차렸다가 망했어요. 그래서 여행사 간판을 내리고 까페로 만든 거예요. 직원들이 다 술을 좋아해서 자기들만 마셔도 기본 매상은 올린다면서.

―여행사 직원들이 업종을 바꿔 까페 종업원이 됐다구?

요셉의 질문에 이채가 즐거운 표정으로 고개를 끄덕였다.

―그전에는 출판사였어요. 사장님이랑 언니랑 원래 전공이 그쪽이거든요.

―출판사를 하다가 망해서 여행사로 바꿨고 그것도 망하니까 술집으로 갔다는 이야기군.

이번에도 요셉은 줄거리를 먼저 정리했다.

―네, 맞아요. 언니 말고 직원은 한명밖에 없어요. 그 언니도 원래부터 언니 친구예요. 재밌죠?

―재밌네.

요셉은 고개를 끄덕였다. 책을 만들다가 망해서 전화를 받다가 그것도 망해서 술을 써빙하게 된 여자들은 이를테면 여러 씨즌의 배역을 소화한 배우였다. 그만하면 자기 자신의 드라마를 가질 만했다. 강사 시절 요셉은 인도에 관심이 많은 여학생을 종종 보았다. 그들은 자의식이 강한 만큼 자기 상처에 과잉반응을 보이고 자아도취적 성향이 있었다. 배신당한 경험이 있고 세상을 믿지 않는다면서도 치유를 위해 인도를 찾아가는 식이었다. 책과 여행, 인도까지 거친 뒤 지금 까페에 있다면 그 배우들은 틀림없이 요셉의 취향이었다.

―언니 친구는 짧은 머리에 자전거와 수영을 좋아하고 떼낄라를 즐겨 마시지 않나?

―그건 왜요?

—왠지 그럴 것 같아서.

—짧은 머리는 맞는데요, 운동 싫어할걸요. 덩치가 좀 있고요. 요리를 잘해요. 술이야 아무거나 잘 마시죠. 근데 선생님, 작가들은 다 그런 상상을 하는 거예요?

이채가 느낀 대로 요셉은 사람이든 사건이든 미리 짐작을 해보는 버릇이 있었다. 대부분은 맞지 않았다. 강원도를 여행하다 어느 찐빵집에서 팔에 커다란 흉터가 있는 덩치 좋은 주인 남자와 미인형 아내를 보았을 때 그는 순정에 빠진 지방 깡패가 개심하여 땀을 뻘뻘 흘리면서 찐빵 기술을 익히는 장면을 상상했다. 그러나 아내가 아니라 여동생이었고 팔의 흉터는 한달 전 찐빵 솥에 덴 거였다.

요셉과 이채는 택시가 줄지어 대기하고 있는 정류장 앞에 와 있었다. 이채가 맨 앞의 택시로 뛰어갔고 요셉이 천천히 그 뒤를 따랐다. 택시에 오른 이채는 자신이 일러준 행선지로 차가 출발하자 뭔가 마음이 놓인다는 듯 가벼운 한숨을 내쉬며 등받이에 머리를 댔다. 그러더니 요셉을 향해 몸을 돌리고 빠른 말투로 말하기 시작했다.

—근데 선생님, 저는 목소리 갖고 그런 상상을 잘해요. 부자일 것 같다거나 잘생겼을 것 같다거나 매너가 좋을 것 같다거나. 전 그런 남자는 전화 목소리만 들어도 알 것 같아요. 저 텔레마케터도 했었어요. 아르바이트는 진짜 여러가지 했고. 근데 운이 별로 없나 봐요. 월급도 떼이고 남자 운도 별로 없어요. 실은요, 운이 문제가 아니라 내가 뭘 잘못하고 있나 그런 생각이 들어요. 근데 그게 뭔

지 모르겠거든요. 사회에도 보탬이 되고 뭔가 좋은 사람이 되고 싶은데 명품 같은 거 실컷 사게 돈도 좀 많았으면 좋겠어요. 가끔은요, 나 자신이 위선자 같아요. 진짜 얼굴하고 가짜 얼굴이 따로 있는 것, 그런 거요. 죄송해요. 선생님은 작가시고. 저 이런 얘기 처음 해봐요.

—그건 위선이 아니지. 위선자들은 진짜 얼굴과 가짜 얼굴 하나씩을 가지고 있지만, 좋은 사람이 되고 싶고 돈도 쓰고 싶은 건 둘 다 진짜 얼굴이니까.

—맞아요, 선생님! 제 고민이 바로 그거예요. 다 진짜이긴 한데, 너무 다르니까, 아무튼 그걸 모르겠어요.

—젊은 사람은 내가 누구인지 누가 되고 싶은지 모르기 때문에 여러개의 얼굴을 갖고 있어.

—정말요?

—아직 미완성인데 세상은 어른으로 행동하기를 요구하지. 그래서 허겁지겁 이런저런 형식과 모델, 유행하는 것들을 자기 것으로 삼으려고 하는 거야.

—선생님 진짜 대단하세요. 그게 딱 제 마음이에요.

—내가 아니라 다른 작가가 한 말이야.

—그 작가 이름이 뭐예요? 선생님 책 다 읽으면 그분 책도 꼭 읽어볼게요.

요셉은 입을 다문 채 그 소설의 다른 문장을 떠올리고 있었다.

'어찌 됐거나 젊은이들이 연기를 하는 것은 그들의 잘못이 아니

다.'

이채의 가방 안에서 문자 도착을 알리는 기계음이 새어나왔다. 이채는 휴대폰을 꺼내 문자를 확인한 뒤 빠른 손놀림으로 답장을 보냈다. 휴대폰을 다시 가방에 집어넣으며 이채가 생긋 웃었다.

—언니예요. 참, 선생님, 언니 친구도 선생님 잘 알던데요. 우리 언니하고 그 언니하고 무슨 영화제 때 선생님 만났대요.

—영화제?

—씨네마 투데이인가, 아니 투게더인가? 선생님이랑 함께 영화 보는 이벤트에서요. 팬들이 하도 많아서 기억도 못하시겠죠?

몇년 전인지 잘 기억나지 않지만 그런 행사가 있긴 했다. 독자와 작가가 팀을 이루어 함께 영화를 보게 만드는 일종의 영화제 흥행용 행사였다. 영화를 본 다음에는 토론을 구실로 밤새 술자리가 이어졌다. 요셉은 그 행사에 대해 특별한 기억은 갖고 있지 않았다. 대학강사를 그만두고 의욕적으로 매달렸던 새 장편에 대한 반응이 시들해서 몹시 의기소침한 시절이었던 것만은 틀림없었다. 별로 기억하고 싶지도 않은 시기였다.

요셉은 차창 밖으로 고개를 돌렸다. 어디에 고여 있던 옛 시간들이 묵은 기억을 담고 다시 흘러드는 것일까. 지겨운 마음도 들었지만 그보다는 어쩐지 따분하고 심란한 기분이었다. 인도 식당에서 끊이지 않는 타악기 소리와 화려하고 농밀한 춤과 남녀의 만남과 헤어짐과 그리고 재회로 이어지는 뮤직비디오를 보며 요셉이 계속 생각했던 것이 있었다. 에피소드를 처리하는 방식에 대해서였다.

에피소드에는 속편이 없다. 그냥 스쳐지나가는 일회성 사건이기 때문이다. 그것은 정류장에 앉아 버스를 기다리는 동안 지나쳐가는 수많은 버스들과 비슷하다. 한순간 내 앞에 머무르지만 나에게 아무 영향도 미치지 못한다. 인생의 대부분은 이런 에피소드로 채워져 있다. 이야기의 세계에서 작가는 최대한 에피소드를 배제한다. 인과관계가 없는 우연은 이야기를 이끌어가지 못할 뿐 아니라 오히려 플롯의 고리를 느슨하게 만들어버리기 때문이다. 이야기가 완성되는 과정에서 작가가 보여주려고 하는 세계, 그 세계를 구현하지 않는 에피소드는 여지없이 퇴출된다. 그러나 인생에서는 불가능한 일이다. 우리 모두에게 자기 인생의 작가라는 권능은 주어지지 않았기 때문이다. 에피소드의 형태로 등장하여 눈앞을 스쳐지나가는 수많은 버스 가운데 어떤 것이 일회성 우연이며 어떤 것이 내 인생의 플롯으로 가는 노선인지는 알 수 없는 일이다. 무엇을 포착하고 무엇을 흘려보내야 할까.

이야기의 세계에서 에피소드는 뇌관이 제거된 지뢰와 같다고 말해진다. 그것들 대부분은 등장인물의 인생에서 영원히 폭발하지 않는다. 하지만 현실에서는 누군가의 표현대로 가장 하찮은 지뢰하나가 터져 치명적인 타격을 가하는 날이 오고야 만다. 결국 사람의 인생은 하찮은 우연의 복수가 수없이 잠복해 있는 불길하고 의외적인 게임이 될 수밖에 없다. 요즘의 요셉은 이미 지뢰가 터져두 다리를 잃었고 이제 그 사실을 탄식하기 위해 머리를 감싸안으려면 남은 두 팔이나마 잃지 않아야 했다. 이안과 문화재단 측이 모이는 술자리에 가는 것은 지뢰 근처를 배회하는 일과 마찬가지였다. 인도 뮤직비디오 속의 통속이 요셉에게 가르쳐준 전통적이고 위대한 교훈이었다. 그러나 담배를 끊지 못하는 사람들이 실은 끊으려는 생각이 없는 것이듯이, 삶은 아는 대로만 살게 되어 있지 않다. 아는 대로 산다면 요셉이 늦은 밤 택시를 타고 또 하나의 지뢰가 묻혀 있을지도 모르는 술집을 향해 강변도로를 달려갈 리가 없는 것이다.

「위기의 작가들」

기획 의도

현대는 단자화된 개인의 세계이다. 공동체는 와해되고 가족은 파괴되었다. 예술은 극히 개인적인 서사로 전락하고 있다. 사랑은 계약이거나 불감으로 판명난 지 오래이다. 현대인은 어디에서 구원을 찾을 것인가. 이 영화는 한 예술가의 위선과 욕망을 추적하면서 인간의 이기심과 혼란이 일으키는 희비극을 포착함으로써 구원의 문제를 제기한다. 진지한 질문을 담고 있지만 애정물의 형식을 취하고 있으며 유머와 풍자로 영화적 재미 또한 놓치지 않을 것이다. 위선적인 인물의 사생활을 폭로하여 영화 본연의 카타르시스 기능에 충실함과 함께 복수와 파국을 통해 반전의 효과를 살리도록 구성되었다. 또한 관객의 도덕의식을 자극하기 위해 섹스와 불류이라는 극적 장치를 사용한다. 즉 내용은 철학적 질문을 담고 있으되 스크린은 상업영화를 지향한다.

트리트먼트

1부

"민아가 대학문학상에 당선되었다. 비록 가작이긴 하지만. 민아를 축하해주기 위해 수희와 나, 경섭, 유리, 혜연, 그리고 K선생이 모였다. 장소는 늘 가는 학교 앞 술집 '작가들'이다."

늦은 시각, 손님이 거의 없는 술집 구석 탁자에 둘러앉아 있는 일곱 사람. K가 한가운데 있고 양쪽으로 민아와 혜연, 앞에는 유리가 앉아 있다. 유리를 사이에 두고 왼쪽에는 경섭, 오른쪽에는 영준(나)과 그리고 수희 순서이다. 탁자 위에는 파전과 번데기와 동태찌개가 놓여 있고 사이사이 맥주와 소주 병이 보인다. 모두들 조금 취한 얼굴이다. 카메라가 한 사람씩 얼굴을 비추면 민아는 들떠 있고 친구들은 민아의 기분을 맞춰주고 있다. 수희 혼자 술을 연거푸 마신다. 그런 수희가 신경쓰이는 영준, 빈 잔을 채워주는 표정이 좋지 않다. K가 잔을 들고 축하의 건배를 하자고 말한다. 모두들 잔을 든다.

"오늘도 K선생의 지겨운 독설과 궤변을 들어줘야 하는 모양이다."

영준과 수희를 빼고 모두 K 쪽으로 몸을 숙여 이야기에 귀를 기울인다. 수희는 생각에 잠겨 있고 영준은 젓가락으로 번데기를 집는다. K의 목소리가 커진다.

—음악은 스승한테 배우고 미술은 친구들하고 어울려 하는 거지. 문학은 철저히 혼자야. 가르쳐줄 수가 없는 세계거든. 이제 민아도 이 세계에 발을 디뎠으니, 제일 먼저 해야 할 일은 고독하고 친해지는 거다. 그리고 연애는 반드시 나쁜 남자하고 해.

—정말요? 왜요?

—너희들, 인간이 왜 나쁜 사랑에 그렇게 매혹되는 줄 알아?

—글쎄요, 어리석은 존재라서?

—절정에서 시작되기 때문이지.

K가 술잔을 들어 마신다. 내려놓은 잔을 손에 쥔 채 그대로 바라보고 있다. 약간 뜸을 들인 뒤 시큰둥하게 덧붙인다.

—카슨 매컬러스의 말이야.

"K선생은 저런 식으로 듣는 사람을 두번 무식하게 만들어 주변을 제압한다. 특히 여자들. 아마 수희도 그렇게 마음을 열게 만들었을 것이다."

—사랑을 기승전결의 패턴에 넣는다고 생각해봐. 그런 사랑에는 매혹이 없어. 패턴을 깨야지. 이 세상은 모두 틀, 그러니까 패턴으로 이루어져 있어. 그 패턴에 따르기만 하면 인생은 편하겠지. 복제품이니까. 하지만 인간은 그것으로는 만족하지 못하게 돼 있어. 자기 인생이 의미있다는 걸 확인하기 위해 전쟁까지 벌이는 게 인

간이거든. 그런 개인의 고유성을 지키기 위해서 예술이 존재하는 거지. 예술이 하는 일은 한마디로 패턴을 깨는 것이야. 배신하는 것. 과격할수록 혁명적이라고 칭찬을 받아. 근데 현실에서는 보통 그것을 나쁜 짓이라고 부른단 말야. 혁명을 행동으로 옮기면 나쁜 남자가 되고. 결과적으로 모든 나쁜 남자들은 세상의 패턴과 성스러운 전쟁을 벌이고 있는 거지.

—나쁜 남자의 매력은 패턴을 깨기 때문이에요? 반전이 있다, 그런 거?

—나쁜 짓엔 창의성이 있어야지. 세상에 없는 것을 상상해야 그것이 크리에이티브한 거니까. 다 있는 걸 또 상상하면 그건 있는 것을 몰랐다는 것, 즉 무식밖에 더 되겠냐?

—설마 모든 패턴을 다 깨라는 건 아니죠? 그건 카오스잖아요. 도덕적 타락이에요.

영준이 목소리를 높여 K선생의 말을 반박한다.

—그래? 영준이 같은 순수한 젊은이들이 패턴을 지키느라 애써주면, 나쁜 남자들이야 고맙지.

"일단 논쟁을 피하는 것 같지만 이쯤에서 물러날 K선생이 아니다. 소심한 사람답게 늘 뒤끝이 있다."

—근데 말야, 신도시 모텔에서 아침 열시에 젊은 남자를 만나는 새댁들이, 할 일 많은 아침 시간에 왜 그러고 있는 것 같아? 퇴근 뒤에 집에 안 가고 강남의 단골 스탠드바에서 저녁도 굶고 마담이

랑 술 마시는 가장들, 그 사람들은 또 왜 그런다고 생각해? 그들이 무슨 욕정이나 권태 때문에 그러는 것 같아? 자기의 창의성을 주체하지 못해서야. 개인이 되고 싶어서 고통받는 거라구. 누구나 자기 인생을 살고 싶은 건 당연한 일 아니겠어? 개인이 되는 것, 그게 왜 중요하냐면, 어떤 식으로 살든 스스로 선택한 개인의 고유한 삶은 품위가 있거든. 그런 게 없으면 자발적 홈리스나 히피 같은 걸 어떻게 해석할 수 있겠냐. 미친놈이라고 하겠지. 그런데 그런 고유성에 대한 욕망을 도덕적 타락이라고 해석한다, 그건 그야말로 패턴으로만 사고하는 거지. 그래갖고는 절대 작가가 될 수 없어.

─모든 작가가 개인의 이야기만 쓰는 건 아니잖아요. 좋은 작가는 개인을 뛰어넘어야 하는 것 아닌가요. 적어도 제가 읽은 작가들은 그러던데요.

─개인이냐 아니냐가 아니라 문제적이냐 아니냐가 문제지.

─이상한 말씀이네요.

─본 것이 적을수록 이상한 것도 많아지는 법이야. 사물은 이상할 게 없는데 그런 사람일수록 공연히 제가 화를 내고 한가지만 자기가 아는 것과 달라도 만물을 온통 의심하지. 이거, 내 말이 아니고 박지원이야.

영준은 눈을 내리깔고 술을 들이켠다. K선생이 다시 얘기를 계속한다.

─지금 같은 시대에 왜 더욱 개인이 중요한지, 생각해보면 누구나 알 수 있는 문제야. 인간은 공산품이 아니라구. 패턴에 의해서

획일화될 수 없거든. 거기에서 벗어난 의외성과 배신, 그런 것들이 사실은 그 인간의 도덕적 숭고함을 증명해주지. 인간이 자기 자신으로 사는 것만한 위엄은 없어. 그리고 생각해봐라. 인생이 얼마나 힘든 거야. 산다는 건 또 얼마나 억울하고. 나쁜 짓을 좀 해야 억울함이 해소돼서 건전해질 수 있거든. 나쁜 남자야말로 그걸 실천하는 가장 선량하고 건전한 사람이고. 사실 말야, 착한 남자가 더 위험해.

─왜요? 재미는 없지만, 그래도 안전하긴 할 것 같은데.

─아니지. 그들은 패턴에 의지하기 때문에 보수적이 되거든. 늘 답이 정해져 있고 또 그걸 철저히 믿고 있지. 단순하고 고집불통인 사람 중에 착한 남자가 많잖아. 근데 보수성에다 자기확신이 합해지면 순간적으로 폭력성을 띠게 돼. 깊게 생각하거나 치밀하게 행동하지 않거든. 그래서 위험하다는 거야.

─그럼 선생님, 여자들은요? 여자도 역시 나쁜 여자가 더 건전해요?

"경섭이 K선생의 말에 장단을 맞추려 하고 있다. 경섭의 질문을 받자 K선생은 옆에 앉은 민아에게로 고개를 돌린다. 민아는 생글거리며 똑바로 K선생과 눈을 맞춘다. 앉아 있는 자세도 K선생과 유난히 밀착돼 있다. 소문이 맞는 것 같다. 아까부터 아무 말이 없는 수희가 신경쓰여 화장실에 가고 싶지만 자리를 뜰 수가 없다."

─착한 여자들은 말야, 패턴을 강요해. 그것처럼 남자를 지겹게

만드는 건 없을걸. 살아 있는 것은 모두 변하잖아. 당연하지. 안 죽었으니까. 사랑이 변하는 게 아니라 사랑하는 사람들이 변하는 거거든. 변한 사람들끼리 똑같은 마음으로 사랑할 수는 없는 것 아냐? 깨끗한 물을 물병에 담아놓았다고 며칠 지난 뒤에 그걸 마실 순 없잖아. 물론 변하긴 변했는데 더 좋게 변했다, 그럼 좋겠지. 근데 그런 건 없어. 여자들은 모두가 시간과 짜고 지겨운 여자로 변신하는 기술이 있으니까. 특히 헌신을 보상받으려고 하는 현모양처들, 언제까지나 구원의 여성으로 대접받으려 하고 더이상 꽃을 갖고 오지 않는다고 흐느껴 우는 오래된 애인들, 작가한테는 적이야. 그들은 작가를 틀에 가두어 건전하게 만들려고 하거든. 생활인으로서 성실과 노력이라는 패턴 속에 갇혀 있으면 모든 사람과 똑같아질 테고 모든 사람이 생각하는 이야기밖에 상상하지 못할 텐데, 그런 여자는 작가한테는 그야말로 재앙이지.

"K선생은 두 여자를 모욕하고 있다. 그의 아내와 수희. 두 사람의 고통이 그대로 전해오는 것 같아 나도 마음이 아프다."
—그래서 나쁜 남자들은 나쁜 여자들만 찾아다니는 건가요?

"갑자기 수희가 질문을 던져서 나도 놀랐다. 모두가 수희 쪽을 바라보았고 이어서 대답을 기다리듯 K선생 쪽으로 고개를 돌린다. K선생이 이마를 찡그리고 중얼거린다."
—틀에 박힌 사람들은 은유를 이해하지 못한다니까.

"말꼬리를 잡혔을 때 은유를 들먹이는 건 K선생의 버릇이다. 차가운 눈빛으로 수희를 바라보며 엉뚱한 질문을 던진다."

—이번에 당선된 민아 소설 읽었어? 합평회 때 같은 조 아니었나?

—맞아요, 수희언니랑 저랑 같은 조예요. 언니가 많이 지적해줬었어요.

수희가 아무 대꾸도 하지 않자 민아가 대신 대답한다.

—민아의 그 소설에는 독기가 있어. 날이 서 있거든. 그런 게 나쁜 여자가 쓴 소설이지. 패턴을 깨야 개성이 살아나고 매력도 생겨나. 부조리함도 갖추게 되고. 그게 사랑의 속성이야. 자신이 갖지 않은 어떤 것을 그것을 원치 않는 누군가에게 주는 거거든.

—야, 그거 진짜 부조리다.

—근데 진짜 맞는 말 같아요, 선생님.

—라깡이 한 말이야.

수희가 다시 술을 마신다. 입술을 깨물며 말없이 자기 술잔을 만지작거리던 영준이 마침내 결심한 듯 K를 향해 입을 연다.

—선생님, 저도 소설 좀 써보려고요.

—왜? 조교 마치고 대학에 자리 잡으려는 거 아니었어?

—아뇨, 인간의 타락과 구원에 대한 소설을 좀 쓰고 싶어요.

—관둬. 그건 도스또옙스끼랑 카잔차키스 이런 촌스러운 사람들이 다 했어. 그리고 이제 그런 건 말야, 화제가 뻔하고 결론 낼 필

요 없는 일에 끈질기게 매달리는 지루한 사람들 있지? 그런 사람들이나 쓰는 거야. 읽는 사람은 물론 없지.

"나는 K선생의 이런 속물근성과 이중성에 신물이 나 있는 것이다."

—타락한 기득권의 세계가 청춘의 순수함을 파괴하는 이야기를 한번 써보려고요. 요즘 작가들은 위기라고 생각해요. 지나치게 소비적이고 말초적인 이야기만 다뤄요. 폼만 잡고, 아니면 괜히 씨니컬하고. 인간 구원 같은 큰 주제와 감동적인 서사가 없잖아요. 이런 식이라면 문학은 끝장이에요.

—괜찮아, 민아가 살려낼 거야. 민아는 패턴을 깼다기보다 아예 없는 거라고 볼 수 있지. 그래서 가벼울 수 있어. 그 나이니까 쓸 수 있는 소설이야. 자, 앞으로 계속 그렇게만 써. 건배!

—선생님, 저 필명 하나 지어주시면 안돼요? 이민아는 너무 평범한 것 같아요.

—괜찮은데? 어딘지 디아스포라적인 어감을 풍기잖아. 민아는 타고났어.

수희가 자리에서 일어난다. 고개를 숙이고 사라지는 수희의 뒷모습을 영준의 시선이 따라간다.

"작년 합평회 때마다 K선생은 수희의 작품을 칭찬했다. 수희는 직장생활을 하다가 뒤늦게 예술대학에 들어왔다. 사회경험에서 우러난 통찰이 작품 속에 엿보인다고 K선생이 치켜세우곤 했다. 그 무렵 수희는 나에게 우리가 친구 사이라는 걸 여러번 강조했다. 몇달 전 수희가 울면서 털어놓기 전까지 나는 수희의 그 말이 K선생과 관련 있다는 걸 전혀 몰랐다."

여기저기에서 술잔이 부딪치기 시작한다. 말소리가 시끄럽게 얽힌다. 유리와 혜연이 스피커에서 나오는 노래를 부르며 앉은 자리에서 마주 보고 장난스럽게 춤을 춘다. 술병이 쓰러져 술이 엎질러진다. 걸레를 들고 나타난 술집 주인에게 유리가 홀에 나가 춤을 춰도 되느냐고 묻는다. 곧이어 음악 소리가 커지고 유리가 옆자리에 앉은 경섭의 손을 끌고 홀 한가운데로 나가 춤을 춘다. 혜연이 민아에게 나가자는 눈짓을 하고, 일어나려는 민아의 손을 끌어당겨 앉히는 K. 혜연 혼자 나가 유리와 경섭에게 합류한다. 귀청을 때리는 음악. K가 민아의 귀에 대고 무슨 말인가를 하고 그 말을 들은 민아가 깔깔 웃는다. 영준은 자리에서 일어나 밖으로 나간다. 흘끗 바라보는 K.

유리와 혜연과 경섭은 번갈아가며 자리로 돌아와 술을 마시고는 다시 춤을 추러 나간다. 민아와 K는 자리를 지키고 앉아 함께 술을 마시고 있다. 영준과 수희가 나란히 들어온다. 갑자기 벌떡 일어나는 K, 자리에 앉으려는 영준을 가까이 오라고 손짓한다. 영준이 K의 자리로 다가가자 다짜고짜 뺨을 때린다.

—너희들, 어디 갔다 이제 오는 거야? 뭐 했어?

얼결에 한 손으로 뺨을 감싸쥔 영준은 다음 순간 화가 폭발한다. 몸을 앞으로 내미는 순간 다시 K가 다른 쪽 뺨을 때린다. 영준이 탁자 위의 술잔을 들어 바닥에 내동댕이친다. 유리가 깨지고 술이 튄

다. K에게 달려들어 주먹을 뻗으려는데 달려온 경섭이 뒤에서 영준의 양팔을 붙잡는다. 여자들은 소리를 지르고 분을 견디지 못해 영준이 펄쩍펄쩍 두 다리를 번갈아 치켜들며 날뛰지만 힘 좋은 경섭에게 붙잡힌 두 팔을 뺄 수가 없다. K만 계속해서 영준에게 두 주먹을 번갈아 날리고 있다.

1차 서류심사: 통과

2차 인터뷰 심사: 통과

심사위원: 이연수(감독, 프로듀서) 박성태(씨나리오 작가) 강성희(소설가) 이중혁(만화가) 김류(B문화재단 팀장)

인터뷰 심사 요약

문: 약력을 보니 예술대학 출신인데, 실제 모델이 있는가.(박성태)

답: 그렇다. 내 경험에 허구를 약간 가미한 것이다.

문: 3부에 나오는 복수도 실화인가.(이중혁)

답: 진행 중이다.(웃음)

문: 중견감독의 작품을 연상시킨다. 같은 분야에서 이미 성취작이 나왔는데 이런 작업이 아류로 해석될 여지는 없겠는가.(강성희)

답: 내 작업은 리얼리티가 받쳐줘서 유니크하다고 생각한다.

문: 흥행성이 약해서 투자를 받기가 어렵겠다.(이연수)

답: 실제 작가를 캐스팅할 계획이다.(일동 웃음)

비고: 최고점과 최하점을 동시에 받음. 상업성에서 취약하나 인물의 개성과 갈등심리가 살아 있다는 데에 점수를 받았음. 특히 제작비의 현실성 차원에서 영화화될 가능성이 높다는 점을 들어 김류 팀장의 추천이 있었음.

다섯 말의 이야기

출판사였다가 여행사였다가 술집이 된 그곳은 텅 비어 있었다. 혼자 카운터에 앉아 랩톱으로 드라마를 보고 있던 이채의 언니는 여전히 속눈썹을 두껍게 칠했지만 치렁치렁한 긴 머리는 포니테일로 치켜 묶었다. 달라붙는 줄무늬 티셔츠를 입어서인지 얼룩말처럼 보였다. 언니의 친구라는 여자는 곧 도착한다는 이채의 문자를 받은 얼마 뒤에 갑자기 복통을 일으키는 바람에 퇴근하고 없었다.

요셉과 이채가 자리를 잡았고 얼마 안 가 이채의 언니가 술을 내왔다. 이채는 요셉 옆에 꼭 붙어앉았다. 쟁반 위의 맥주병과 마른안주를 탁자에 내려놓으면서 언니가 흘끗 시선을 던지는데도 아랑곳하지 않는 표정이었다. 이채의 언니도 맞은편 자리에 앉았다.

—인사드릴게요, 선생님. 전 정연이라고 해요. 어제 까페에서 인사 못 드려 죄송해요. 못 알아보실 텐데 귀찮게 해드리는 것 같아

서요. 몇년 전 영화제 때……

　—내가 다 말씀드렸어.

　이채가 정연의 말을 끊었다. 정연은 입을 다물고 이채를 한번 쏘아보았지만 다시 요셉 쪽으로 고개를 돌렸다. 그리고 두 손으로 제 잔을 들어 요셉의 잔에 살짝 부딪쳤다. 이채도 얼른 제 잔을 들어 거기에 갖다댔다. 잠시 어색한 침묵이 돌았다. 정연이 약간 신경질적인 얼굴로 단숨에 술잔을 비운 다음 이채에게 툭 말을 던졌다.

　—너 집에서 내 지갑 봤니? 놓고 나온 것 같은데.

　—모르겠는데?

　—나 오늘 진짜 일진 안 좋았어. 친구한테 바람맞고, 세 정류장이나 걸어서 가게 나왔다니까.

　정연은 담배를 꺼내더니 고개를 숙여 요셉에게 양해를 구한 다음 불을 붙였다. 요셉은 연기를 길게 한모금 빨아들이고 나서 말을 이어가는 정연의 모습이 뭔가를 연상시킨다고 생각했지만 무엇인지는 확실하지 않았다. 정연이 요셉을 바라보았다.

　—정류장에서 만나기로 했는데 걔가 갑자기 못 나온다고 전화가 왔어요. 버스 타려고 보니까 지갑이 또 없는 거예요. 집에 두고 온 거죠. 요즘 장사도 안되고, 되는 일이 없어요.

　—친구도 있고 집도 있고 집에 지갑도 있고, 그렇게 안되는 사람은 아닌데? 지금 장사도 되고 있고.

　—그것 봐.

　이채가 정연에게 이제 알았느냐는 듯 의기양양한 눈빛을 던진 뒤 요섭에게 말했다.

─작가들은 특이한 생각을 하시는 것 같아요. 유머감각도 뛰어
나고. 책을 많이 읽으면 그렇게 돼요?

─아니, 게으름이 필요하지. 술 마시고 놀아야 해. 그런 게 다 예
열을 하는 과정이거든. 아무것도 안하고 허비하는 시간이 있기 때
문에 그뒤에 집중력이 생겨난다고 보면 돼.

─그렇구나.

─결심 같은 것도 몸에 해로워. 결심한 대로는 안되기 마련이니
까. 그러면 내일 또 결심할 게 생기는 것 말고 더 생기는 건 없을걸.

─멋지다! 선생님 말은 다 적어놓아야 할 것 같아요.

술이 취해갈수록 이채의 반응이 점점 과장되어갔다. 정연도 의식
했는지 걸핏하면 핀잔을 주었다. 이채의 과잉이나 정연의 견제가
무슨 맥락을 갖고 있는지는 알 수 없었지만 어쨌든 요섭에게 그런
상황은 그다지 낯설지 않은 것이었다. 이채가 시무룩하게 말했다.

─선생님, 실은 저도 오늘 기분이 좀 안 좋았거든요.

─뭔데?

요섭이 대답하기 전에 얼른 정연이 앞질러서 물었다.

─진짜 짜증나는 손님이 있었단 말야. 관리하려면 손톱부터 깎
잖아. 손톱깎이 소독한 거냐고 깐깐하게 굴더라구. 손톱 다듬기 시
작하니까 필러가 일회용이냐고 물어보고. 큐티클 밀 때는 또 아프
게 하지 말라고 진짜 잔소리하더라. 매니큐어 색깔 고르는데 죽는
줄 알았어. 무슨 색이 제일 인기냐고 물어보잖아. 그래서 여름에는

시원하게 원색을 많이 하고 가을에는 차분한 갈색이나 초콜릿색을 주로 한다, 봄이니까 핑크 계열이 좋겠다, 그랬거든. 그랬더니 원색, 차분한 색, 핑크, 열가지도 넘게 다 꺼내서 발라보래. 결국 몽땅 벗기고 흰색으로 해달라는 거 있지. 또 특이하게 하고 싶다나. 프렌치나 그러데이션 둘 중 하나를 해보라고 했지. 그걸 또 트집 잡아. 기본만 하려고 왔는데 자꾸 비싼 걸 권해서 기분 나빠졌다는 거야.

─네가 좀 잘하지. 못 참고 성질낸 거 아냐? 이번에는 좀 진득하게 다녀라. 네일 아트 학원비가 좀 비싸니?

─도구랑 재료 같은 걸 강매해서 비싸진 거지 학원비는 별로 안 비싸. 그리고 내가 왜 성질을 내? 성질은 그 아줌마가 내더구만. 관리 다 하고 손톱 말리고 있는데 계속 전화가 오더라. 남편이 빨리 오라고 하나봐. 말리다 말고 건조기에서 자꾸 손 빼면 그럴수록 더 늦어지는 거잖아. 세번째 전화 왔을 때는 막 욕을 하더라구. 근데 그 아줌마 가고 나니까 조폭 스타일 남자가 발 관리하러 온 거 있지.

─잘해서 단골 잡아.

─그러게. 끝나고 팁도 줬어. 남자 발톱은 기분도 좀 그렇고 각질이 많아서 시간도 더 걸리긴 하는데, 요금이 비싸잖아. 난 그렇게 한방에 버는 게 차라리 더 좋아. 돈 생기는데 좀 참지 뭐. 아 참, 선생님.

이채가 요셉 쪽으로 고개를 돌렸다.

─네일숍 한번 나오세요. 손톱 다듬어드릴게요.

갑자기 요셉의 손을 끌어당겨 제 무릎 위에 놓고 손톱을 살펴보더니 이채가 깔깔 웃었다. 상체가 좌우로 흔들렸다.

　—엄지손톱 정말 못생겼네요. 이런 손톱은 외로움 많이 탄다던데.

　이채가 다시 술잔을 들자 정연이 탁자 위로 손을 뻗어 동생의 팔을 붙잡았다.

　—그만 마셔.

　그 목소리가 너무 싸늘해서 요셉은 갑자기 술이 깨는 기분이었다. 그런대로 참고 있었던 이 자리가 지겨워지는 동시에 탁자 위에 남아 있는 술을 다 마시는 일조차 귀찮아졌다. 요셉은 소설창작 시간에 시정마의 이야기를 텍스트로 삼은 적이 있었다. 불현듯 그 이야기가 떠오른 것은 이채가 세차게 정연의 팔을 뿌리칠 때 정연의 몸이 흔들리며 머리채가 마치 말 꼬리처럼 허공에 기다란 호를 그렸기 때문인지도 모른다. 자매는 팔을 붙잡고 뿌리치고를 서너번쯤 반복했다.

과제용 텍스트

　이 이야기에는 말 다섯마리와 약간의 인간 스태프들이 등장한다. 배경은 경주마 목장이고 일어나는 사건은 말 한 쌍의 짝짓기라고 보면 된다. 제목? 이제부터 지어야지. 이 텍스트에서 뭘 보느냐에 따라 달라질 테니까.

　때는 봄. 햇살이 따뜻해지고 일조량이 늘어나면서 암말의 망막을 자극한다. 시신경과 가까운 성선자극호르몬 분비가 촉진된다는 설명은 없어도 그만이고. 어쨌든 암말은 불현듯 마음이 들뜨고 예민해진다. 특히 오줌을 자주 눈다. 몸 밖으로 페로몬을 내보내고 또 꼬리를 높이 치켜들어 생식기를 보여주는 것이다. 왕성해진 혈액 순환 탓에 그곳은 붉고 탐스럽게 충혈돼 있다. 아무 일도 일어나지 않은 채 그렇게 일주일쯤 지나면 암말의 흥분은 제풀에 가라앉는 듯이 보인다. 그러나 이주일 뒤 다시 맹렬히 발정한다. 이런 일이 봄철 내내 반복된다. 여기까지의 이야기는 생태계의 에피소드쯤으로 봐도 무방할 것이다.

경주마를 키우는 목장은 수십만평에 이르는 푸른 초원이다. 쾌적한 현대식 마사는 물론 첨단시설을 갖춘 말 전문 병원도 딸려 있다. 경마 시장에서는 막대한 돈의 각축이 벌어진다. 돈을 벌어줄 만한 뛰어난 경주마의 생산은 영웅의 탄생처럼 수많은 사람의 운명을 바꿀 수도 있다. 암말이 몸을 여는 건 봄 한 계절뿐. 공인받은 종마의 정자를 품종 좋은 암말들의 여러 생식기 안에 효율적으로 운반하여 수태를 성공시키는 것이야말로 봄철 목장의 최대 관심사일 수밖에 없다.

당연히 종마의 몸값은 수십억원대를 넘나든다. 또 하루 몇 차례씩 암말에 올라탈 때마다 고액의 돈을 받는다. 어느 먼 나라에 있는 3백만 달러짜리 종마는 한번 정자를 내쏠 때마다 2만 5천 달러를 받는다고도 한다. 이쯤 되면 이야기는 자연과 자본이라는 주제를 살짝 넘나들게 된다. 돈을 받는 게 말이 아니라 말 주인이기 때문이다. 대신 종마에게는 우리가 그림책에서 흔히 보아온 말다운 생활이 제공된다. 드넓은 목초지를 마음껏 뛰어 돌아다니면서 푸른 하늘을 배경으로 풀을 뜯고 말울음을 울며 유유히 제 삶을 영위하는 것이다. 그러다가 겨울이 되면 고단백 스태미나 사료에 정력 보강제를 복용하고 체력단련을 해가면서 봄의 거사에 대비한다.

짝짓기가 초원에서 이루어질 거라고 생각한다면 아직 이야기의 맥락을 잡지 못한 것이다. 이야기란 결코 순진하지 않다. 누구나 짐작할 만큼 뻔하게 전개된다면 이야기는 첫날밤 아내에게 왜 처녀가 아니냐고 묻는 바람둥이나 읽는 통속물이 된다. 만약 제목으로 '나도 종마가 되었으면 좋겠다'나 '일부다처제의 롤 모델, 종마의 세계'를 떠올렸다면 자신이 어떤 독서 패턴을 갖고 있는지 돌아볼 필요가 있다.

짝짓기는 '교배소'에서 벌어진다. 넓고 허름한 천막을 상상하면 된다. 구석에 허리 높이의 막대가 가로놓여 있고 거기에 암말 한마리가 묶여 있다. 꼬리를 흰 붕대로 감아놓은 것은 곧 맞아들일 종마의 소중한 정액을 잡균 따위로 오염시키지 않기 위해서이다. 이야기가 동물 학대 쪽으로 비약하는 건 난센스지만 이 이야기의 내막이 실은 교미가 아니라 교배라는 점은 염두에 두어야 할 것이다.

그것은 암말의 엉덩이 앞쪽에 차려져 있는 제사상을 봐도 알 수 있는 일이다. 현수막에는 '교배 지원을 위한 기원제'라고 쓰여 있다. 여기저기에서 인간 스태프들이 분주하게 움직인다. 한 정장 차림의 나이 많은 사람이 마이크를 잡고 '우리 말의 혈통을 더욱 가

치있게 만드는 귀중한 행사를 맞이하여 기쁘기 그지없다'는 인사 말을 하자 모두가 박수를 친다. 이어서 암말이 엉덩이를 들이대고 있는 제사상의 돼지머리와 과일 접시에 대고 하나둘 절을 하기 시작한다. 그런 다음 상이 치워지고 스태프들 모두가 '귀중한 행사'를 지켜보기 위해 제각기 자리를 잡고 서는 것이다. 암말이 긴 총 채 같은 꼬리를 이리저리 휘두르고, 스태프들은 행여 말의 거사에 방해가 될세라 숨을 죽인 채 일제히 문 쪽을 바라본다. 그런데 문이 열리고 들어오는 것은 작고 볼품없는 조랑말이다.

물론 종마일 리는 없다. 시정마라고 불리는 일종의 대리 작업남이다. 시정마 자신은 매력적인 암말을 발견하자 곧 올라타면 되는 상황인 줄 알고 벌써부터 식식대고 있지만 각본은 그렇게 돼 있지 않다. 온 힘을 다해 유혹하고 애무한 뒤 결정적인 순간 종마에게 다 된 밥을 내주고 물러서야 하는 운명인 것이다. 하찮은 시정마가 암말을 수태시키는 사태를 막기 위해 시정마의 배에는 우스꽝스러운 비닐 기저귀가 채워져 있다. 거대한 콘돔인 셈이다. 여기에서부터 이야기는 다큐멘터리의 외양을 벗고 급격히 감정이입을 유도한다. 비극이 성립될 기미가 보이며, 풍자적 성격을 띤다는 점에서 희비극이 될 수도 있다.

죽으라고 암컷을 유혹하여 흥분시켜놓은 다음 결정적인 순간 물러나주는 시정마가 생겨난 것은 종마라는 고가품을 보호하기 위해서이다. 암말에게 걷어차여 상처라도 생기면 큰 재산 손실을 입기 때문이다. 암말이 오르가슴 때문에 상대를 걷어차는 것은 아니다. 감정이 불안정하여 난폭해질 수 있는 것이다. 발정난 암말이라고 해서 아무하고나 짝짓기를 즐기지는 않는다. 돈으로 섹스를 거래하고 심지어 모욕이나 폭력의 수단으로 사용하기 위해 발기하는 반자연적 성기를 가진 건 인간밖에 없다. 시정마가 등장한 또 한가지 이유는 종마의 체력을 아껴서 적재적소에 효율적으로 사용하기 위해서이다. 종마는 대형 기획사에 소속된 연예인들처럼 돈벌이에 지장을 주는 연애는 금지돼 있다. 사랑에 빠지고 애태우고 접근하고 고백하는 과정, 심지어 만지고 더듬는 전희에도 참여하지 않는다. 단지 사정만을 한다. 이 대목에서는 인간이 자신들의 탐욕의 시스템을 어떻게 자연에 적용해 그것을 파괴하는가 하는 관점이 생겨날 법도 하다. 인간 고발과 문명 비판의 성격을 띠어도 상관없다. 하지만 착취나 계급의식 같은 개념은 상투적이고 지겨우니까 그 틀에서는 벗어나서 생각해보기를 권한다.

암말에게 다가간 시정마는 머리를 이리저리 돌리며 주의를 끌기 시작한다. 갈기를 휘날리면서 긴 목으로 춤을 추고 귓가에 후욱 입김을 불어넣어가며 마음을 떠본다. 암말은 뒷다리를 들었다 놓았다 하면서 살짝 튕기고 있다. 시정마는 작전을 바꿔서 약간의 박력을 실어본다. 혀를 내밀어 암컷의 배와 목덜미를 슬쩍슬쩍 핥아가며 행동에 나선다. 시정마가 키가 작고 왜소한 것은 암말에게 쉽게 올라타지 못할 만한 말을 고르기 때문이다. 암말이 보기에 못생긴 이성일 확률이 높다는 뜻이다. 못생긴 수컷이 작업 전문가가 되기까지는 굉장한 끈기와 요령과 긍정적 사고가 필요했을 것이다. 무엇보다 그 모든 장애에도 불구하고 암컷을 밝히는 말이어야 한다. 잡종 말로 힘들게 살아남아 여기까지 오게 된 시정마의 안타까운 삶의 여정을 엿볼 수 있는 대목이다.

암말이 마음을 결정하기까지 시정마는 오랜 시간 구애를 해야 한다. 몇시간이 걸리기도 한다는 사례 보고는 믿기 어렵지만 대단한 인내와 열정과 체력이 필요한 일임은 틀림없다. 마침내 암말이 꼬리를 들어올려주는 감격의 순간이 찾아왔을 때, 흥분한 시정마는 바야흐로 앞다리를 치켜들고 붉게 충혈된 생식기를 향해 발굽을 세우고 돌진한다. 그때를 기다려 인간 스태프들이 달려들어서 억세게 말의 고삐를 잡아챈다. 질질 끌려가는 시정마는 울부짖으며 앞발을 구르고 바닥을 긁는다. 분노와 절망의 울음소리가 교배소 안에 비통하게 울려퍼지는 가운데 인간 스태프들은 몽둥이를 꺼내 시정마를 후려치기 시작한다. 맞기 싫어서 그대로 무릎을 꿇고 마는 시정마는 이제 뒷문으로 맥없이 질질 끌려가고 있다. 바로 그 순간 앞문이 활짝 열리고 보기에도 늠름한 종마가 팽창할 대로 팽창한 성기를 위풍당당하게 치켜든 채 뛰어들어오면서 이야기는 클라이맥스를 맞이하는 것이다.

대기하는 동안 이미 종마는 자신이 곧 하게 될 일이 무엇인지 알고 있다. 그 생각만으로 충분히 흥분되는 종마의 몸은 일초의 시간 낭비 없이 곧바로 고음부에서부터 노래할 수 있을 만큼 정력이 넘친다. 그러나 오백 킬로그램이 넘는 이 정력의 동물이 암말의 등에 올라타 동작하는 시간은 길어야 이십초이다. 맹수의 눈에 띄기 전에 볼일을 끝마쳐야 하는 초식동물의 운명이라지만 클라이맥스치고는 싱겁기 짝이 없다. 일종의 반전이라고 생각하는 관점도 있을 수 있다. 기승전결에 집착하며 이야기를 따라왔다면 다소 정형적이라고 생각할지도 모른다. 말이 등장한다는 이유만으로 이솝 이야기를 연상하는 극단적인 단순화도 가능하다. 말이 안된다 싶은 상황 어디다 갖다붙여도 그런대로 무난한 부조리 같은 개념으로 재구성할 수도 있을 것이다.

하지만 텍스트는 많은 디테일을 갖고 있는 법이다. 암말의 엉덩이가 아닌 머리 쪽으로 돌아가 살펴보기로 하자.

등 뒤에서 짝짓기 동작에 몰입한 종마의 울부짖음이 교배장 안에 울려퍼지는 짧은 순간 암말은 아무 움직임도 없고 소리도 내지 않는다. 묵묵히 눈앞 어딘가에 시선을 두고 있다. 여기에서 특히 이야기의 주조가 감상으로 빠지지 않도록 주의해야 할 것이다. 왜냐하면 암말의 앞에는 작은 우리 하나가 있는데 그 안에서 보기에도 애처로운 망아지 한마리가 서성이고 있기 때문이다. 망아지는 암말의 새끼이다. 모든 말은 봄에 태어나기 때문에 첫번째 생일을 갓 지났거나 앞두고 있을 것이다. 한시도 엄마와 떨어질 수 없는 새끼 말은 암말과 가장 가까운 거리에서 이 모든 과정을 지켜본다. 인간 어린애와 달리 그날 이후 '난 어떻게 만들어졌을까?'라는 의문 따위는 품지 않을지도 모른다. 어쨌든 이야기는 새끼 말이 있는 우리를 한번 보여준 다음, 암말이 옆구리에 새끼를 걸리고 뱃속에는 막 수정된 새끼를 품고 기운 없이 퇴장하는 것으로 막을 내린다. 교배

직후 종마의 정액을 채취하여 현미경으로 정자 활성화 상태를 체크함으로써 인간 스태프도 할 일을 마친다.

시정마에 대해서는 몇가지 디테일이 더 남아 있다. 여자를 밝히고 또 유혹하는 것이 삶의 밑천이지만 아이러니하게도 시정마는 가죽 정조대를 차고 독방에 갇혀 지낸다. 특수 임무를 띤 만큼 몰래 바람을 피우면서 기운을 빼면 안되기 때문이다. 이처럼 평소에는 원천봉쇄하고 가까스로 기회를 얻는가 하면 결정적인 순간 몽둥이로 때려서 떼어놓으니 이 스트레스 때문에 시정마는 수명이 짧다. 어쩌다 시정마에게 잡종 암말을 붙여서 회포를 풀게 해주는 일도 있지만 혈통 좋은 멋진 암말이 자신에게 넘어오는 걸 수없이 보아온 시정마의 성에 찰지 그것은 모를 일이다. 물론 남녀관계란 워낙 고유성을 지니기 때문에 잡종 암말 또한 할 말이 없진 않을 것이다. 하지만 여기서 신분상승을 꿈꾸는 궁녀들처럼 잡종 암말이 종마를 짝사랑하거나 유혹하는 상상을 했다면 드라마와 역사의 나쁜 점만을 학습한 것이다.

십오년 경력을 가진 늙은 시정마 한마리를 소개하는 것도 이야기를 귀납적으로 만드는 데 의미가 있을 듯하다. 노련한 시정활동으로 업계에서 명성을 얻고 있는 그 시정마는 오래전 한때 경주마였다. 일년을 뛰었지만 15전 1승밖에 거두지 못했다. 그러다 시정마로 노선을 바꾼 뒤 그 분야에서 발군의 실력을 보였고 그때부터는 해마다 빠짐없이 시정활동에 투입되었던 것이다. 경주마였을 때는 몸값이 140만원밖에 안되었지만 시정활동으로는 회당 120만원을 받는 쾌거를 이루기도 했다. 종마로 타고나지 못했고 경주마로서도 실패했지만 그 좌절과 굴욕에 아랑곳없이 가늘고 길게 살기로 작정한 이 시정마를 위해 주인은 가끔 잡종 암말을 제공해주고 있으며 그 덕분인지는 모르지만 그 시정마는 보통의 시정마에 비해 장수를 누리고 있다는 것으로 그만 이 이야기의 대단원을 맺을까 한다.

이번 학기의 과제는 이 이야기를 바탕으로 해서 짧은 소설을 써보는 것이다. 소설이 아니어도 상관없다. 창의적인 글이면 된다. 여기 등장하는 다섯가지 타입의 말, 종마와 암말과 시정마, 그리고 새끼 말과 잡종 암말 가운데 어떤 말의 입장에서 보느냐에 따라 이야기는 달라진다. 그런 것을 인생의 포착이라고 할 것까지는 없고. 제발 종마와 시정마의 선악 대결 같은 이분법적 관점으로는 쓰지 말아주기 바란다. 관점을 다양화하는 게 이 과제의 포인트이기도 하니까. 그리고 이게 중요한 건데, 전쟁과 가난만큼이나 인간을 고통스럽게 하는 것으로는 재미없는 이야기라는 게 있다.

웃는 여자

학생들의 과제물이 요셉을 놀라게 한 것은 서로 베끼기라도 한 듯 내용이 모두 비슷하다는 점이었다. 많은 학생들이 시정마를 주인공으로 삼았고 인간의 욕심이라든지 희생, 착취 등 교훈적이고 단순한 주제를 표면에 내세웠다. 인간을 위해 그런 일을 해주어 고맙다는 내용까지 있었다. 요셉이 그것만은 피하라고 조목조목 예를 든 그대로를 써온 셈이었다. 이안은 그 강좌의 수강생이 아니었다. 학생들에게 줄 텍스트를 복사하다가 흥미를 느꼈다며 소설을 써서 가져왔다. 자세히 기억나지 않지만 그걸 자발적으로 썼다는 게 이해가 가지 않을 만큼 지루한 글이었다. 기억이 안 나는데도 최악이라고 기억하는 건 엄청나게 길었기 때문이었다.

이채와 정연 자매와 헤어져 집에 돌아온 요셉은 쉽게 잠을 이룰 수가 없었다. 선반에서 다시 위스키 병과 크리스털 잔을 꺼냈다. 요셉의 시선이 잠깐 탁자 위에 놓인 술병과 잔에 머물렀다. 지금까지 도경이 선물로 준 물건이 몇가지나 될까. 첫번째 선물은 아마 함께 S시의 종마 목장에 갔던 날의 섹스일 것이다. 그날 교배소에는 다섯마리의 말과 약간의 인간 스태프, 그리고 구경꾼들도 있었던 것이다.

요셉과 도경은 '교배 지원을 위한 기원제'를 구경한 뒤 곧바로 차를 몰아 바닷가로 갔다. 전망 좋은 횟집에 들어갔고 급하게 낮술을 마시기 시작했다. 삼십대 중반이었던 도경은 그때도 통통한 편이었다. 피부가 희고 숱 많은 검은 눈썹에 또렷한 쌍꺼풀을 가졌으며 입술이 얇고 붉었다. 어쩐지 곁에 뉘어보고 싶은 여자였다. 무엇보다 요셉이 알아온 적지 않은 여자 중에 단연 가장 잘 웃는 여자였는데 그것은 첫 만남부터 요셉을 어리둥절하거나 당황하게 만들었지만 한편으로 부조리극처럼 묘한 이완과 평화를 주었다. 그

때 요셉은 중소기업인 단체의 여름휴가를 겸한 워크숍에 강사로 초청되어 S시에 갔었다. 워크숍이 열리는 호텔에서 하룻밤을 묵고 컨벤션 룸에서 오전 파트 강연을 마친 뒤 혼자 커피숍에 앉아 있을 때였다. 지나가던 도경이 발을 멈추고 가볍게 인사를 건넸다. 도경은 워크숍에 참가한 기업인 단체의 가족회원이라고 자신을 소개하며 강연이 인상 깊었다고 의례적으로 말했다. 몇년 전 자신이 여름을 보냈던 S시의 기억에 잠겨 있던 요셉 또한 별생각 없이 잠깐 앉으라는 말로 답례했을 뿐이었다. 그런데 뜻밖에도 도경이 소리를 내어 웃는 바람에 요셉은 당황하고 말았다. 첫눈에 흥미를 끌 만한 여자는 아니었다. 그러나 터져나오려는 웃음을 삼키며 순순히 앞자리에 엉덩이를 내려놓는 도경의 모습은 묘하게 요셉을 자극했다. 십분 뒤에 요셉은 워크숍에 참석하려 했던 도경의 남편에게 급한 회사일이 생겨서 그녀 혼자 S시에 남게 되었다는 걸 알았고 이십분 뒤에는 그녀가 그날의 마지막 비행기를 타기 전까지 S시를 둘러보며 약간의 관광을 할 계획이란 걸 알았고 삼십분 뒤에는 함께 자리에서 일어났다. 프런트에 예약해놓은 렌터카도 도착해 있었다.

말은 참 멋진 것 같아요. 요셉의 술잔에 소주를 따르며 도경이 말했다. 그리고 오늘 행사 말예요. 구경할 때 좀 쑥스럽긴 했지만, 말들은 행복했겠죠? 행복하다고? 요셉이 되물었다. 그렇잖아요. 종마는 암말한테 귀찮게 작업 같은 거 안 걸어도 되니까 좋잖아요. 암말은 새끼를 갖게 됐으니 좋고요. 시정마는 암말하고 실컷 연애를 해보잖아요. 꼭 그런 건 아니지. 첫 만남이니만큼 요셉의 말투는 제법 부드러웠다. 섹스에는 오르가슴만 있는 게 아니야. 거기로 가기까지 권력도 발생하고 달콤한 좌절도 있고 열망의 에너지 같은 것도 있고 그런 건데, 삽입만 하는 종마는 그걸 다 뺏겼어. 글을 알았다면 상실이나 존재론적 허무에 대한 소설을 썼을지도 모르지. 그건 그렇고, 섹스의 댓가로 새끼를 갖는 게 좋다니. 섹스하고 나서 침대에 떨어진 동전을 줍는 게 차라리 낫지, 새끼라는 부산물은 혼자 키워야 하잖아. 시정마 그 녀석은 괜찮더군. 드라마의 과정을 즐길 수 있으니까. 가늘고 길게 사는 게 뭐 어때. 그리고 완결이 안돼야 그 아쉬움 때문에 세상에 대한 흥미를 유지할 수 있지. 종마처럼 마무리 작업만 하다보면 허무주의자밖에 더 되겠어? 섹스는 원래 허무한 거 아니에요? 술잔을 기울이며 도경이 대꾸했다. 술기운이 오른 도경의 흰 피부는 꽃이 피듯 붉게 물들어 요셉의 취흥과 욕망을 돋우고 있었다.

혀 꼬부라진 목소리로 도경이 말을 이었다. 영화나 소설 속에는 섹스가 기절할 정도로 짜릿하고 황홀하게 나오는데, 그런 건 없어요. 광고에 나오는 라면, 맥주…… 막상 먹어보면 광고 모델이 보여줄 때같이 그 정도로 기막힌 맛은 아니잖아요? 다 환상이라구요. 근데도 다들 뭐가 더 있을 거라고 생각하는 것 같아요. 다른 사람하고 자면 더 좋을까. 글쎄요, 다른 사람하고 자면 조금이야 다르겠죠. 하지만 엄청난 차이 같은 건 없어요. 김치라면하고 소고기라면 정도예요. 근데 다들 섹스가 굉장한 거라고 속고 있어요. 그래서 아직 못 느껴봤다고들 하는데, 아니라니까요. 그게 원래가 그 정도인 거예요. 제가 알아요.

요셉이 소주병을 들어 도경의 빈 잔을 채운 뒤 자기의 잔도 채웠다. 한 손을 붉은 뺨에 갖다대며 도경이 물었다. 근데 선생님, 궁금한 거 있어요. 발기가 안되는 건 욕망이 없는 거잖아요. 욕망이 없으면 안하면 되는데 왜 남자들은 온갖 약을 먹으면서 그걸 기어코 하려고 해요? 요셉은 대답할 수가 없었다. 교배소 밖에서 대기 중인 종마가 그랬듯이 몸이 팽창해 더이상 앉아 있기 불편했고 얼른 나가 모텔을 찾고 싶은 마음뿐이었다. 그만 나가자고 말하자 도경은 말없이 발치에 놓여 있던 가방을 집어들었다. 요셉이 요구하는 대로 차 키도 순순히 건네주었다. 도경이 계산을 하는 동안 요셉은 화장실에 들렀다 렌터카로 갔다.

술기운 탓에 초점이 잘 맞지 않는 풍경이 눈에 들어왔다. 하늘도 바다도 아까보다 훨씬 멀리 있는 것처럼 느껴졌는데 요셉은 그편이 더 마음에 들었다. 차창을 내리자마자 물기를 머금은 바람이 들어와 뺨에 닿았다. 장마철의 S시는 습도가 높아서 온 도시가 마치 비닐을 씌운 온실 같았다. 바닷가로 나오면 다른 풍경이 펼쳐졌지만 그러나 하늘 저편에서 어김없이 몰려오는 먹구름까지는 막을 수 없었다. 차창에 머리를 기대고 저물어가는 하늘을 바라보던 요셉은 온몸이 사과처럼 빨갛게 익은 채 비틀거리며 걸어오는 도경의 모습이 백미러에 나타나자 천천히 차에 시동을 걸었다.

좀 천천히 달려요. 도경이 소리쳤다. 우리 지금 어디로 가는 거예요? 그러나 요셉은 아무 대꾸 없이 앞을 바라보며 가속페달을 밟을 뿐이었다. 열어놓은 창으로 바람이 미친 듯이 따라왔다. 춤을 추듯 흩날리는 머리카락을 두 손으로 누른 채 도경이 소리쳤다. 창문 좀 닫아주세요. 날아가겠어요. 요셉이 창을 반쯤 올렸고 그제야 차 안이 약간 조용해졌다. 어디로 가냐구요. 가보면 알아. 안 가도 알아요. 그럼 됐네. 안 갈 거예요. 요셉이 다시 가속페달에 올린 발에 힘을 주자 도경의 몸이 급히 뒤로 쏠렸다가 제자리로 돌아왔다. 안 갈 거예요. 도경은 다시 한번 중얼거리는가 싶더니 다음 순간 갑자기 깔깔대고 웃기 시작했다. 음주운전으로 잡았는데 불륜이면 웃길 것 같아요. 차의 속도와 취기 탓에 도경의 목소리는 선풍기 앞에서 지르는 소리처럼 웅웅거렸다. 그리고 경찰서 잡혀갔는데 대학교수다 그건 더 웃겨요. 교수 아니니까 걱정 마. 왜요? 강사거든. 그게 더 웃겨요. 도경의 웃음소리가 다시 높아졌다. 제가 수영강사 운전강사하고도 안 잤는데 왜 소설 가르치는 강사하고 자요? 다른 것도 가르칠 수 있거든. 뭔데요? 도저히 웃음을 그칠 수 없는지 도경의 입에서는 껵껵 소리가 새어나왔다. 너무 웃겨요. 선생님도 웃기고 자는 것도 강사도 다 웃겨요. 웃겨서 죽겠어요. 요셉은 다시 차창을 완전히 내려놓고 차의 속도를 높였다. 바람이 맹렬하게 달려들어 도경의 머리카락을 흩뜨리고 블라우스를 부풀렸다. 도경이 소리쳤다. 선생님, 안되겠어요. 도경의 말은 발음이 분명하지 않았다. 웃겨서 안되겠다구요. 웃겨서 못할 것 같아요. 도경의 웃음소리는 거의 숨이 넘어갈 듯 높아졌다 낮아지기를 반복하고 있었다. 그래? 웃기면 못하지. 갑자기 요셉도 따라 웃기 시작했다. 가속페달

위의 발에 저절로 힘이 들어갔다. 도경의 웃음소리가 점점 더 커져갔다. 차는 조금씩 비틀거리며 해안도로를 달리고 있었다. 바람이 필사적으로 따라와 두 사람의 머리카락과 옷을 미친 듯이 부풀리고 흐트러뜨렸다. 시커멓게 변한 바다도 짐승의 이빨 같은 흰 파도를 일으키며 방파제를 따라 달려왔다. 도경과 요셉은 둘 다 숨이 넘어갈 듯이 웃고 있었다. 차는 먹구름이 하늘을 완전히 덮을 때까지 계속 그렇게 달려갈 기세였다.

3부

거짓과 상실의 세계
거짓으로 사랑하였으나 목 놓아 울었다[●]

● 황병승 「모래밭에 던져진 당신의 반지가 태양 아래 C, 노래하듯이」 중.

요셉의 새 소설 제1장—경천동지

그는 이제 정말 소설을 쓰기 시작했다. 참으로 오랫동안 소설이 써지지 않았다. 매일같이 더이상 아무것도 쓸 수 없을 것 같은 막막함으로 하루가 시작되곤 했다. 긴 암울에서 벗어난 그를 축하하는 의미에서 우선 그 이야기부터 시작해보기로 하겠다.

글이 잘 써지는 날이란 세상에 존재하지 않는 13월이나 제8요일 같은 것이다. 글이란 일년 내내 잘 안 써지게 돼 있다. 커튼을 내리고 있으면 게으르거나 무기력해지기 쉽고 그렇다고 활짝 열어놓으면 날씨의 영향을 받는다. 햇빛이 환하고 맑은 날엔 산만해지기 마련이다. 흐리거나 비가 오는 날은 기분이 가라앉아 글이 잘 풀리지 않는다. 기분 좋은 소식이 오는 것도 반길 일이 못된다. 기분 좋은 생각이란 한번 머릿속에 들어오면 좀처럼 다른 생각에 자리를 내주지 않는다. 반대로 안 좋은 소식이 왔다면 그건 말하나 마나이다.

기분 나쁜 날 글이 잘 써질 정도로 인생에 의외의 일이 자주 있는 건 아니니까. 더구나 의외란 건 주로 나쁜 방향에서 찾아오는 법이다. 모든 상황이 이처럼 고통스럽게 돌아가는데도 작가에게는 책상 앞을 벗어나는 현명한 행동이 용납되지 않는다. 대가라고 불리는 이들마저 글은 엉덩이로 쓴다거나 왼쪽에서 오른쪽으로 쓴다는 말로 작가의 도로(徒勞)를 독려해왔다.

그도 쉽게 책상 앞을 떠나지 못했다. 그러나 아무 일도 하지 않고 책상 앞에 앉아만 있기는 어려운 일이었다. 그는 평소 소중한 말초신경의 낭비라고 욕했던 컴퓨터 게임을 하기 위해 참을성을 갖고 규칙을 습득하기 시작했다. 인터넷 검색의 중요함도 새삼 깨달아 신빙성 없는 견문을 넓히는 데 힘을 기울였다. 실시간 뉴스와 날씨는 물론 걸그룹의 식단이나 졸업앨범 사진, 환율변동에까지 신경을 썼다. 화제의 유튜브 영상과 인기순위가 높은 유머도 알아두었다. 이 모든 게 언젠가 글을 쓸 때 필요한 자료가 될지도 모른다는 생각이 점점 그의 써핑 범위를 넓혀가게 만들었다. 그런 취재 작업을 계속하다보면 목이나 허리에 디스크 증상이 의심되었으므로 새로 건강 분야의 검색이 추가되기도 했다. 또한 검색이 진행될수록 자신에게 당장 진찰을 받아야 할 심각한 병증이 많다는 데 놀라는 거였다. 그것은 병마와 싸우며 창작의지를 불태우는 작가들의 이야기가 적지 않다는 사실과도 관계가 있었다. 창작의지란 글이 안 써질 때 사용하는 것이다. 써야 할 소설의 행보에 집중할 수 없을 때는 그 집중력이 자기 내부로 향한다. 그때에는 병이 찾아오는 게 아니라 스스로가 병을 발굴한다.

어느정도의 시간을 흘려보내고 나면 글에만 집중하는 시간이 찾아오긴 한다. 그러나 그 시간이 텅 빈 채로 좀처럼 채워지지 않는다는 게 문제였다. 그때는 상상력이 왕성해지면서 글의 방향을 잃어가는 단계가 되었다. 작가가 되지 못해 원한을 품은 해커가 재능 있는 작가만 골라 컴퓨터 파일을 모조리 파괴해버린다는 식의 과대망상과 자포자기가 뒤섞인 엉뚱한 상상이 꼬리를 물었다. 발상의 전환이 필요한 시기였다. 그는 습관을 바꿔서 어떤 작가들처럼 까페에 나가 글을 써보기로 했다. 아침부터 저녁까지 까페를 서너 군데씩 옮겨다니며 종업원들과 드나드는 모든 손님들을 관찰하고 대화를 엿들으면서 하루를 보냈다. 탁자 위에 랩톱을 올려놓고 화장실에 다녀왔을 때에는 실망을 감출 수 없었다. 책으로 살짝 덮어놓고 갔을 뿐인데 그것을 훔쳐가지 못한 소심한 도둑들의 패기 부족 때문이었다.

드디어 첫 문장을 시작한 날은 그 흥분 때문에 더이상 일을 진전시킬 수가 없었다. 마음을 가라앉히지 못하고 일어나 서성이다가 다시 되돌아가서 그 문장을 읽어보는 일을 반복하다보면 금방 하루가 지나가버렸다. 그러나 밤새 무슨 일이 있었는지 다음날 일어나보면 그것은 대부분 쓰레기로 변해 있곤 했다. 마음에 안 들어 지워버렸던 그 문장이야말로 최고의 문장이었다는 것을 깨칠 때도 있었다. 그런 깨달음은 늘 지나치게 늦게 찾아왔다. 백방으로 복원 방법을 알아보면서 그는 다시는 그런 뛰어난 문장을 쓸 수 없으리라는 절망에 매번 눈물을 삼켜야 했다.

　창작을 위한 열정 때문에 잠이 오지 않는 밤에는 술을 서너 잔쯤 마시는 일이 어쩔 수 없이 허용되었다. 그러나 그것은 숫자를 셀 수 있을 때까지의 셈법이었다. 술은 잠깐 사이에 그를 마취시켜 놓고 창작의 열기에 오염된 그의 시간을 전리품처럼 간단히 거두어갔다. 그 시간이 사라질 때 찾아오는 환희를 그는 기꺼이 환영했다. 그때쯤이면 글을 쓰지 못하는 고통은 사라졌다. 대신 위대한 작품을 쓰지 못하는 고통이 찾아왔는데 묘하게도 그것은 축제의 성격을 띠고 있었다. 그는 마치 자기 인생의 폭군처럼 축제를 즐겼다. 그리고 다음날이 되면 후회하는 모습을 들키지 않으려는 듯이 고개를 푹 수그린 채 해장국을 든든히 챙겨먹고 다시 책상으로 돌아갔다. 지난밤 축제를 함께했던 위대한 고통도 글이 안 써져 죽을 것 같은 본모습의 고통으로 시무룩하게 복귀해 있었다. 텅 빈 모니터가 그를 맞아주었다. 하지만 그것은 안이한 생각이었다. 그는 상투적인 의미체계에 의존하는 평범한 작가가 아니었다. 아무 진전도 없는 것처럼 보이지만 그 안에 들어 있는 우여곡절과 경천동지의 세상은 결코 간단한 게 아니었다. 이제부터 쓸 소설의 첫 문장이 시작되기만 한다면 그 사실을 세상 모두가 알게 될 것이다.

아침

여느 날과 같이 그날의 일정을 확인하려고 휴대폰을 켠 요셉은 잠시 날짜를 물끄러미 바라보았다. 3월 마지막 날. 그 숫자는 요셉의 눈에 아주 익숙한 배열이었다. 일년에 한번밖에 없는 기념일이니 특별한 날이라고 할 수도 있었다. 그러나 요셉의 일정은 다른 날과 마찬가지로 뻔한 것이었다.

오전에는 까페에 나가 미뤄왔던 수필 심사를 마치고 심사평을 써야 했다. 그런 종류의 잡문을 써야 할 때 요셉은 소설 쓸 때와는 달리 자신의 재능에 의심을 품곤 했다. 다음번에 또 심사를 맡기 위해서는 응모작의 수준이 높아졌다는 둥 진심에서 우러나온 글만이 감동을 준다는 사실을 새삼 깨달았다는 둥 우호적인 평을 적당히 끼워넣어야 하는데, 마음에 없는 말을 하는 것은 그다지 어려운 일이 아니었지만 뻔한 말을 매번 다르게 표현하기란 쉽지 않았기 때문이었다. 잡문을 쓰면서까지 타고난 예술혼이 자신도 모르게 동원돼버리는 걸 막을 수 없다는 게 가장 큰 문제였다. 재능을 낭비한다는 피해의식 때문에 응모작들이 형편없이 느껴졌다. 하지만 심사비가 입금되면 어느덧 그 심사에 다시 우호적으로 돌아가므로 자신의 심사평에 깊이 공감하곤 했다. 그것은 평론가들이 원고가 쓰기 싫은 나머지 자신이 평을 쓸 작품에 실망하거나 적대적이 되다가 마침내 원고를 완성하면 급히 호의적으로 되돌아가는 메커니즘과 비슷했다.

늦은 오후에는 지역 도서관의 자문위원회의가 있었다. 요셉의 생각에 전문가란 한 분야의 정통함을 통해서 세상 전반에 대한 통찰을 갖춰야 옳았다. 그러나 실제로는 한 분야에만 통하는 전문성을 세상 전반에의 무지에 대한 정통성으로 삼는 게 전문가들이었다. 그들은 극히 부분적으로만 정의로웠고 부분적으로만 합리적인데, 부분이 전체를 대표할 것 같지도 않았다. 또 지식인으로서는 정의로운 사람도 정서적으로는 편견투성이였으며 평등을 주장하지만 자신이 아는 사람들과 평등해지기는 싫어했다. 많은 기자들은 제 주변에서 일어나는 몇가지 사례만으로 자기의 편견을 일반화할 뿐이지만 전문가들은 더 나아가 거기에서 규칙을 발견해내서 자신의 신념체계로 대중을 속이기를 좋아했다.

요셉은 인간의 개별적 고유성을 단지 하나의 사례로 볼 뿐인 전문가들이 세상에 폐를 끼치고 있다고 생각했다. 그러므로 그날도 누가 됐든 발언을 시작하자마자 그를 향해 맹렬히 고개를 끄덕여

줄 작정이었다. 듣는 사람이 고개를 끄덕이면 상대는 으레 공감의
뜻인 줄 안다. 하지만 많은 경우 그것은 듣기 싫은 말을 빨리 끝내
도록 독려하기 위한 행동이다. 끝내는 것만을 목적으로 시작한 의
례적이고 지루한 회의에 임할 때는 조금이라도 몸을 움직여야 졸
음을 쫓을 수 있다는 것도 한가지 이유였다. 그렇게 해서 회의가
빨리 끝나도록 현실 개선의 의지를 불태워봤자 결과적으로 그것은
회의 때보다 조금도 나을 것 없는 재미없는 회식시간을 앞당기는
일일 뿐이라는 사실은 부조리이자 비극이 아닐 수 없었다. 그러나
따로 갈 데도 없는 요셉은 꼬박꼬박 회식에 참석했으며 부조리와
비극을 잊기 위해 과음해야만 했다. 회식이 끝나 돌아오는 길이면
긴 시간 동안 짜고 마른 음식을 집어먹은 뒤 찬물을 한모금 마시듯
여자를 만나고 싶어지는 것이 당연한 일이었다.

   그 생각을 하자 요셉의 머릿속에 불현듯 '급정지 스튜디오'라는
이름이 떠올랐다. 술집 이름 엄청 이상하죠, 선생님. 취했을 때 이
채는 콧소리가 섞인 목소리로 콧등을 찡그리며 말하는 게 버릇인
모양이었다. 그 모습은 요셉으로 하여금 자신이, 취하면 얼마간 흐
트러질 줄 아는 자신감 있는 여자를 좋아해왔다는 사실을 상기시
켰다. 급정지가 뭐예요, 그쵸? 교통이 호루라기 불면서 스톱! 이러
는 거 같잖아요. 선생님, 그게 아니구요. 이채를 제치고 나서는 정
연도 동생 못지않게 취해 있었다. 지나가는 사람들이 무조건 이 집
앞에서는 급정지를 하고 들어와서 퍼마셔야 한다, 그런 뜻이에요.
재미있지 않아요? 그런 뜻이었다구? 이채가 코웃음을 쳤다. 난 또,

교통한테 잡혀서 끌려오는 무슨 수용소라는 뜻인 줄 알았는데? 이 까페 수상한 거 많잖아. 미친년, 뭐가 수상한데? 이채가 턱을 앞으로 내밀며 대꾸했다. 주인이 또라이잖아. 그리고 종업원 언니들도 다 또라이. 뭐? 차라리 급커브가 낫겠다. 그럼 야구팬이라도 올 거 아냐. 안 그래요, 선생님? 이채와 정연 자매는 술을 마시는 내내 서로 으르렁거렸다. 상대가 무슨 말을 하면 거기에 반박할 점을 찾아 냄으로써 비로소 자기가 하고 싶은 말을 발견하는 것 같았다. 상대에게 반대하는 것을 차별화 전략으로 삼았다고나 할까. 아니면 상대라는 거울을 통해야만 자신이 뭘 원하는지 알게 되는 것일 수도 있다. 누군가 말했듯이 타자란 내 욕망의 수수께끼에 자신을 직면시키는 존재인지도 모를 일이니까.

뻔하고 유치한 대화가 지겨울 때면 으레 그러듯이 요셉은 혼자 자기만의 잡념에 빠져 있었다. 그것은 요셉이 술자리에서 자주 깊은 생각에 잠긴 것처럼 보이는 이유이기도 했다. 속으로는 정연의 줄무늬 티셔츠를 보면서 S시의 종마 목장을 떠올리기도 하고 '급정거'와 '스튜디오'란 조합에서 연상되는 단어로 이런저런 소설 제목을 만들어보는 식이었다. 음악 소리가 좀 큰 것을 빼고 요셉은 그 술집이 마음에 들긴 했다. 도경 말고도 함께 술 마실 상대가 생겼다는 점에서 그 자매의 출현 역시 반기지 않을 이유가 없었다. 물론 이채와 정연은 처음 찻집에 등장했던 도입부에서부터 차이가 났다. 여자란 주변에 많이 둘수록 선택의 폭이 넓어지므로 자유를 만끽하는 데 도움이 되지만, 요셉의 머릿속에 주인공이 될 만한 여자는 언제나 하나였다. 어딘지 석연찮은 과거의 여자 같은 분위기를 풍기는 정연은 정형화된 이미지의 한계 때문에 조연에 그칠 뿐이었다. 소설로 씌어진다 해도 진지한 일은 하기 싫고 돈은 필요하고 남자는 못 믿겠고 뭐든 직접 부딪치는 건 싫고 특별히 목표도 없고 그러면서도 누구 못지않게 행복하고 잘나가고 싶은 나이브한 캐릭터가 될 것이다. 거기 비하면 이채는 상상의 여지가 많아 스토리를 채워나가고픈 호기심을 유발했다.

이채를 생각하자 요셉의 마음은 한결 가벼워졌다. 오전 중으로 심사 일을 마무리한다면 함께 점심을 먹는 것도 괜찮은 생각 같았다. 이기적이고 차갑다는 말을 밥 먹듯이 들어온 요셉이 그 방면에 무지한 건 사실이지만 그런 행동이 한동네 사람들끼리의 인정일지도 모르는 일이었다. 만약 이채와 함께 점심을 먹게 된다면 자전거 동호회에 자리를 뺏겼던 그 생선구이집에 가서 갈치조림과 고등어구이를 시켜 나눠먹겠다는 결심을 하며 요셉은 천천히 랩톱 가방을 챙겼다. 잠깐 미역국이 머리에 떠올랐지만 생일 메뉴로는 너무 상상력이 없는 것 같았다.

이안의 씨나리오

이안은 세시간째 씨나리오를 붙들고 있었다. C가 등장하는 부분이 특히 마음에 들지 않았다. C가 작가와 함께하는 영화제 행사에 참가해서 K선생을 만나는 것까지는 괜찮았다. 수희의 친구라고 자신을 소개했을 때 K선생이 무심한 척 제자의 안부를 묻는 것도 나쁘지 않았다. 하지만 다음날 오전 호텔 커피숍에서 여자와 함께 있는 K선생을 목격하는 씨퀀스는 아무래도 빼야 할 것 같았다. 실제로 일어난 일이라 해서 리얼리티가 보장되는 건 아니다. 우연이 반복되면 설득력이 떨어질 수도 있다. 비록 실제의 삶에서는 우연의 포착에 의해 수많은 일이 결정되지만 말이다.

사실 이 씨나리오는 C와의 우연한 만남에서 비롯된 것이었다. C는 수희의 직장 시절 친구였다. 이안이 유학 준비를 하던 무렵 C가 출판사로 직장을 옮겼다는 소식을 수희로부터 전해들은 적이 있었다. 수회와는 그때 이후 소식이 끊어졌다. 한국에 돌아온 뒤 수회의 소식을 알기 위해 C를 찾아갔을 때 출판사는 여행사로 바뀌어 있었다. 그리고 몇달 전 C가 모처럼 전화를 걸어와서 이제 여행사가 아닌 까페가 되었다며 개업 소식을 알렸다. 한번쯤 얼굴을 내밀어야 할 것 같아서 들러본 급정지 스튜디오에서 뜻밖에도 이안은 C가 요셉을 만난 이야기를 듣게 되었다. 몇년 전 정연과 함께 부산에 놀러 갔다가 우연히 영화제 행사에 참가하게 되었다는 거였다. 뒤풀이 술자리의 분위기를 전해듣자 곧바로 이안의 머릿속에 영화 제목이 떠올랐다. 그즈음 이안은 기대했던 작품이 영화제에서 상을 받지 못해 절망한데다가 아버지의 죽음까지 겹쳐 슬럼프에 빠져 있었다. 아이템이 없어 초조하기도 했다. 요셉의 위기야말로 이안에게는 구원인 셈이었다.

이안은 책상에서 일어나 식탁으로 갔다. 커피메이커에서 커피를 한 잔 따라 들고 자리로 돌아와 다시 씨나리오를 들여다보았다. C가 나오는 씨퀀스에서 역시 대사가 거칠고 엉성했다. 급하게 써넣은 티가 났다. 사실 어제 오후까지만 해도 이안은 영화에 C를 직접 등장시킬 생각이 전혀 없었다. 생각이 바뀐 것은 밤에 갑작스러운 C의 전화를 받고 나서였다. C가 흥분한 목소리로 요셉이 급정지 스튜디오로 가고 있다고 전해주었을 때 이안은 눈앞이 확 밝아지는 기분이었다. 움직이는 타깃이 가시거리 안으로 들어오다니 신이 애프터써비스를 하는 게 틀림없다는 생각까지 들었다. 이안과 달리 C는 당황하고 있었다. 정연이 동생이 택시 탔다고 문자까지 보냈어. 지금쯤 가게에서 마시고 있을 거야. 난 배 아프다고 먼저 퇴근해버렸다니까. 그 장면도 괜찮은데? 이안은 눈앞에 새로운 씬을 그려보며 말했다. 술집에서 우연히 마주치는 장면 말야. 그림 나오잖아? 여유있는 이안의 태도에 C의 목소리도 한결 느긋해졌다. 맞아, 이안씨 영화만 아니면 나도 앉아서 같이 마셔주는 건데. 아 씨, 나 맘 약한 거 알지? 내가 본 거 안 본 거 다 털어놓고 욕도 많이 했잖아. 설마 그거 영화에 그대로 나오는 건 아니겠지? 이안이 픽 웃었다. 그 정도로 해서 위기의 작가가 되겠어? 픽션인데 더 세게 가야지. 몰라. 그건 감독 맘이고 암튼 난 모르는 거야. 근데 다음에 또 오면 어떡해? 영화 다 찍을 때까지는 안 마주치는 게 좋겠지? 그건 그래. 이안이 고개를 끄덕였다. 아직도 꼬시고 있는데, 의심도 많고 워낙 날 안 좋아해서 말야. 왜? 수희 일 때문에? C가 물었다. 그게 아니고, 아직도 나랑 자기 아내 사이를 의심하고 있더라니까. 이안은 농담이라는 듯이 말끝을 조금 올렸다. 그리고 조만간 한번 놀러 나오라는 말로 용건을 마치려는 C에게 다음날 바로 가겠다고 약속했다. 요셉이 술집에 왔던 이야기를 자세히 들으면 씨나리오에 추가할 디테일이 나올 것 같았기 때문이었다. 정연이 동생 고게 보통이 아니긴 해. 무슨 생각이 떠올랐는지 C의 목소리가 낮아졌다. 언제 또 같이 들이닥칠지 몰라.

전화를 끊자마자 이안은 곧바로 씨나리오를 수정하기 시작했다. 예정보다 빨리 촬영에 들어갈 수도 있겠다 생각하니 마음이 급했다. C가 전해준 술자리의 분위기에 대해서라면 그 자리에 함께 앉아 있던 것 못지않게 생생히 재현할 수 있었다. 모인 사람 대부분이 여자인 것도 짐작대로였다. 술이 취하자 K선생은 혼자서 횡설수설하기 시작했는데 주로 최근에 발표한 소설이 인정을 못 받아 울분을 터뜨리는 내용이었다. 그것 역시 C의 간단한 코멘트만으로도 충분한 분량을 뽑을 수 있었다.

"소설에 서사가 실종됐다고 비판하는 평론가들 말야, 그렇게 고정관념에 빠져서 소설을 제대로 읽겠어? 신간기사 쓸 때 보도자료 보고 요약하는 기자랑 똑같아. 소설에서 줄거리만 보는 거지. 그게 뭐냐면 그, 줄거리 먼저 쓰게 돼 있는 독후감 노트라고 있지? 그거 잘 활용해서 좋은 성적으로 좋은 대학 가서, 그래서 신문사랑 대학원 시험에 붙은 거라구. 분명 둘이 친구 사이일걸. 신문이나 보는 머리에서 뭐가 나오겠냐. 아, 이건 김수영이 한 말이야. 신문이란 건 볼 필요가 없어. 오늘 신문이 일년 전 신문하고 하나도 안 다르거든. 참, 그렇지, 어제 신문하고는 조금 다르지. 평론도 읽을 필요 없어. 평론가들은 작가가 뭘 썼는지는 하나도 안 궁금해. 자기가 본 게 맞는지 그것만 찾아가면서 읽거든."

"미리 말하지만 난 재미있게는 못 써. 아는 게 많으면 그런 게 아무 소용 없다는 것도 알기 때문에 아는 척을 못하는 법이야. 조금밖에 모르는 놈들이 자기가 아는 걸 재미있어하면서 남들은 모르는 줄 알고 마구 써제끼면, 그때 재미있다는 평을 듣지. 내 소설에 극적 긴장이 없다고 지껄이는 평론가도 나한테 그런 재미를 요구하더라구. 여기 다 영화 팬이니까 감독 얘기가 좋겠군. 히치콕 감독의 써스펜스 원리 들어봤지? 호화로운 유람선에 폭탄이 장치돼 있을 때, 그걸 관객한테 숨겨야 더 긴장이 있을까, 아니면 미리 알게 해야 할까. 어떤 게 더 극적일 것 같아? 멍청한 놈들은 죽어라 숨기겠지. 그리고 폭탄이 터지는 순간, 어때 놀랐지? 이러는 거지. 근데 그건 한번 놀라고 말 뿐이야. 미리 알고 있으면 그 폭탄이 터질 때까지 긴장이 지속되거든. 내 소설이 바로 그래. 그런데 은유와 반어법을 제대로 알아먹는 놈들이 하나가 없어. 농담인데 이를 악물고 듣는다니까. 그런 식이니, 슬프다고 제 입으로 일일이 말을 하고 흐느끼고 엄살을 부리고 옷을 찢고 울부짖어야 아, 쟤 슬프구나 하고 알아주는 그런 독법밖에 안 통하는 거지. 밥을 입안에 떠먹여줘야 이거 먹는 거예요?라고 큰 깨달음을 얻는 상태, 인지적 박약상태. 근데 그런 놈들이 젤 잘나가. 대중이 듣고 싶은 적당히 안전한 비판을 해주니까. 대중도 문제야. 비판을 해야 똑똑하다고 생각하는데 자기 이데올로기를 거스르는 건 싫어하거든. 그럼 자기가 무식해지니까."

"리얼리티, 그런 건 없어. 사실에 맞는지 안 맞는지 그걸 찾아내려고 눈에 불을 켜는 거, 그거 줄거리만 파악하는 독법과 한통속이야. 오늘 본 영화에 피아니스트가 연주하는 장면 있지? 아마 그거 보면서 배우가 진짜 하는 건지 대역인지 알아내려고 열심히 본 멍청이들 있을걸. 배우가 직접 연주하는 게 리얼리티인 줄 알아? 작가가 말하려고 하는 리얼리티를 봐야지. 내적 리얼리티 말야. 소설에 나오는 노인이 노인답지 않아서 리얼리티가 없다? 누가 노인 문제 다룬다고 했어? 그 노인의 이야기지 일반적 노인 이야기가 아니라고. 그런 한심한 독법이니 누군가 노인이 아침에 일어나는 이야기 썼는데 당신 소설에도 노인이 아침에 일어나니 그건 표절이다, 이런 말이 나오는 거야. 노인답다는 건 또 누가 정해주는데? 그런 거 알아맞히려고 소설 쓰는 줄 알아? 행동이란 건 그 개인이 가진 고유한 행위야. 그런데 행동을 하기도 전에 이미 거기에 의미를 규정해놓는다고? 모든 행동에 번호를 매겨놓고 순열로 소설 쓰지그래? 인간은 로봇이 아니야. 버튼으로 작동되지 않아. 예술은 말야, 개인에게 자기 자신을 되돌려주는 거야. 쉬운 건데, 그거 아는 놈들이 왜 이렇게 없어."

"착하고 바른 소설만 쓰는 작가는 나쁜 놈일 확률이 높아. 그토록 세상이 너그럽고 따뜻한 곳이라고 주장해야 하는 이유가 뭘 것 같아? 나쁜 짓을 많이 했기 때문이야. 세상을 착하게 만들어놓아야 제가 용서를 받고 계속 나쁜 짓을 할 수 있잖아. 근데 나쁜 놈인 게 왜 또 맞냐면, 그 기준이 자기한테만 적용돼. 그런 사람일수록 권선징악을 좋아하거든. 즉 다른 사람은 용서받아서는 안된다는 뜻이지. 웃기는 일이야. 나쁜 놈이 아닌데도 착한 소설을 줄창 써댄다고? 그건 권위에 주눅 든 소심한 인간이거나 그 권위에 아부해서 출세하려는 놈이야. 그런 놈들한테 뭘 기대해. 이 곰장어 안주한테어서 살아나라고 하는 거나 똑같아."

이안은 모니터에서 눈을 들어 벽시계를 보았다. 그런 다음 지금까지 수정한 씨나리오 파일을 저장하고 책상에서 일어나 기지개를 켰다. 외출을 해야 하는 날이었다. 약속이 세개 있었다. 세상에 이런 이름의 영화제가 있을까 싶지만 '대단찮은 영화제'는 올해로 4회를 맞았다. 짐작할 수 있듯이 저예산 단편영화를 대상으로 하고 또 기성 영화계에서 대단하다고 여기는 점을 갖추지 않아야만 상을 준다. 그런 영화가 좋은 영화가 되기는 무척 어려운 일이다. 그렇기 때문에 내용에 있어서는 다른 인디영화제와 별로 다를 것이 없었다. 몇몇 학교의 영화학과 출신 중에서 수상자가 나왔고 재학생들의 졸업작품이 출품되는 경우도 많았다. 인맥이 없는 이안은 그런 점에서 외톨이였다. B문화재단의 트리트먼트 공모전에 당선한 다섯명도 이안을 빼고는 모두 영화과 출신이었다. 그들 중 한명이 '대단찮은 영화제'에 단편영화를 출품했다고 연락을 해왔다. 대상을 포기하는 대신 관객투표로 결정되는 '제목상'을 노리고 있으니 꼭 와서 우정의 한 표를 던지라고 능청을 부렸다. 이안으로서는 내키지 않는 일이었다. 영화도 시시할 게 뻔했고 또 설령 제목상이라 하더라도 아는 사람이 상을 타도록 돕고 싶지는 않았다. 하지만 영화가 끝난 뒤 B문화재단에서 뒤풀이 모임이 있다는 말은 그냥 넘길 수가 없었다. 공모에 당선된 트리트먼트 중에 김류 팀장을 한번이라도 더 만나는 감독의 프로젝트가 더 빨리 진행될 것 같았기 때문이었다. 일단 영화제가 열리는 극장에 가서 출품작을 봐주고 B문화재단에 들른 다음 급정지 스튜디오로 가는 것이 그날 이안의 일정이었다.

옷을 사다

　요셉은 까페 탁자 위에 심사원고를 펼쳐놓은 채 십오분에 한번씩 휴대폰으로 시간을 확인하며 오전이 지나가기를 기다리고 있었다. 정오가 되면 곧바로 이채에게 전화를 걸 생각이었다. 요셉이 또다시 시간을 보려고 휴대폰을 집어드는 순간 문자 수신 알림음이 울렸다. 조금 전 카드회사로부터 생일축하 문자를 받은 이후 오늘 들어 두번째로 받는 문자였다. 요셉은 잠시 액정화면을 뚫어져라 바라보았다. 그것은 요셉에게 필자모임에 꼭 나오라는 확인전화를 하지 않았던 출판사로부터 단체문자 형식으로 전달된 J의 부음이었다. 낫지 않을 병을 오래 앓았기 때문에 크게 놀라운 소식은 아니었지만 죽음을 받아들이는 일에는 늘 시간이 필요한 법이었다.

　J는 요셉과 같은 연배이고 등단도 비슷한 시기에 했다. J의 첫 장편소설이 출간됐을 때 독자들은 그다지 관심이 없었다. 그러나 문

단의 반응은 폭발적이었다. 인간이 여전히 오래된 지옥에 살고 있음을 각성시키는 묵시록적 선언이라든가, 물질문명 속에서 인간 생존의 존엄성을 통찰해낸 휴머니즘의 완성이라든가 하는 수사가 동원되었다. 이처럼 심각한 주제를 담담하면서도 유머러스하고 정확한 문장으로 표현할 수 있는 대가적 풍모를 갖춘 작품은 일찍이 한국문학사에 없었다는 뒤표지의 글도 여러 매체에 인용되었다. 그해 신춘문예 평론부문 응모작의 절반 이상이 그 작품을 분석한 것이었다. J는 그 한권의 장편 이후 더이상 소설을 쓰지 않았다.

요셉이 알기로 그는 평생 한번도 직장을 가져본 적이 없었다. 대신 쉬지 않고 글을 생산해냈다. 자서전 대필도 했고 기업의 사사나 정부기관의 보고서도 썼고 선거 홍보물도 작성했다. J라는 필명 대신 본명만 사용했고 소설가로 대우받기를 요구하지도 않았으므로 원고료는 많지 않았다. 수입도 불규칙하고 떼이는 돈 또한 적지 않았다. 또 그 연배의 온순한 남자들이 대개 그렇듯 그는 이십대 후반에 결혼하여 두 아들을 가진 가장이었는데 그가 써야 하는 원고의 양은 아이들이 성장해가는 속도와 비슷하게 늘어갔다. 첫번째 책의 인연이 출판사로 하여금 단체문자로 부음을 알리게 한 것일 뿐 소설가로 산 시간은 너무나 짧았다. 단체문자에는 물론 나와 있지 않지만 J의 사인은 알코올중독에 의한 간 손상일 것이었다. 이식수술을 신청해놓고 장기기증자가 나타나기를 기다린다는 소문이 들려온 게 작년쯤이었다. 살아 있을 때 J의 인생은 누구에게도 중대한 관심사나 지표가 아니었다. 하지만 요셉은 그의 죽음으로

써 어쩐지 이 세상의 한가지 중요한 서사가 종결돼버렸다는 기분에 사로잡혔다. 이채와 점심을 먹은 다음에 잠깐 문상을 다녀올 생각이 든 것도 그 때문이었다. 도서관 회의는 그다음에 가도 늦지 않을 것이었다.

그러나 곧바로 귀찮다는 생각이 고개를 쳐들었다. 빈소는 J가 살던 서울의 외곽 동네에 차려져 있었다. 택시비만 해도 만만치 않았고 부조금까지 내면 적은 지출이라고 할 수 없었다. 어쩌면 하기 싫은 심사를 하나쯤 더 해야 할 수도 있었다. 그것은 평생 잡문을 써온 J도 명백히 원치 않는 일이었다. 요셉은 자신의 좁은 오피스텔에 상복으로 입을 만한 검은 옷이 없다는 데에도 생각이 미쳤다. 이어서 그 생각은 검은 옷뿐 아니라 그의 옷장과 그리고 옷장이 있는 집까지 소유한 아내에 대한 맹렬한 분노로 이어졌는데, 그 분노는 기억해주는 사람 없이 생일 오전이 다 지나간 것과도 관련이 있었다. 아내와 함께 살던 집을 떠나와 혼자 지내온 지난 일년 동안 문상을 한번도 안 간 것은 아니었다. 격식을 싫어하는 성격인 만큼 평상시처럼 청바지 차림으로 빈소에 들렀다. 하지만 그때는 진심 어린 애도를 할 만한 자리가 아니어서 그랬을 것이다. J의 빈소에 갈 때만은 반드시 검은 옷을 입어 아내에게 보복해야 한다는 강한 의지가 솟아났다. 아내가 자기 소유라고 생각하고 또한 법적으로도 아내 명의로 되어 있는 그 집에 의지하지 않고도 자신이 혼자 관혼상제를 헤쳐나가는 데 아무런 지장도 받지 않는다는 걸 보여줄 기회라고 생각하니 요셉은 어서 옷을 사러 가고 싶었다. 그 옷은 상복이지만 한편으로 자신의 완전한 독립을 선포하는 예복도 되는 셈이었다. 그리고 그 모습을 볼 기회조차 주지 않겠지만 아내에게 관계의 종말을 통보하는 복장으로 그처럼 어울리는 옷도 없을 것 같았다.

물론 요셉은 이런 생각을 행동으로 옮길 만큼 충동적이거나 행동력 있는 사람이 아니었다. 요셉이 검은 양복을 산 것은 이채와의 약속 장소가 백화점 꼭대기 층의 커피숍이기 때문이었다. 이채가 다니는 네일숍은 오전 열한시에 문을 열었다. 그 시각에 출근하고 서너시쯤에 가게에 딸린 작은 방에서 배달음식으로 점심을 먹는다는 거였다. 하지만 이채는 요셉의 전화를 그대로 끊으려고는 하지 않았다. 잠깐 커피 마시러 나갈 수는 있어요. 그렇게 할게요, 선생님. 어제처럼 담배를 피우러 가게 밖에 나와 있는지 휴대폰에서 거리의 소음이 들려왔다. 네일숍 근처는 안되구요. 선생님하고 데이트하는데, 이 동네는 우아한 스카이라운지 같은 데는 없어요? 이채가 농담을 던졌을 때 요셉의 머리에 곧바로 백화점 커피숍이 떠오른 것은 지하의 푸드코트에서 점심을 해결할 수 있다는 아이디어가 떠올랐기 때문이었다. 그곳은 혼자 밥 먹는 사람에게 마음 편한 장소 중 하나였다.

점심을 먹고 나서도 약속시간까지 시간이 많이 남아 있었다. 에스컬레이터를 타고 커피숍으로 올라가던 요셉은 남성복 매장 앞에서 발길을 멈췄다. 자신의 동선이 백화점 설계자의 의도를 따르고 있다는 데 약간의 저항감을 느꼈지만 어차피 달리 할 일도 없었다.

의심 많은 애인보다도 더한 열정으로 한시도 곁에서 떨어지려고 하지 않는 점원들의 고객 사랑은 요셉의 짜증을 불러일으켰다. 얼마 안 가 그것은 옷값에 대한 분노로 바뀌었다. 그러나 백화점처럼 돈밖에 모르는 장소에서는 정당한 분노가 콤플렉스나 물정 모름, 특히나 선망으로 비칠 수도 있다는 판단 덕분에 가까스로 화를 참을 수 있었다. 요셉이 거울 속의 낯선 사내를 바라보고 서 있는 사이 점원이 입고 가실 거죠?라고 묻더니 대답도 듣기 전에 벗어놓은 옷들을 개켜 종이봉투에 넣었다. 또한 요셉이 뭔가 한마디 하려고 입을 벌리자 새신랑 같으세요,라며 활짝 웃어 보였다. 컨베이어 벨트에서 포장된 완제품이 아래로 미끄러지듯 아마 그것이 백화점이라는 오토매틱 시스템의 마지막 공정인 것 같았다.

티타임

요셉은 이 커피숍에서 어떤 여자를 두어번 만난 적이 있었다. 신
도시가 초행인데다 길눈이 어두운 그 여자도 백화점만은 찾을 줄
알았기 때문이었다. 커피를 주문하고 얼마 안 있어 이채가 모습을
나타냈다. 요셉을 발견하고 가슴께로 한 손을 올려 가볍게 흔들었
다. 이채가 테이블로 다가오는 동안 요셉은 자신이 두 볼을 빨갛게
물들인 채 바쁜 걸음으로 다가오는 여자를 얼마나 좋아하는지 모
른다는 생각을 하고 있었다. 청재킷 안에 입은 빨간 반팔 스웨터는
요셉이 까페에서 처음 본 날 입었던 옷이었다. 겨우 이틀 전이었다.
사흘 계속 이채를 만나고 있는 셈이었다. 이채는 앉자마자 생기있
는 태도로 말을 쏟아냈다. 눈치가 보여서 겨우 나왔다는 푸념에서
시작하여, 점심시간을 옮겨서 쓰는 것뿐인데 왜 눈치를 봐야 하는
지 모르겠다는 둥, 이 자리에 나온 대신 오후엔 쉬지 않고 계속 예

약손님을 받을 거라는 둥, 식사시간이 불규칙하고 앉아서만 일하다보니 살이 찌는 것 같다는 둥, 여자들만 있는 직장은 군것질을 너무 많이 하게 된다는 둥 이야기를 끝내자 손님에 대한 불평도 털어놓았다. 네일숍이란 데가 실은 스트레스 해소하러 오는 여자들이 많다, 직장 상사, 가게 주인, 시댁 욕하는 이야기에 맞장구치고 기분을 최대한 맞춰줘야 하는 게 손톱 손질보다 더 힘들다, 애완동물과 연예인 얘기만 하다 가는 손님이 제일 편하다, 그리고 조금 전에 다녀간 손님은 회사에서 진한 색 매니큐어와 긴 손톱을 금지하기 때문에 투명색만 발라야 하는 게 불만이라는 얘기를 한시간 내내 하다 갔다는 거였다.

요셉은 이채에게서 줄곧 눈을 떼지 않고 있었다. 이채의 흰 이마는 깨끗했고 눈썹은 짙고 가지런했으며 도톰한 뺨에는 부드러운 윤기가 흘렀다. 목덜미는 찬물이 들어 있는 물병처럼 매끈하고 서늘해 보였다. 붉은 입술의 섬세한 움직임을 따라서 석류알 같은 이가 살짝 드러났다가 사라지곤 했다. 내용은 전혀 관심이 없었지만 그 말을 하는 사람에게 관심이 있었기 때문에 요셉의 귀에는 이야기조차 흥미롭게 들렸다. 그런 것이 바로 새로운 여자를 만나는 즐거움이었다. 새로운 여자란 마치 티백 속의 마른 찻잎에 뜨거운 물을 붓는 것처럼, 말라버린 채 얇은 종이 속에 갇혀 있던 자신의 존재를 되살아나게 했다. 그리하여 손끝까지 따뜻한 기운이 돌고 향기가 온몸을 채우는 것이다. 상대에게 가까워지고자 하는 의지는 상대와 같아지려는 동기를 유발하는데 그것을 추동하는 과정에서 에너지가 발생했다. 그처럼 낯섦이 자신에게로 옮아오는 변화과정의 이물감이야말로 요셉이 원하는 살아 있는 자의 실감이었다. 남녀관계에서 요셉은 그 시작의 느낌을 가장 좋아했다. 그것은 짧기 때문에 더 강렬했다. 시간이 지나면 패턴이 되어 지겨워지게 마련이었다. 사랑이 식는 것은 반복되는 관계 속에서 상대가 고유성을 잃고 다른 누구와 다를 것 없는 덤덤한 존재가 되어버렸기 때문인 것이다. 이채가 말을 끊고, 이런 얘기 재미없으실 텐데,라고 했을 때 요셉은 재미없어지면 딴생각을 하면 되니까 상관없다고 대답했다. 처음이란 다 괜찮은 법이었다.

—대화가 안된다고 생각하시는 거 아니죠?

—사실 대화란 건 해로운 거야. 서로 자기가 옳다고 우기다보면, 대화로도 안되는 사이라는 편견만 굳어져. 대화로 풀자는 건 자기 말을 잘 들어보라는 뜻이거든.

—언니가 딱 그래요. 얘기 좀 하자고 해놓고 결국 자기 맘대로 하는 거예요. 어릴 때부터 그랬거든요. 내 건 뭐든지 다 샘을 내요. 못하게 하는 것도 많고. 네일 학원비 보태줬다고 열심히 다니라 마라 잔소리하는데, 솔직히 자기가 얼마나 냈다고. 오빠가 해준 거지. 내가 맨날 최저시급 받고 불쌍하게 사니까. 저희 오빠, 중학교 선생님이거든요. 참, 선생님 처음 만난 날 까페에 우리 셋이 갔었구나.

요셉은 이채의 옆자리에 앉았던 남자를 떠올렸다. 별로 영민해 보이지 않는 머리에 야구모자를 쓰고 에티오피아 커피에 대해 아는 척하던 남자가 이채의 애인이라고 상상하고 안타까워했다.

옷 속에 금목걸이를 내려뜨린 한량쯤으로 생각한 것까지 포함해서 이번에도 요셉의 상상이 어긋난 것이다.

—무슨 과목인데?

—영어요. 지방에 있는 학교예요. 요즘은 학생도 얼마 없나봐요. 작년부턴가? 학생 수가 갑자기 줄더라는데, 오빠 말로는 걔들 태어날 무렵부터 사람들이 결혼을 안 한 거래요. 오빠 좀 웃겨요. 학생들을 자식 취급해요. 실은 오빠가 결혼 날짜까지 잡았다가 깨졌거든요. 그때 했으면 걔들이 딱 그 나이라나.

—그게 언제지?

—오빠네 학생들 태어날 때요? 아, 오빠 결혼 깨진 거? 내가 열한살 땐데.

잠시 생각한 다음 요셉이 말했다.

—이채 나이가 스물여섯 아니면 일곱이군.

이채의 눈이 휘둥그레졌다.

—어떻게 아셨어요?

아이들이 태어나지 않은 것은 젊은이들이 결혼을 하지 못했기 때문이다. 결혼을 못 한 젊은이뿐 아니라 그해에는 온 나라의 수많은 사람들이 돈 때문에 불행해졌다. 요셉은 그해에 관련된 통계자료를 본 적이 있었다. 그다음 해부터 출산율이 낮아졌는데 그런 현상은 특히 지방에서 뚜렷이 나타났다. 그해에 열한살이었다면 이채의 나이를 짐작하는 건 어렵지 않았다. 요셉은 그다음 단계까지 넘겨짚어보았다.

—오빠가 결혼 못한 건 아버지 사업이 실패해서였나?

—비슷해요. 갑자기 은행을 그만두셨거든요. 오빠도 막 제대했는데 취직 안되고. 질질 끌다가 결혼이 깨진 거죠 뭐. 아버지는 식당 같은 거 좀 해보려고 했는데 잘 안됐고요. 지금은 택시운전 하세요.

시시콜콜하고 식상한 가족사가 나오자 슬그머니 지겨워진 요셉은 다시 남녀의 연애 쪽으로 화제를 돌려보려고 했다. 연애의 초기에만 맛볼 수 있는 달콤함이 분비되려면 자주 외모에 대한 상찬을 보내고 자신의 미혹된 감정을 암시하는 자가발전이 필요했다. 그러나 이채의 눈시울이 젖어 있는 걸 보고 입을 다물었다.

—저 이런 말 처음 해요. 친구들한테도 안했어요. 걔들한테도 깊은 고민은 못 털어놔요. 약점이라고 생각하고 꼭 이용하는 애들이 있더라구요. 고민 다 들어주고 나중에 선생님한테 꼰지르는 애들 있잖아요. 근데 그런 애들이 점수 잘 받고 스펙도 좋고 다 잘나가. 전 왠지 잘못 사는 거 같아요.

이채는 탁자 너머 요셉에게로 몸을 기울이며 말했다.

—선생님, 어떻게 해야 글을 잘 써요? 배우면, 작가가 될 수 있어요?

—글쎄.

—작가는 돈은 많이 못 벌죠? 근데 유명해지잖아요. 저 솔직히 유명해지고 싶은 꿈 있어요.

—뭘로?

—그걸 모르겠어요. 꿈에 일관성이 좀 없어요. 저 웃기죠?

—일관성이란 건 원래 없어야 맞아. 세상이 늘 바뀌고 있는데, 사람도 일관될 수는 없어. 남이 볼 때는 일관성 없는 것 같지만 각자 자기 방식대로 그때그때 이유가 있는 거야. 설명하기 어려울 뿐이지, 그게 일관성이야.

—역시! 어느 작가가 한 말이에요? 진짜 맞는 말 같아요. 저는 제가 우유부단한 성격이라 그런 줄 알았어요.

—우유부단하다는 것은 정직하다는 표시고, 무언가에 확신을 갖는다는 것이야말로 사기의 표시야. 이건 에밀 씨오랑이란 사람 말이야.

요셉으로서는 이채가 세대론 같은 낡은 틀로 파악하기 쉬운 유형이란 게 약간 실망스럽긴 했다. 전쟁과 가난에서 벗어나 점점 잘사는 것만 겪어본 사회에 어느날 총체적인 돈 난리가 닥쳐왔다. 윤택함을 누리던 세대는 결핍에서 시작한 세대보다 훨씬 충격이 컸다. 경제개발 세대인 부모로부터 뿌리깊은 물질주의를 물려받은 데 더해 자신들이 의존해온 그 체계가 견고하지 않다는 것까지 목격해버렸기 때문이다. 그 결과 불안은 가슴 깊이 새겨지고 그것이 끊임없이 욕망을 가동시킨다. 돈의 위세는 갈수록 더해가고 모두가 같은 것을 원하면서 경쟁이 과열되고 낙오자가 양산된다. 식상한 스토리였다.

—선생님, 제가 말이 너무 많죠. 이상하게 선생님을 만나면 자꾸 속마음을 털어놓고 싶어져요. 주변에 대화가 통하는 사람이 없거

든요. 남자애들은요, 같이 잘 생각밖에 안해요. 명품 가방도 안 사주면서.

마지막 말을 장난스레 덧붙이면서 이채는 귀여운 앞니를 살짝 드러내며 웃었다. 약간 큰 가슴을 여전히 요셉 쪽으로 기울이고 어깨를 살짝 들었다 내려놓았는데 첫날 요셉이 파악했듯 충분히 계산된 포즈였다. 이채가 한쪽 손으로 비스듬히 턱을 괴자 길고 건강해 보이는 핑크빛 손톱이 도톰한 입술에 살짝 닿아 요셉의 눈길을 끌어당겼다. 식을 뻔한 티백에 또 한번 뜨거운 물이 부어지며 요셉의 몸에 다시 따뜻한 기운이 감돌았다. 요셉의 입에서 농담이 흘러나왔다.

—명품 가방은 당연히 사줘야지. 어차피 지가 들고 다닐 거잖아.

—네?

—여자 핸드백은 대신 들어주려고 사주는 거 아니었어?

—맞아요, 선생님.

이채가 웃음을 터뜨렸다.

—근데요, 여자애들이 다 그런 대접 받으니까, 나만 못 그러면 내가 꼬진 거 같아서 좀 싫어요. 선물은 많이 받으면 좋잖아요.

—자기가 준 것을 다 계산해놓고 그걸 빚으로 생각하는 게 문제지. 너는 뭘로 갚을 건데 하는 식이면 그게 맡겨놓은 거지 선물이야? 내가 잘해준 거 잊지 마, 이러는 놈들도 조심하라구. 생색내거나 보상을 받으려고 하는 건 진짜 주는 게 아니야.

선물이란 말에 생일과 동시에 아내가 떠올랐기 때문에 요셉의 목소리가 약간 높아졌다.

—선생님, 저 그럴 남자친구 없어요.

—그래? 좋은 소식이군.

—선생님은요? 이혼하신 거 맞아요? 언니가 그럴 거라고 하던데.

요셉은 일단 그렇다고 해두었다. 이채와 아내에 대해 길게 얘기하고 싶진 않았다.

—선생님, 저 궁금한 게 있어요. 근데, 저 오늘 왜 이렇게 질문이 많죠?

—인간의 본질은 질문의 형태를 취하기 때문에 질문 그 자체가 이미 하나의 해답이야. 이건 내 말이 아니고.

—어? 근데 이건 진짜 질문인데.

이채가 속눈썹을 깜박이며 요셉을 똑바로 바라보았다.

—나이 차이 많은 상대랑 연애하는 거 어떻게 생각하세요?

—나이 차가 적다거나 많다거나, 그런 구별이 있나? 그냥 어떤 사람을 좋아하게 된 거겠지. 그 어떤 사람이 나이가 많을 수는 있겠지만.

—선생님이라면 어떻게 하시겠어요? 선생님한테는 젊은 애들은 좀 유치해 보이겠죠?

—유치한 게 아니라 제멋대로지. 틀에 얽매이지 않으려면 자기가 틀을 만들어야 하니까 그건 당연해. 책임질 것도 아니면서 구닥다리 틀에 집어넣겠다고 잔소리하는 거 난 질색이야. 난 요즘 젊은이들이 가볍고 빛이 없어서 좋아.

―네? 카드빚 진짜 많은데.

―그거 말고, 아버지 원수를 갚아야 한다는 것 같은 무협지적인 촌스러움 말야. 무거운 걸 끌고 다니는 짓은 이제 그만둘 때도 됐지. 머리도 노랗게 물들이면 얼마나 가벼워져.

말을 마친 뒤 요셉은 벽에 걸린 시계를 흘끗 보았다. 요셉은 어떤 패턴으로도 정형화할 수 없는 관계에서 호기심과 에너지를 얻곤 했다. 그렇기 때문에 번번이 새로운 연애에 매혹되는 거였다. 그러나 생겨난 만큼 곧바로 소모되는 게 새 연애의 에너지였다. 그래서 충전이 필요해 자주 만나야 하는 건지도 모른다. J의 빈소에 들르려면 그만 자리에서 일어나야 할 것 같았다. 시간을 확인하는 요셉에게 이채가 말했다.

―선생님, 양복이 잘 어울려요. 어디 가시는 거예요? 혹시 데이트?

―데이트는 지금 하고 있고.

―데이트였어요? 근데 이게 다예요?

요셉은 이채의 눈을 똑바로 바라보았다. 다분히 유혹적인 성숙한 눈빛으로 이채도 한참 동안 그 시선을 마주 받았다. 이채가 커피숍을 나가면서부터 단단히 잡고 있던 요셉의 팔을 에스컬레이터 앞에서 놓았을 때 요셉은 약간의 허전함을 느꼈다.

빈소

아는 사람들과 마주치기 싫어 낮 시간을 택했지만 빈소는 요셉
의 예상보다 훨씬 썰렁했다. 대학 신입생이라는 상주의 친구들이
장례절차를 도와주러 왔다가 하릴없이 복도 의자에 머리를 맞대고
앉아 디엠비폰을 들여다보고 있었다. 긴 병의 끝이라 그런지 상가
의 분위기에는 슬픔보다는 침통함, 그리고 약간의 사무적인 피곤
이 느껴졌다. 전날 밤을 꼬박 새우며 임종을 지켰던 J의 아내는 빈
소 뒤에 딸린 방에서 밤샘을 대비해 잠을 자두고 있다고 했다. 요
셉은 영정사진을 바라보았다. 그의 책날개에 붙어 있던 십오년 전
쯤의 사진이었다. 작가로 산 시간은 짧았지만 결국 J는 산 사람들
에 의해 작가로서 그곳에 죽어 있었다. J의 어머니로 보이는 늙은
여인이 다가와 영정으로 쓸 만한 다른 사진이 없었다고 말해주었
다. 놀러 가서 찍은 사진도 없을뿐더러 여권도 없고 운전면허도 없

고 어디에도 소속되지 않아 신분증 하나 없으니 증명사진조차 있을 리 없다는 거였다. 요셉에게는 그 사실이 조금도 이상하지 않았다. J는 아나키스트의 길을 택했고 누군가 말했듯 냉소주의자의 고난을 덜어주는 것은 오만함인 것이다.

영정에 절을 한 뒤 요셉은 상주의 친구 하나가 의자에서 벌떡 일어나 안내해주는 대로 식당으로 갔다. 많지 않은 탁자도 그나마 거의 비어 있었다. 빈 탁자를 혼자 차지하기가 미안했으므로 생면부지의 조문객 옆에 자리를 잡은 요셉은 앉자마자 탁자 위의 소주병으로 팔을 뻗었다. 친척인 듯한 건너편 자리의 노인이 요셉에게 말을 붙였다. 고인하고는 어떻게 되시나. 아 예, 제가 신세진 게 좀 있습니다. 엉겁결에 튀어나온 그 대답은 요셉 스스로를 의아하게 만들었다. 요셉은 왜 그런 말을 했는지 생각하며 혼자 소주잔을 기울이기 시작했다. 노인이 자리를 뜬 뒤에도 요셉은 계속 자리를 지켰다. 출판사 직원들이 하나같이 무거운 표정을 지은 한 무리의 사람들을 이끌고 식당으로 들어왔을 때는 제법 취기가 오른 상태였다. 그중 누군가가 요셉에게 손을 들어 알은척을 했다. 그게 신호라도 되듯이 그들은 눈을 내리깐 채 줄을 지어 요셉이 앉은 탁자를 향해 다가왔다. 거의 눈에 익은 얼굴이었다.

그들은 앉자마자 J의 힘든 투병과정과 가족이 겪은 고초에 대해 이야기하기 시작했다. 경제적 어려움과 그 때문에 지게 된 적지 않은 빚도 들먹여졌다. 누군가 가족을 돕기 위해 문인들을 상대로 모금운동을 하자는 제안을 했고 즉각 적극적인 동의가 따랐다. 요셉

혼자만 다른 생각을 하고 있었다. 살아 있을 때 J는 자신이 소설가라는 사실을 내세우기 싫어했다. 소설가로서의 명성을 앞세워 원고료를 올리라는 주변의 충고를 모욕으로 생각했다. 그러나 J는 자신이 누구로 죽을지까지 선택할 수는 없었다. 산 사람들이 씌운 불우한 소설가라는 멍에와 그 불우함에 던져지는 호의를 거절할 기회도 주어지지 않았다. 문예지에서 특집을 만들어 재조명해야 하지 않겠느냐는 말은 출판사 쪽에서 나왔다. 그게 결정되면 표지갈이를 해서 J의 책을 다시 시장에 내놓을 생각인 모양이었다. 아마 J의 암울하고 곤궁했던 삶을 부각시키는 자극적 카피와 느낌표 세 개로 띠지를 두를 생각도 같이 하는 것 같았다. 그들이 J의 죽음을 특히 비참하다고 단정짓는 것은 간 손상을 일으킨 술과도 관련이 있었다. J는 술을 마시면서 일하는 습관이 있었고 많은 술을 마셨다는 것은 그만큼 일을 열심히 했다는 뜻도 되었다. 그러나 성실한 가장으로서의 J의 면모는 자신의 처지를 비관해 술로 세월을 보낸 폐인으로 단순히 정리돼버렸다. 누군가 빈소가 썰렁하다고 말했다. 그러자 마땅히 그 자리에 와야 하는데도 모습을 보이지 않는 사람들이 하나둘 나열되었고 그것은 또 한번 J의 죽음을 쓸쓸하게 만들었다. 그들은 문단의 무관심에 대해 성토할 때 자신들 역시 거기 속해 있다는 사실을 완전히 잊은 것 같았다. 그리고 그 모든 화제가 길게 이어지는 동안 요셉의 의견을 묻는 사람은 아무도 없었다.

추모의 분위기가 무르익을수록 J가 사회적 약자이자 불운한 인간으로서 알코올중독으로 비참한 생을 마감했다는 건 부정할 수 없는 사실이 되어갔다. 더구나 그런 말을 하는 무리는 삶을 세속적 기준으로 재단하지 말고 사랑이라든가 그리움이라든가 평화, 그런 것과 얼마나 가까운가로 평가하자고 글을 써대는 사람들의 집단이었다. 요셉의 머릿속에는 이 자리야말로 J가 죽임을 당하는 곳이라는 생각이 떠나지 않았다. 어떤 분야에서의 성공과 실패를 평가내리고 강자와 약자를 가르는 현상적 이분법, 그리고 결과만으로 인간을 재단하는 세속적 패턴은 요셉에게 차라리 익숙했다. 요셉이 역겨운 것은 발언권이 없는 죽은 자를 이분법적 틀에 집어넣어 루저로 만들어놓고 그를 동정함으로써 자신들이 공의(公義)의 편에서 있다고 믿는 자들의 기만적 패턴이었다. 누군가를 약자로 만드는 것은 강자가 아니라 바로 그처럼 강약을 나누는 틀이고 그리고 그 틀에 스스로 편입되는 자들이다.

요셉은 자신의 빈소를 상상해보았다. 그 자리의 사람들이 찾아와서 또 한명의 불행하고 비참한 작가로서 자신을 추모하는 장면이 떠오르자 절대로 섣불리 죽어서는 안된다는 결심과 함께 새삼 잊혀진 작가로서의 울화가 치밀었다. 상복을 입고 빈소에 앉아 자기의 죽음을 상상해야 하는 날에 하필 생일이 찾아온 것도 못마땅했다. 요셉은 아직도 J의 불행에 대한 화제에 미련을 버리지 못하고 있는 문상객들을 향해 내 생일인데 그만 좀 하지,라고 소리치고 싶은 걸 꾹 참았다. 삶의 고통과 부조리에 대해 설득력 있는 철학을 펼치던 페시미스트들조차 빈소에 오면 죽음의 권능 앞에 고분고분해져서 마치 살아 있어 다행이라는 표정으로 산 자의 연대감을 과장하는 것 역시 마음에 들지 않았다.

요셉이 그만 자리에서 일어나려고 하는데 휴대폰이 울렸다. 액정화면에는 이안의 이름이 떠 있었다. 웬일이야. 요셉은 그 자리의 사람들을 의식해 큰 목소리로, 그리고 이안을 의식한 다소 시큰둥한 어조로 전화를 받았다. 이안이 전화를 걸고 있는 장소는 B문화재단 사무실이었다. 팀장님하고 저녁식사 같이 할 것 같은데, 선생님 시간 어떠세요? 요셉이 그 말의 의미를 헤아리는 데는 잠깐의 시간이 필요했다. 그러나 다음 순간 그는 전화기를 바짝 귀에 갖다 댔다.

통화를 끝낸 뒤 요셉은 상주의 친구에게 손짓을 해서 찬물을 한 잔 청했다. 그리고 술을 깨기 위해 마지막 한 방울까지 천천히 마셨다.

불발─류에게 가는 길

　택시가 강변도로를 달리는 내내 요셉은 강물에 떨어진 불빛을 하염없이 바라보고 있었다. 이안에 대한 분노가 사그라질 만하면 그 자리에 아내에 대한 분노가 차올랐고 다시 그것은 J의 상가에 모인 옛 동료들에 대한 분노로 바뀌면서 순환을 거듭했지만 결국에는 모든 게 시들해졌다. 마지막으로 꺼져가는 조그마한 불씨를 자신에 대한 분노에 사용하고 나니 모든 것이 사그라진 자리에 피곤이 찾아왔다.

　이안이 아직도 구원이나 예술혼 같은 말을 입에 담는 걸 보고 요셉은 그가 출세에 대한 욕망을 버리지 못했다고 생각했다. 몇가지 실패가 더욱 이안을 '순수'하게 만든 모양이었다. 처음 이안에게서 연락이 왔을 때 요셉의 머릿속에 가장 먼저 떠오른 생각은, 날 그렇게 싫어하는 놈이 왜 만나자는 거지?였다. 이안이 수강생들에게 요셉의 험담으로 오리엔테이션을 시작하곤 했다는 것은 몇몇 여학생들이 전해주어 알고 있었다. 어느 술자리에서인가 이안이 스스로를 정의와 순수의 대표로 임명하고 사사건건 나서서 요셉을 공격한 적이 있었다. 요셉이 한창 구설수에 시달릴 때였다. 여자 제자와 사귄다는 소문에 더해 제자의 과제물을 베껴서 발표했다고 수군대더니 요셉의 아내가 남편과의 불화 때문에 정신과 상담을 받는다는 말까지 떠돌았다. 소문이 점점 악의적으로 되어갔을 뿐 아니라 일정 부분 사실을 포함하고 있었으므로 요셉은 주변에 의심을 품을 수밖에 없었다. 자기 같은 인물에게 질투나 적의를 품는 사람이 생기는 것은 당연하지만, 들은 이야기를 부풀릴 수 있을 만큼 요셉의 측근과도 가까운 사이이리라는 게 무엇보다 불쾌했다. 제자들과 함께 있는 술자리에서 요셉의 사생활과 가정 문제까지 물고 늘어지는 이안은 의심을 사기에 가장 적임자였다. 매를 벌기에도 손색이 없었다. 요셉은 정신을 차리라는 의미에서 이안을 몇 대 때려주지 않을 수 없었다. 물론 요셉은 그날의 일을 하나도 잊지 않았다. 이안의 영화에 협조할 마음 따위는 조금도 없었다. 그럼에도 결국 이안의 예상 그대로 행동하고 만 것이었다.

이안이 B재단 사무실에서 요셉에게 전화를 건 것은 요셉의 짐작처럼 후원사의 팀장인 류와 인사를 시키기 위한 것이 아니었다. 엄밀히 말해 그 전화는 요셉을 유인하기 위한 것이 아니라 류를 겨냥한 제스처였다. 류의 앞에서 전화를 걸어 요셉의 캐스팅이 잘 진행되고 있다는 것을 과시하려는 의도였던 것이다. 요셉은 그것을 시간이 한참 흐른 뒤에야 깨달았다. 그러고 보니 이안의 공손한 말투에는 사무적인 억양이 깃들어 있었다. 요셉은 장례식장이라 긴 통화를 할 수 없다고 대답한 다음 저녁 먹는 장소가 정해지면 다시 연락하라고 말했다. 도서관 회의에 참석하지 못한다고 알려야 하기 때문에 시간이 좀 필요하다는 말도 덧붙였다. 이안은 더이상 재촉하지 않고 곧바로 전화를 끊었다. 그 태도 또한 바로 전날 B문화재단과의 모임에 참석해달라고 통사정하던 때와 딴판이었다. 캐스팅을 끝마친 감독의 행동으로는 당연한 것이었다.

요셉이 빈소를 떠날 때까지 이안에게서는 연락이 없었다. J에 대한 애도와는 상관없이 요셉은 입을 꾹 다문 채 조용히 앉아 있었다. 머릿속에 휘몰아치는 수많은 생각과 감정의 소용돌이를 가라앉히는 동안 꽤 시간이 흘러갔음은 물론이다. 장례식장을 나오기 전 화장실에 들렀고 거울 앞에 섰을 때 한차례의 착잡함이 스쳐갔지만 요동치는 설렘 또한 다스려야 했다. 바깥은 이미 어두워져가고 있었다. 일단 택시를 잡아탄 요셉은 B문화재단이 있는 시내 쪽으로 방향을 잡았다. 그러나 택시가 목적지에 거의 도착할 때까지 이안에게서는 연락이 오지 않았다.

결국 자기 쪽에서 먼저 전화를 걸지 않을 수 없었던 요셉은 다짜고짜 어디냐고 물었다. 이안은 음악 소리가 시끄러운 술집에서 전화를 받았다. 옆에서 누구한테 온 전화냐며 깔깔거리는 여자들의 목소리가 들려왔다. 요셉이 저녁 약속에 대해 묻기도 전에 이안은 되레 왜 전화를 안 받았느냐고 반문했다. 그리고 류에게 선약이 있었고 퇴근시간이 되어 함께 사무실에서 나오는 즉시 헤어졌다고 아무렇지도 않게 덧붙이는 거였다. 요셉이 화장실에 가느라 전화를 받지 못한 것은 사실이었다. 그랬다 해도 통화가 안되면 여러번 다시 걸었어야 옳았다. 선생님 대답도 애매하시길래요,라고 말하는 이안의 변명은커녕 목소리조차 듣기 싫어진 요셉은 그대로 전화를 끊어버렸다. 도서관 회의 자리에라도 합류할까 하고 시간을 확인해보니 그마저 끝났을 시각이었다. 이런 기분으로 혼자 집에 돌아갈 수는 없었다. 그러나 요셉이 갈 만한 장소는 뮤직비디오 속의 역동적 춤과 '남녀통속상열지사'가 펼쳐지는 동네의 인도 음식점밖에 없었다. 다음 순간 요셉의 머릿속에 급정지 스튜디오가 떠올랐다. 요셉은 곧바로 운전기사에게 급정지 스튜디오의 위치를 대며 차를 돌리라고 말했다. 못마땅한 기색으로 룸미러를 흘끗 보던 운전기사는 요셉의 화를 부추기는 게 좋은 생각은 아니라고 판단했는지 말없이 핸들을 꺾었다.

차가 많이 막히는 시간이었다. 차도를 가득 메운 자동차들은 어딘가로 가기 위해 바빴다. 오랜만에 나와보는 서울 한복판의 화려한 불빛과 간판 들이 요셉의 망막 위를 끊임없이 흘러 지나갔다. 한 떼의 사람들이 바쁜 걸음으로 버스정류장을 향해 걸어가고 있었다. 횡단보도의 신호가 파란불로 바뀔 때마다 둑이 터지면서 거대한 물살이 밀려가는 것 같았다. 여기저기에서 대형 전광판이 빠르게 화면을 바꿔가며 뉴스와 광고를 내보냈다. 택시가 정지신호에 걸려 서 있는 동안 요셉은 오늘의 날짜와 시각, 현재기온이 번갈아 표시되는 전광판을 한참 동안 바라보았다. 이 모든 화려한 인공세계의 외침에 대해 새삼스럽게 고립감이 느껴졌다. 그러는 한편 한때의 들끓던 욕망으로부터 벗어나지 못한 자기 자신 또한 엄연히 저 세계에 속해 있다는 강한 실감에 사로잡혔다. 그렇지 않다면 이안의 잔꾀에 넘어가지 않았을 것이다. 사람에게 운명의 함정이 통하는 것은 모두가 안전한 방향으로 사고하기 때문인지도 모른다. 안전하다는 것은 상투성과도 통한다. 그러므로 '속임수에 빠지지 않는 길은 상징적 질서로부터 거리를 유지하는 것, 즉 정신병적 입장을 취하는 것이다'라는 정언이 성립된다. 미치지 않고는 패턴으로부터 도망칠 수 없는 것이다. 누구도 이미 만들어져 있는 패턴대로 행동하지 않고는 살아갈 수 없다. 그것이 인공세계의 위력이다. 그 세계를 움직이는 연료는 욕망이고 그것은 연소되면서 또 다른 욕망을 불붙이는 식으로 증식을 계속하며 패턴의 흥행에 기여한다.

그 욕망의 중심에는 류가 있었다. 어디에선가 오랜 시간을 다해오고 있는 사랑하는 여인의 이미지라서가 아니었다. 요셉은 낭만적인 시인들이 우리 삶 어딘가에 있다고 노래하는 미완의 위대한 사랑 같은 것은 믿지 않았다. 그것은 거짓 위안일 뿐이다. 하지만 거짓된 세상에서 거짓 위안을 거부하는 게 무슨 의미가 있을 것인가. 한시적인 평화와 사랑에 몸을 던지는 것은 거짓으로 주어진 운명을 받아들이는 것이지 기만에 도취하는 게 아니다. 십년 전 그때 새벽 거리에 몸속의 모든 것을 게워놓고 그 옆에 쓰러진 채, 무엇이 달려와 뭉개버리든 지금보다 비참하진 않을 것 같은 절망 속에서 요셉은 중얼거렸었다. 류, 왜 떠났어. 왜 그렇게 내게 차가운 거야. 요셉은 류가 공책에 적어놓았던 시를 완성하고 싶었다. 그때 요셉은 류에게 할 말이 남아 있었던 것이다.

요셉은 택시 등받이에 머리를 기댔다. 행운이 다한 자신에게 악의가 더 심술을 부리기 전에 그만 그날분의 비관을 마치고 싶었다. 이런 식으로 '실패한 모험을 마치고 자신이 믿지 않는 것들 속으로 천연덕스럽게 돌아가는 것'이야말로 자신의 정해진 일과라는 생각도 들었다. 무엇보다 혼자 있고 싶었다. 그것이 가장 안전했다. 요셉이 방향을 바꿔 신도시까지 가달라고 말하자 택시기사는 일단 기가 찬다는 표정을 지었다. 룸미러를 통해 사나운 시선을 내쏘는 기세가 조금 전과 달리 욕을 퍼부을 이유를 충분히 확보했다고 판단한 것 같았다. 이럴 거면 자가용을 타라든가 저녁도 못 먹었는데 그런 장거리를 어떻게 가느냐라든가 처음부터 신도시라고 했으면 태우지도 않았을 거라는 등의 뻔한 말을 듣게 될 게 뻔했으므로 요셉은 얼른 고개를 앞으로 내밀고 할증요금을 내겠다고 사정하듯이 말했다. 그 말에 택시 안의 분위기는 쉽게 안정을 되찾았다. 다시 시트에 등을 기댄 요셉은 눈을 감았다. 그리고 마치 오래 참았던 말을 내뱉듯 조용히 중얼거렸다. 알고 있는지, 류. 나의 모든 것은 거짓이다. 내가 거짓된 세상에 태어났다는 걸 깨달은 뒤부터.

생일

요셉은 오피스텔에서 멀지 않은 신도시 상가 앞에서 택시를 내렸다. 들어가기 전에 커피를 한잔 마시고 싶었다. 출출하긴 했지만 뭔가 먹을 생각은 들지 않았다. 3월 마지막 밤의 대기는 약간 싸늘했다. 까페의 야외 테이블에 자리를 잡은 뒤 요셉은 그 공기를 깊게 들이마셨다. 머리를 노랗게 염색한 젊은이들 서넛이 욕설을 섞어 떠들며 지나갔다. 도로변에 경찰차가 한대 세워져 있었고 서로 삿대질을 하는 취한 남녀를 형광조끼 차림의 경찰 둘이 떼어 말리고 있었다. 골목 입구에서는 여성전용 술집의 오픈 행사로 가면을 쓴 남자들이 근육질 몸에 달라붙는 옷을 입고 전단지를 돌렸다. 그 안으로 길게 뻗은 술집마다 젊은이들이 왁자지껄 연기를 피우며 고기를 굽는 중이었다. 길바닥에 투명테이프로 고정해놓았던 안마시술소와 나이트클럽 전단지들이 떨어져 이리저리 굴러다녔다. 운동복 차림으로 개를 산책시키는 사람들은 뒹구는 쓰레기와 토사물을 피해가며 조심스럽게 발을 내디뎠다. 어젯밤 이채와 함께 택시를 탔던 정류장에는 빈 택시가 길게 늘어서 있었고 택시기사들은 차 밖에 나와 담배를 피우며 핫팬츠와 킬힐 차림으로 지나가는 여자들의 허벅지를 흘끔거렸다. 그 풍경들을 바라보며 요셉은 집에 돌아온 마음으로 천천히 커피를 마셨다.

요셉의 오피스텔 방향에서 한 여자가 택시정류장을 향해 걸어오고 있었다. 도경과 닮았다고 생각했는데 가까이 다가올수록 타박타박 걷는 통통한 몸매가 영락없는 도경이었다. 요셉은 커피잔을 내려놓고 탁자 위의 휴대폰을 들어 도경의 단축키를 눌러보았다. 도경이 걸음을 멈추었다. 핸드백 안에서 휴대폰을 찾아 전화를 받던 도경은 잠시 두리번거리더니 마침내 요셉을 발견하고 전화기를 흔들어 보였다. 다른 손에는 상자 같은 것을 들고 있었는데 그것까지 함께 흔드는 걸로 보아 무척 반가운 모양이었다. 선생님, 만날 줄 몰랐는데, 진짜 잘됐다. 급한 걸음으로 요셉에게 다가온 도경의 두 뺨에 홍조가 떠올랐다. 손에 든 상자를 탁자에 올려놓고 요셉의 앞자리에 앉으며 도경은 활짝 웃었다. 웬일이야. 또 누가 죽었나? 요셉이 무뚝뚝하게 말을 던졌다. 누구요? 누가 죽었어요? 도경의 눈이 휘둥그레졌다. 전에 그 꼬르동 블뤼 요리사 말야. 신도시로 문상 왔다고 하지 않았어? 선생님, 진짜로 기억력 좋다. 난 다 까먹었는데. 그럼 겨우 그저께 들은 말인데 벌써 잊어버려? 자신의 말투가 점점 힐난조가 되어가는 걸 느끼고 요셉은 마음이 편해졌다.

밑바닥을 내보일수록 오히려 관계가 편안해지는 측면도 있는 것이다. 아무튼 다행이다,라고 중얼거리며 도경은 손가락으로 상자를 가리켰다. 배달시켰는데, 경비실에서 안 받아주더래요. 냉장보관하는 건 책임 못 진다면서. 참 내, 요새 생크림 아닌 케이크가 어딨다고. 그리고 강남이 뭐가 멀다고 제과점에 도로 못 돌려준다는 거야. 그래서? 요셉은 그제야 상자 속에 든 것이 무엇인지 눈치챘다. 택배 아저씨가 하도 전화로 화를 내길래 그냥 내가 받으러 와버렸어. 참 시간도 많다. 요셉의 대답은 짧았다. 더 독하게 이죽거리고 싶었지만 날씨도 쌀쌀하고 피곤해서 다른 말이 떠오르지 않았다. 나 시간 많잖아요. 돈도 많고. 선생님, 또 뭐라고 하셨더라? 웃음도 많고? 웃음은 헤프다고 했지. 그게 다른 뜻이에요? 암튼 잘됐어. 선생님을 우연히 다 만나고, 나 오늘 운 좋네? 내 생일도 아닌데 말야.

  생일 케이크를 먹어보라고 권하는 도경에게 요셉은 술이나 한잔 사라고 대꾸했다. 새삼 요셉을 빤히 바라보던 도경이 갑자기 손뼉을 치며 깔깔 웃었다. 어머, 생일이라 양복도 입으셨구나. 새 옷인가봐. 생일 때문이 아니고, 십년 전 애인 만나려고 입은 거야. 진짜요? 만나셨어요? 아, 맞다, 그 여자. 다음 순간 뜻밖에도 도경의 입에서 류의 이름이 흘러나왔다. 맞죠? 전에 S시로 여행 갔다가 배신하고 가버렸던 그 나쁜 년 말예요. 요셉은 도경에게 류의 이야기를 어떤 식으로 했는지 잘 기억나지 않았다. 도경이 류의 이름을 기억하는 것조차 예상하지 못한 일이었다. 당연한 일이라는 듯 도경이 덧붙였다. 그렇게 이상한 이름을 어떻게 잊어버려요. 실은요, 그 감독이 말했을 때 기억이 난 거예요. 별걸 다 기억하는군. 그저께 들었는데 벌써 잊었겠어요? 도경이 웃음을 터뜨렸다.

그들이 걸음을 멈춘 곳은 며칠 전 이안과 함께 갔던 일식집이었다. 사께 한 병을 다 마셔갈 때쯤 요셉의 휴대폰이 울렸다. 며칠 사이 전화가 걸려왔다 하면 액정에 이안의 이름밖에 뜨지 않는다는 생각이 들어 요셉은 얼굴을 조금 찡그렸다. 선생님, 아깐 화가 나신 것 같아서. 어쨌든 죄송해요. 그래도 모레 회식에는 꼭 오시는 거죠? 스태프들하고 재단 사람들이 선생님 오신다고 다들 흥분상태예요. 안 오시면 안돼요. 영화 제목이 뭐라고 했지? 취기가 오른 탓인지 요셉의 목소리는 다소 풀어져 있었다. 위기의 작가들요. 알았어. 제목이 마음에 들어. 스태프들도 마음에 드실 거예요. 이안이 급히 덧붙였다. 감독님, 안녕하세요? 맞은편 자리의 도경이 요셉의 휴대폰 쪽으로 몸을 굽히며 큰 소리로 인사를 했다. 짧은 침묵 뒤에 이안의 목소리가 들려왔다. 발레학원, 그분이에요? 안부 전해주세요. 도경이 다시 목청을 높였다. 오늘 선생님 생일이에요. 해피 버스데이 투 유.

전화기를 탁자에 내려놓는 요셉은 왠지 기분이 좋아 보였다. 선생님, 정말로 영화에 나가실 거예요? 응. 진짜요? 왜 마음 바뀌셨어요? 위기의 작가라잖아. 위기가 뭔지 좀 보여줘보지. 그게 뭐 어렵다고. 진짜로 영화배우 하시는 거예요? 영화는 안해. 위기만 보여준다니까. 그게 뭐지? 어렵다. 술 마시러 가는 건데 뭐가 어려워. 같이 갈까? 감독하고도 아는 사이잖아. 그럼 저도 영화 출연해요? 그러지 뭐. 싫어요. 도경은 강하게 고개를 저었다. 작가들한테 글 쓰는 법 가르쳐달라고 하는 것과 마찬가지로 감독한테 배우로 써달라고 하는 것은 같이 자겠다는 뜻이라는 거였다. 자면 되잖아. 안 자야 한다고 생각하니까 쓸데없이 세상이 시끄러워지는 거라구. 안 자야 한다고 주장하는 사람은 두 종류야. 자기는 많이 안 자봤기 때문에 남이 많이 자면 억울한 생각이 드는 사람, 아니면 남들을 못 자게 해서 경쟁률을 낮춰놓고 자기만 더 많이 자고 싶은 사람. 사실 남녀관계에서는 빨리 자버려야 쓸데없는 잡념에서 벗어나 진지한 사랑에 몰두할 수 있지. 수험생들도 잡념을 떨치려면 야동을 많이 봐줘야 해. 그리고 이게 중요한 건데, 자기에게 오는 일을 피하려고만 하면 안돼. 언제나처럼 요셉은 적절한 인용문을 생각해내기 위해 술잔을 잠시 바라보았다. 그래, 누구나 자신의 나쁜 운명을 알게 되면 피하려고 하지. 그런데 예정된 운명이 실현되는 것은 바로 그 도망침을 통해서야. 나는 도망치지 않음으로써 위기를 보여주겠다는 거야. 이제 알겠어? 발그레해진 얼굴로 몇번 눈을 깜박거리던 도경은 아무 대꾸 없이 술잔을 비웠다. 알 리가 없지. 도경의 빈 잔을 채워주며 요셉이 중얼거렸다.

선생님, 저 돈 많잖아요. 이번에는 도경이 요셉의 잔에 술을 따랐다. 왜 많은 줄 아세요? 남편이 주겠지. 맞아요. 회사일이 너무 바쁘니까 같이 못 놀아준다고 대신 돈이나 쓰래요. 정말로 회사일 때문에 바쁘다고 생각해? 왜요? 집 밖에서 하는 일을 다 회사일이라고 하는 거 아닌가? 아무튼, 집에 못 들어온 날은 돈을 더 줘요. 애가 안 생기는 것도 자기가 바빠서 그런 거라고 미안하다면서. 근데 난 그게 더 좋아. 자는 것보다 돈으로 받는 게? 그게 아니구요. 섹스는 귀찮은데 돈은 나를 귀찮게 하지 않잖아요. 그래서 더 좋다는 거예요. 혼자 있어도 말이지? 어차피, 같이 있으면 고통 혼자 있으면 고독 아닌가. 그건 또 뭐야? 트로트 가사잖아요. 말을 마친 도경이 손목을 들어 시계를 보았다. 어머, 선생님 생일 이제 삼십분밖에 안 남았다. 불현듯 요셉은 사십팔년 전 오늘, 온몸이 오물로 범벅이 된 채 이 세상에 나오기 위해 발버둥쳤을 벌거벗은 자신을 상상했다. 그날 아버지가 무얼 했는지는 알 수 없는 일이었다. 어머니가 한 일은 확실히 알 수 있었다. 아들을 낳고 있었다. 도경이 한 손으로 장난스럽게 케이크 상자를 건드렸다. 어서 케이크에 불 켜고 소원 비세요. 내 소원은 아무도 안 들어줘. 왜요? 그동안 소원 들어달라고 귀찮게 한 신이 하도 많아서 사이가 좀 안 좋아. 그럼 제가 들어드릴게요. 도경이 무심히 다시 한번 손목시계를 보았다. 그 모습은 도경이 시계를 차고 섹스한다는 사실을 떠오르게 했다. 아버지가 사십팔년 전 오늘 뭘 했는지는 알 수 없지만 그날로부터 열달 전에는 섹스를 하고 있었다. 요셉은 생일이라는 게 비로소 실감났다.

상실의 세계 — 류의 이야기

　　어머니의 결혼식은 새 남편이 사는 바닷가 도시에서 치러졌다. 금색으로 빛나는 다리와 빅토리아풍 집들이 모인 가파른 언덕으로 유명한 그 도시에 류는 세번쯤 간 기억이 있다. 어릴 때 가족여행을 갔었고 하이스쿨 여름방학에 친구들과 자동차여행을 했다. 어머니의 휴가에 동행했던 게 마지막이었다. 그때 류는 집에서 멀리 떨어진 도시의 대학에 다니고 있었다. 몇달 만에 만났지만 어머니에게 그다지 달라 보이는 점은 없었다. 휴가지로 떠나는 비행기 안에서 어머니는 재혼할 남자가 공항에 마중 나와 있을 거라고 말했다. 결혼식은 다섯달 뒤로 예정돼 있었다. 대학에서 테뉴어를 받았다는 소식을 전할 때처럼 어머니의 목소리는 담담했다. 그래서인지 인생을 바꾼 게 아니라 인증을 받았다는 느낌을 주었다. 시험기간과 겹치는 바람에 류는 결혼식에는 참석하지 못했다. 그 잘생기고 친절하고 고리타분해 보였던 어머니의 새 남편이 아주 오래전 대학생이던 어머니가 학교 앞 공중전화부스에서 전화를 걸었던 남자라는 건 알고 있었다.

그 남자는 류와 어머니를 바닷가의 낭만적인 레스또랑으로 데려갔다. 고급 기성복 매장에서 마주칠 법한 적당히 부유하고 상식적인 분위기를 풍기는 남자였다. 이민생활의 연륜 덕분인지 낯선 사람이나 상황을 대하는 태도에 어색함이 느껴지지 않았다. 류와 어머니와 그 남자, 셋은 오랜 세월을 사랑 속에서 살아온 가족으로 오해받기에 전혀 손색이 없는 모습으로 가재 요리를 먹었다. 여행 가이드를 자처했지만 가이드보다는 후견인에 가까운 자상한 태도로 그는 류와 어머니의 접시 위에 가재의 속살을 발라 놓아주었다. 그 남자에게서 류는 어머니의 첫사랑이라는 느낌은 받지 못했다. 그 남자는 지금과 다른 어떤 모습으로도 잘 상상이 되지 않았다. 그때까지 류는 어머니에게 관심을 갖는 남자들을 적지 않게 보아왔다. 그러나 류의 머릿속에 어머니를 사랑하는 남자의 이미지로 어울리는 것은 아버지 한 사람뿐이었다. 젊은 날 아버지는 다른 남자에게 전화를 걸고 있는 어머니의 모습을 전화부스 밖에서 보고 곧바로 몽유병이나 맹목과도 같은 매혹에 사로잡혔었다. 고독과 고통을 나눠가져야 했지만 결혼은 십칠년간 지속되었다. 그것이 일종의 선택이었듯 새삼스레 이혼을 결정한 것도 아버지와 어머니 각자에게 뭔가 또다른 선택이었으리라고 류는 생각했다. 어머니의 재혼과 관계가 있는 것은 아니었다. 그 남자가 이민사회에 떠도는 소식을 추적해서 대학으로 어머니를 찾아온 것은 오래전이었다. 어머니를 설득하기 위해 몇번인가 더 다녀갔다는 건 류도 들어서 아는 일이었다. 류는 어머니의 결혼에 진심으로 축하를 보냈다. 어머니가 왜 그때와 다른 선택을 하게 되었는지는 류의 관심사가 아니었다. 그러나 어머니의 첫사랑으로는 아무런 상상도 불러일으키지 못하는 그 남자가 자신의 아버지보다 더 아버지로서 자연스러워 보이는 것은 류에게 많은 것을 생각하게 했다.

어릴 때 류는 어머니가 친어머니가 아닐지도 모른다는 생각을 한번도 해본 적이 없었다. 이따금 아버지에게는 그런 생각이 들었다. 아버지가 류를 사랑하는 건 확실했다. 하지만 친아버지는 아닐 수도 있었다. 아주 가끔이지만 아버지가 류를 목욕시켜주는 일이 있었다. 어머니의 공부가 밀렸거나 파트타임 일을 하러 나가 있을 때였을 것이다. 아버지는 비누칠을 꼼꼼하게 하고 샴푸를 깨끗이 헹궈내는 데는 신경쓰지 않았다. 대신 류의 발가락 사이로 손가락을 집어넣어 간지럼을 태웠고 머리를 말릴 때 수건과 함께 휘파람의 바람을 사용했다. 목욕을 마친 뒤에는 손님 초대 파티 때나 쓰는 값비싼 와인잔 두개를 가져와 하나에는 차가운 맥주를 다른 하나에는 류가 마실 우유를 따랐다. 류는 아버지와 잔을 마주칠 때 나는 유리의 울림 소리가 좋았다. 어머니라면 언제나처럼 바구니 속에 고양이 세마리가 잠들어 있는 그림이 그려진 어린이용 멜라민 컵을 꺼냈을 것이다. 류의 어머니는 집안일을 체계적이고 효율적으로 관리했다. 가족이 각자 자기 소유의 물건을 구분해서 가졌고 개인 공간의 프라이버시도 지키도록 했다. 어머니는 늘 류에게 필요한 게 무엇인지를 먼저 살폈지만 아버지는 류가 무엇을 좋아할지 알아내곤 했다. 어머니가 쾌적한 안전지대였다면 아버지는 흥분과 위반의 신세계였다. 하지만 아버지가 어머니와 결정적으로 다른 것은 류를 목욕시키다가도 누군가로부터 전화가 걸려오면 수건을 던져주고 서둘러 외출한다는 점이었다.

어쩌다 아버지가 어머니보다 먼저 집에 돌아와 베이비시터를 퇴근시켜야 했을 때도 아버지는 시간을 어기기 일쑤였다. 베이비시터의 독촉 전화를 받고 급히 달려온 어머니는 화가 나 있었지만 아버지를 비난하는 말은 하지 않았다. 류, 아빠에게는 더 급한 일들이 있는 것뿐이야. 연락이 되지 않는 곳에 있는지도 몰라. 어머니는 류가 불행이나 결핍을 느끼지 않도록 신경을 썼다. 그것은 그다지 필요 없는 일이었다. 그런 일은 류를 불행하게 만들지 않았다. 하지만 친아버지가 아닐지도 모른다는 의심까지 사라지는 건 아니었다. 아버지는 어머니뿐 아니라 류와의 약속도 자주 어겼다. 프리스쿨 학예회 때는 카드게임이 끝나지 않아서였고, 교외학습에 참가한 류를 태우러 가기로 한 사실을 잊어버리고 낚시를 떠나기도 했다. 류와 함께 방을 정리하다 말고 모자란 박스와 류에게 줄 아이스크림을 사러 나가서 다음날 돌아온 적도 있었다. 우연히 친구를 만나 폭음했고 그의 집에서 정신을 잃었다는 거였다. 류가 보기에 아버지는 다른 친아버지들과는 확실히 달랐다.

한때 류는 친아버지를 찾아내기 위해 집에 드나드는 남자들을 유심히 관찰했다. 자신의 친아버지라고 해도 그리 놀랍지 않게 생각되는 사람은 몇 있었다. 하지만 왜 그런지 그 누구라도 아버지의 자리에 갖다놓으면 어색해져버리는 거였다. 그곳은 오직 아버지 한 사람의 자리였다. 류의 아버지는 다른 아버지들과 달랐지만 그렇다고 그 점이 아버지로서 나쁜 것은 아니었다. 어린 류로서는 그 차이가 무엇인지 정확히 알지 못했다. 아버지가 친아버지 같지 않았던 게 아니라 단지 일반적인 아버지 같지 않았던 것이라는 생각은 아주 먼 훗날에야 머리에 떠올랐다. 아버지의 장례식장에서였다. 그때 류는 한국에서 외국 문화원에 다니고 있었지만 아직 많은 경우 한국의 문화에 익숙하지 않았다. 그날 저녁 아버지의 빈소를 혼자 빠져나온 류는 병원 뒷마당의 커다란 미루나무 아래 나무벤치에 오래도록 앉아 있었다. 초여름이라서 바람이 조용히 불어왔고 나무덤불과 풀밭 위로 어둑어둑 땅거미가 드리워지는 시각이었다.

오래된 그 병원은 언덕에 자리잡고 있었다. 담장 밖으로 8차선 도로가 지나가는 도심이었지만 뒷마당은 마치 다른 세상인 것처럼 조용했다. 유난히 나무가 울창한 곳이었다. 창마다 불을 밝힌 병동 건물들이 아니라면 세상에서 가장 평화롭고 고즈넉한 장소 같았다. 멀리서 차 소리가 들려왔고 바람이 나뭇가지에 물살을 일으킬 때마다 마당의 그림자가 부드럽게 출렁였다. 그리고 시간의 그림자가 마치 옷자락을 끌듯 조용히 흘러가고 있었다. 류가 아까부터 바라보던 것은 건너편 나무 아래의 늙은 부부였다. 할머니 혼자 환자복 차림인 걸로 봐서 할아버지가 병든 아내를 면회 온 모양이었다. 두 사람은 손을 잡고 느린 걸음으로 나무 아래를 걷고 있었다. 마치 저녁을 먹고 공원으로 산책이라도 나온 듯 다정하고 일상적인 모습이었다. 거기에는 오랜 시간 지속되어온 평화와 친밀과 안전함의 온기가 느껴졌다. 함께한 시간의 위엄도 있었다. 노인들의 그림자가 길게 늘어진 뒤편으로는 병원의 굴뚝이 보였다. 거기에서는 검은 연기가 치솟고 있었다. 어쩌면 멀지 않은 날의 영원한 작별을 앞두고 있을 노인들의 저녁 산책 뒤로 그것은 불길하고 암울한 배경을 이루었다. 어느 병원에나 있는 그 시멘트 원통은 실제와는 관계없이 죽은 이의 몸이 연소되는 장면을 연상시켰다.

류가 갑자기 울기 시작한 것은 그 때문이었다. 불길한 검은 연기가 솟아오르는 굴뚝을 배경으로 저녁 산책을 하고 있는 노인들에게서 눈을 뗄 수가 없었다. 저렇게 점점 느려지다가 한순간 검은 연기에 빨려들듯 눈앞에서 사라져버릴 것만 같았다. 노인들의 스러져가는 평화가 얼마 안 가 세상에서 영원히 사라져버릴 거라는 사실이 류의 눈에서 눈물을 쏟아냈다. 죽음에 대한 두려움이나 허무 때문이 아니었다. 류는 사라지는 것들 때문에 우는 것이 아니었다. 아버지가 갖지 못한 평화 때문에 우는 것도 아니었다. 일반적인 아버지가 아니었듯 모든 점에서 일반적이지 않았던 한 사람의 서툰 일생에 대한 안타까움은 더욱 아니었다. 어머니가 적국에 부역하는 포로처럼 자신에게 주어진 이데올로기의 딜레마 속에 살았다면 아버지는 남의 나라에 태어난 소년이었다. 그곳에서는 태어날 때부터 존재하지 않는 것을 원하며 그것을 상실이라고 불렀다. 가장 아름다운 매혹을 보아버린 뒤 그들이 보는 모든 것은 상실이라는 이름의 풍경이었다. 아버지가 태어난 곳은 상실의 세계였던 것이다. 류의 오열은 그 세계의 한 사람으로서의 깊은 애도였다. 아버지가 틀어놓은 오페라 속에서 누군가가 노래하고 있었다. 이제 그의 이름을 알겠네. 그는 사랑이라는 이름을 가졌다오. 아버지는 왜 류라는 이름을 지었을까. 그리고, 사랑은 누구의 이름이었을까.

4부

노래의 세계
사랑하는 자는 없고 사랑만 있다

요셉의 테마—홀로 지나가는 자

　잠에서 깨어난 요셉은 뭔지 모르게 방 안 풍경이 어제와 다르다고 느꼈다. 창가의 책상, 그 위에 흐트러진 책과 필기구와 공책, 그리고 치우지 않은 위스키 병과 유리잔과 구겨진 영수증 따위로 책상 못지않게 어지러운 작은 탁자. 모든 것이 어제와 똑같았다. 좁은 오피스텔 특유의 건조하고 텁텁한 실내 공기 속에 싸구려 가구의 도료 냄새가 떠돌고 있었다. 요셉의 시선은 탁자 앞의 일인용 인조가죽 소파를 스쳐 책과 자료가 아무렇게나 쌓인 삼단 책장 쪽으로 갔다. 책장에 기대어진 낡은 가방이 눈에 들어왔다. 어제 점심 때 이채를 만나러 가기 전 팽개쳐놓은 그대로였다. 맞은편 벽 쪽의 소음이 심한 소형 냉장고와 점화 콕에 불붙을 날이 거의 없는 가스레인지도 언제나처럼 심상했다. 방 안의 물건들 모두가 덮어쓰고 있는 먼지와 무기력함, 임시거처 같은 냉기까지 포함해서 평소와 다를 것은 아무것도 없었다. 요셉이 가진 전부이면서 넌더리나도록 지겨운 것들뿐이었다.

침대에서 몸을 일으키면서야 요셉은 무엇이 달라졌는지 깨달았다. 구석의 옷걸이에 걸려 있는 검은 양복이었다. 어제 하루 동안 상복이면서 데이트와 생일을 위한 새 옷이면서 십년 전 여인을 만나러 가는 정장이 될 뻔한 검은 양복. 그것은 요셉의 한 계절 옷이 모조리 걸려 있는 스탠드 행어의 맨 위쪽 고리를 힘겹게 붙든 채 한사코 새 옷의 때깔을 내뿜고 있었다. 그 방에는 전혀 어울리지 않는 순진함과 활기였다. 마치 첫 출근 한 신입사원이 망해가는 분위기의 사무실에 들어와 어리둥절하고 난감해하는 것 같았다. 요셉이 아침형 인간의 희망찬 모습을 과장되게 연출하며 침대에서 벌떡 일어난 것은 그 때문이었다. 그는 새 양복에게 보란 듯이 두 팔을 번쩍 들고 기지개를 켰다. 그리고 냉장고에서 생수병을 꺼내 들고 소파에 앉은 다음에는 짐짓 금요일을 맞은 건전한 생활인처럼 한주일 동안 일어났던 일을 반성해보기로 했다. 몇가지 수치와 동선만으로 대략 정리가 되었다.

이번 주에 요셉은 마음에 들지 않는 여덟개의 까페와, 대부분의 사람들이 끼니마다 밥을 먹는 습관을 이용하여 맛없는 음식을 팔아치우는 다섯개의 식당과, 마음에 들지도 안 들지도 않는 그저 그런 세개의 술집에 갔다. 만나야 할 이유를 도저히 찾아낼 수 없는 이안을 만나 도경의 돈을 들여서 배불리 술을 먹여주었고, 경직되고 지루한 기사만을 줄창 써제끼느라 머리가 벗어진 문학담당 기자의 인터뷰에 우연히 끼어들어 최근 주목받는 소설가 B가 겉멋 들고 약아빠진 작가라는 평소 생각을 확인하게 되었다. 몇년 만에 백화점에 가서 한시도 곁을 떠나지 않는 점원의 고객 사랑에 시달렸으며, 또 J의 상갓집에서 그다지 달가울 것 없는 문단 사람들과 합석하여 죽은 자를 루저로 만들어놓고 동정함으로써 마음의 빚을 청산함과 동시에 남의 불운으로부터 자신들의 평안한 일상을 안전하게 분리해내는 비정하고 위선에 찬 작별 방식에 대한 분노로 고통받았지만 결국 그것을 참아내는 데 성공했다. 또한 이십년 넘게 지치지도 않고 결혼이란 상대에게 관심을 갖고 시간을 함께 보내는 아주 따뜻한 동반이며 그런 따뜻함을 다른 사람에게서 구하는 건 부도덕한 일이라고 설파해온 아내의 친절하고도 철저한 무관심 속에 생일을 보냈다. 그리고 아무 감흥 없는 생리적 섹스가 한번이었고 마스터베이션은 없었다. 성인인증을 요구하는 인터넷 싸이트에 몇번 접속하긴 했지만 '자위야말로 가장 사랑하는 상대와의 섹스' 따위의 구차한 수사를 늘어놓는 인간들도 어쩌면 지금 같은 일을 하고 있으리라는 생각이 떠오르는 순간 흥미를 잃었던 것이다. 한마디로 그다지 한 일이 없는 한주일이었다. 휴대전화의 캘린더에 입력해둔 몇 안되는 일정도 거의 실행되지 못했다. 젊은작가상 시상식과 문예지 필자모임에 가지 않았고 지역 도서관의 자문회의에도 불참했다. 통장에 새로 입금된 돈은 없었다. 새로 구상한 소설 또한 제자리를 맴돌았다. 무력감에 빠진 작가가 랩톱을 들고 무작정 떠나면서 시작되는 이야기인데 주인공은 아직까지 짐도 못 꾸리고 책상에 앉아 절망만 되새김하는 중이었다. 첫 장면이 길어지는 것만 봐서는 장편이 될 수도 있겠지만 결국 아무것도 되지 않으리라는 걸 요셉은 모르지 않았다.

한주일 동안 요셉은 마음에 들지 않거나 하지 못하거나, 그 두 가지 일만을 한 셈이었다. 그러나 그 모든 불유쾌한 무위와 불발과 반복의 공회전에도 불구하고 요셉의 좌표가 제자리에만 머물러 있었던 건 아니다. 내일이면 류를 만날 것이다. 그리고 이채가 있었다. 이채와 류의 등장이 자신을 어딘가의 언덕으로 데려가 새로운 풍경을 보게 해주리라는 기대 속에 요셉은 오늘따라 유난히 파란 하늘을 물끄러미 바라보고 있는 거였다. 불현듯 까치가 보이지 않는다는 걸 깨닫고 그는 소파에서 일어나 창가로 다가갔다.

13층에서 내려다보이는 것은 수많은 건물들의 창문과 옥상과 굴뚝, 그리고 온갖 업종의 조잡하고 어지러운 간판들이었다. 처음 집을 보러 왔던 날 부동산 남자가 경고한 대로 그것들은 겹겹이 포개져서 시야를 가로막았다. 바닥을 볼 수 있는 것은 공영주차장뿐이었다. 금요일 밤이면 커다란 주차장에 차들이 빈틈없이 빽빽이 들어찼다. 그리고 다음날 아침에는 단 한대의 차도 남아 있지 않았다. 토요일 오전의 텅 빈 주차장 바닥을 내려다볼 때마다 요셉은 인간이 그리 쉽게 죽지 않는 존재라는 데에 새삼 경악하곤 했다. 그렇게 많은 사람이 음주운전을 하는 걸 고려한다면 주말 밤에 더 많은 사람이 차에 치여 죽어야만 이치에 맞기 때문이었다. 술을 마시지 않더라도 차를 움직이는 일이란 난폭한 흉기를 치켜들고 전속력으로 뛰어다니는 것과 비슷했다. 운전대를 조금만 옆으로 돌리거나 브레이크 페달에서 잠깐 발을 떼었다가는 순식간에 자신을 포함한 누군가의 목숨을 잃게 만들 수도 있었다. 그렇게 보면 세상은 지나치게 안전했다. 도저히 신뢰할 수 없는 인간이라는 한 떼의 금치산자들이 좁은 길 위에서 서로 미친 듯이 얽히고 엇갈리며 날뛰는 극단적인 위험에도 불구하고 대부분의 운전자가 목적지에 닿아 아무렇지도 않게 차문을 열고 내리는 것이다. 그렇게나 안전한 세상에서 다리와 백화점이 무너지는 것은 순전히 '혼을 담은 시공' 때문이라는 게 요셉의 생각이었다. 그런 걸 내세우는 사람들 대부분은 처음부터 혼을 사용할 생각이 없었거니와 설령 사용하려고 해도 아예 갖고 있지 않았던 것이다. 사랑이나 돈이나 염치도 마찬가지였다. 갖지 못한 자들일수록 의미를 만드는 데에 집착했다.

오전이라 아직 공영주차장은 텅 비어 있었다. 검은 아스팔트 위에 촘촘히 그어진 하얀 주차선 위를 가로질러 걸어가는 여자가 눈에 들어왔다. 핑크색 운동복 차림의 그 뚱뚱한 여자는 구석에 자리를 잡자마자 줄넘기를 하기 시작했다. 줄이 바닥을 때리는 매 순간 여자의 몸이 힘겹게 허공으로 들어올려지는 것을 바라보던 요셉은 건너편 건물의 옥상으로 시선을 옮겼다. 감색 유니폼 점퍼를 입은 남자가 거대한 환풍기 옆에 서서 한 손을 주머니에 집어넣은 채 담배를 피우고 있었다. 금연건물로 둘러싸인 동네인 만큼 흔히 보아 온 풍경이었다. 남자는 담배를 빨고 연기를 내뿜고 재를 떠는 동작을 되풀이하는 사이사이 하늘을 올려다보았다. 시멘트 벽 위로 솟아진 햇살이 튕겨나와 쫓겨난 자의 광대뼈에 음영을 만들고 있었다. 생수병을 기울여 천천히 물을 마시며 요셉은 공영주차장으로 다시 눈길을 돌렸다. 검은 바닥에 규칙적으로 그어진 흰 주차선들이 또렷했다. 그 위로 봄볕이 선연했다. 아등바등 잎과 꽃을 피우면서 뻔뻔스럽게 생명력을 구가하는 봄날의 공원이나 그 욕망의 기운에 편승하려는 상춘객들이 눈에 띄지 않도록 서향집을 택한 것은 아무리 생각해도 잘한 일이라고 요셉은 생각했다.

브런치 메뉴를 주문한 뒤 요셉은 이주일이나 끌었던 심사원고를 꺼냈다. 랩톱의 전원도 연결했다. 쌘드위치가 나오기 전까지만 포털 싸이트의 뉴스를 검색해볼 생각이었다. 인기검색어 목록에는 영국인 뮤지션의 죽음이 올라와 있었다. 순간 그날이 만우절이란 사실이 요셉의 머릿속을 스쳐갔다. 글의 출처도 애매했다. 유명인의 사망 소식은 만우절 거짓말 중 가장 의심쩍은데도 흥행률이 높은 소재였다. 살아 있기만 하다면 누구라도 죽을 수 있다. 누구에게라도 당장 일어날 수 있는 사건이기 때문에 누구의 죽음이든 믿지 못할 소식은 아닌 것이다. 그러나 흥행의 요소는 그것이 믿어지지 않는 죽음이라는 데 있었다. 어느 해에는 독재국가의 절대권력자였고 또 어느 해인가는 아름다운 젊은 여배우나 전설적인 록그룹의 리더 혹은 세계 제일의 부자나 기업가였다. 그들의 죽음이 뜻밖인 것은 애도의 수위 때문이 아니었다. 인간이 모두 권력과 명예와 아름다움과 돈, 그리고 그것들이 합해진 힘의 상시적 측면에 무심히 굴복하며 살고 있기 때문이었다. 그것만 봐도 알 수 있듯이 인류 대부분은 철저히 보수적이라고 요셉은 결론지었다. 뒤집어엎을 생각이 없거나 아예 못하는 사람들이 그럭저럭 간격을 맞추려 애쓰며 움츠리고 사는 게 인생이었다. 미리 패턴을 간파하여 만우절 거짓말에 속아넘어가지 않는 자신 같은 통찰력 있는 사람은 그리 많지 않았다. 검색어에 오른 팝 스타는 아내가 좋아하는 뮤지션이었다. 아내처럼 상상력 없고 고지식한 사람은 지금쯤 울고 있을지도 모른다.

문득 가방 속에 든 우편물이 떠올랐다. 그러고 보니 아내는 다른 날도 아닌 만우절에 이혼소장을 보내온 거였다. 당장 전화를 걸어 경거망동하지 말라고 야단을 쳐야 할 것 같았다. 아내는 지금까지 요셉의 타고난 처복과 통찰력에 의존하여 제법 안정적이고 성공한 인생을 살아왔다. 요셉이 원하는 한 나머지 인생도 같은 방식으로 사는 게 아내 자신에게 당연히 이로운 일이었다. 낙관이라는 자신의 장기를 살리는 길이기도 했다. 어느 모로 보나 자기 쪽에서 이혼을 필사적으로 막으려 드는 게 옳은 태도인 것이다.

요셉은 가방을 열고 봉투에서 내용물을 꺼냈다. 이혼에 대한 너절한 안내서를 넘기자 요셉이 빈칸을 채워넣어야 한다는 답변서가 나왔다. 요셉은 같은 연배의 작가들이 비밀스러운 연애도 아닌 가정생활의 단란함을 위해 문장력을 사용하는 걸 비웃어왔다. 반장선거에 출마한 자식의 연설문을 쓰던 알뜰한 작가들은 으레 대학입시 전형에 제출할 자기소개서를 거쳐 입사원서까지 대신 써주었다. 그런 사소한 개인적 대필에 비한다면 공문서라는 점에서 한 수 위이긴 하지만 요셉은 이혼서류 따위에 단 한 글자도 적어넣고 싶지 않았다. 배우자의 의무에 대한 아내의 이의제기에 대답할 말이 없어서가 아니었다. 그와 반대로 머릿속에 논지가 명확한 답변이 정밀한 문장이 되어 흘러가는 바람에 그대로 옮겨적고 싶은 마음을 애써 억눌러야 했다. 신념체계가 다른 집단에서 통용되는 서류에 잉크를 묻히는 건 전향서를 쓰는 것과 마찬가지였다. 자신을 '피고'이자 '유책배우자'로 몰아가는 변호사의 문장 군데군데에서 잠깐씩 요셉의 눈길이 멈추었던 것은 단지 틀린 맞춤법 때문이었다. 자신의 도움 없이 혼자서는 아무것도 결정하지 못하는 아내가 기어이 신뢰가 가지 않는 변호사를 선택하고 말았음을 확인한 요셉은 이길 수 없는 소송에 가산을 탕진하고 있는 아내에게 화마저 치밀었다.

요셉의 옆자리에 앉은 젊은 남녀는 진지한 표정으로 영어 대화를 나누고 있었다. 까페에서 회화 개인지도를 하는 건 익숙한 광경이었다. 재킷 안에 외국 대학의 티셔츠를 받쳐입고 귀고리를 한 덩치 큰 청년이 선생이고, 한 손으로 긴 머리를 귀 뒤로 넘긴 채 다른 손으로 요란한 깃털 장식이 달린 펜을 부지런히 움직여 공책에 뭔가를 적는 여자가 학생이었다. 요셉이 이혼서류를 다시 가방에 집어넣고 보험설계사의 수필 원고를 읽기 시작한 지 얼마 안돼 그들은 정해진 수업을 마친 모양이었다. 한국말이 들려오자 요셉은 자연스럽게 귀를 기울였다. 유학을 마치고 병역의무 때문에 돌아왔다는 청년은 한국사회에 불만이 많은 것 같았다. 타인에게 너무 무례하다는 게 요점이었다. 처음 보는 사람한테 몇살이냐, 결혼했냐, 그런 거 실례 아녜요? 친척들 만나는 것도 지겨워요. 별걸 다 꼬치꼬치 물어보고 간섭하고 충고를 하더라구요. 그리고 그것도 이상해요. 식당 가서 주문할 때 이모, 언니라고 부르고 상점에 가면 아버님, 어머님 하잖아요. 어떻게 전국민이 친척이야. 근데 웃기는 건 또 남은 확실히 갈라놓던데요. 좁은 엘리베이터 같은 데 함께 있어도 눈도 안 마주쳐요. 뒤에 사람이 오든 말든 문을 쾅 닫아버리고. 그리고 공공장소에서 퍼블릭 개념이 진짜 없어요. 아기 엄마들도 그렇고, 특히 노인들, 줄 서는 걸 못 봤어. 전철역, 은행, 동사무소, 곧바로 창구로 달려가서 무조건 반말이에요. 빨리빨리 하라고 야단까지 치던데요. 그분들 얼굴 보면 조금이라도 뭐가 자기 뜻대로 안될까봐 늘 불안한 모양이에요. 이런 나라에서 단체생활은 정말 지옥일 것 같아.

요셉은 청년이 유학기간 동안 그 나라 방식의 민주주의를 경험했고 또 얹혀사는 이방인으로서 그 나라의 시민교육을 비판 없이 받아들였으리라고 짐작했다. 군입대를 앞둔 불안한 처지라서 한국사회의 부조리한 측면에 한층 더 예민할 것이다. 그리고 청년의 말에 귀를 기울이는 여제자의 표정으로 미루어 어쩌면 깃털 달린 볼펜을 꾹꾹 눌러가며 글씨를 받아적는 제자와의 관계를 군입대 때문에 더이상 발전시킬 수 없다는 게 청년이 가진 불만의 결정적인 원인일지도 모를 일이었다. 식당에서 할머니들도 그래요. 여제자가 고개를 끄덕이며 청년에게 말했다. 알바하는 친구가 있는데 할아버지보다 할머니 손님들이 더 싫대요. 세명이 와서 이인분 시켜놓고는 주문하자마자 자기 자리만 빨리 안 갖다준다고 화를 낸다던데요. 계속 반찬을 더 갖고 오라고 소리치고 물이 차다, 숟가락을 바꿔달라, 불렀는데 바로 안 왔다. 맞아요. 청년이 맞장구를 쳤다. 남의 말을 일분 이상 듣는 노인을 못 봤어요. 잘 듣지도 않고 화부터 내는데 마지막에는 꼭, 내가 너 같은 자식이 있다, 이러는 거예요. 그게 어쨌다는 거지? 무슨 상관이 있는지 이해가 안 가요. 그럴 때 그냥, 왜요? 저 우리 아버지 싫어하는데, 친구세요? 이럴 걸 그랬나.

모든 종류의 알려주는 말을 싫어하는 요셉은 잔소리를 거부할 청년의 권리를 지지했다. 청년이 마음에 들었으므로 그가 이해가 안 간다는 점에 대해 약간 알려주고 싶다는 생각까지 들었다. 요셉이 생각하기로 한국의 노인들은 양손에 근대화와 봉건주의라는 상반된 이데올로기를 쥐고 편의에 따라 그 두가지 중 하나를 자신의 정체성으로 내밀었다. 긴 안목 없이 눈앞의 이익에만 매달리고 편법과 눈가림으로 목적을 달성하고 속도경쟁을 하고 남과 비교하고 과시적이고 허세를 부리고 빈둥거리는 걸 못 참고 또 행여 조금이라도 손해를 볼까봐 늘 표정이 불만스럽고 경계심에 차 있는 것은 모두 급하게 진행된 산업화와 경제개발에서 얻은 생활의 지혜였다. 그런 한편 그 모든 욕망의 서사를 '너 같은 자식'을 둔 가장으로서의 헌신으로 포장하는 게 그들의 알리바이였다. 너 같은 자식이 있다는 말로 타인을 유사 가족의 범주 안에 집어넣는 것은 자신에게 유리하도록 서열을 매길 수 있기 때문이다. 요셉의 눈에는 노인들이 줄을 안 서는 것은 새치기를 하는 게 아니라 경제개발시대의 국가유공자로서 예우를 받으려는 권리 행사로 보였다. 공중도덕을 어기고 남의 권리를 무시함으로써 위풍당당하게 사회정의를 구현하고 있는 것이다. 그들이 아는 사회정의는 그런 방식으로 집행돼왔기 때문에 무리도 아니었다. 여차하면 나만 그랬냐,라며 끌고 들어가면 그만이었다.

요셉은 그것이 노인들 개인의 문제가 아니라 한국근대사의 천박함 탓이라고 생각했다. 사실 그 노인들은 한번도 개인이 되어본 적이 없었으며 지금도 단체생활을 하고 있었다. 더 큰 비극은 뒤늦게 개인의 고유성에 눈떠도 그것을 실현할 방법을 모른다는 거였다. 노인들한테 자기가 젊었을 때 지금 자기 나이의 노인들처럼 뒷방 늙은이로 살라고 하면 견디지 못할 것이다. 이제 노인들은 모시적삼에 부채를 쥐는 대신 몸에 달라붙는 운동복에 산악자전거를 끌거나 쌘들에 반바지 차림으로 커피를 마시러 까페에 들어온다. 그렇지만 여전히 쩌렁쩌렁 큰 소리로 전화를 하고 순서를 무시하고 아르바이트 점원에게 모욕을 주고 여성을 깔보고 다른 손님들에게 공경을 요구할 뿐이었다. 요셉은 요즘처럼 사회가 젊은이한테 해주는 것도 없으면서 한편 모든 면에서 젊음을 의식하며 돌아가는 때도 없다고 생각했다. 그게 다 노인들의 질투 때문이라는 생각도 들었다. 젊은 시절 살아남기 위해 자기 스스로 굴복했던 권위에 대한 권위적인 방식의 복수인 셈이었다.

청년이 화장실에 가느라 자리를 비운 동안 여제자는 거울을 꺼내 입술에 립밤을 발랐다. 잠시 후 자리로 돌아와 앉으며 청년이 투덜댔다. 남자화장실에 청소하는 아줌마들이 불쑥 들어오는 게 적응이 안된다는 거였다. 사람들이 화장실 더럽게 쓴다고 막 욕을 하더라구요. 나 들으라고 그러는 건데, 왜 내가 하지도 않은 일 때문에 욕을 먹어야 하죠? 화장실 쓰는 사람들을 무지 미워하나봐요. 화장실을 아예 아무도 안 쓰면 편할 거라고 생각하나? 그렇게 되면 청소부도 필요 없고 아줌마는 당장 해고일 텐데. 여제자가 웃으며 한마디 했다. 한국에서는 그런 말 하면 싸가지 없다는 소리 들어요.

요셉은 조금 전 등기우편물을 건네주던 오피스텔의 수위를 떠올리고 있었다. 도경이 주차장에 차를 세우면 십분도 안돼 초강력 접착제를 사용하여 '입주자 외 주차 금지'라는 경고 스티커를 붙이곤 하는 수위였다. 새벽에 들어오는 요셉을 불러세워 자정 이후에 들어오고 싶으면 반드시 정문을 이용하라고 훈계를 했다. 재활용 쓰레기를 버리러 갈 때마다 뒤따라와 뒷짐을 지고 지켜서 있는가 하면 복도 바닥에 니스칠을 하는 날이면 엘리베이터 앞에 지켜서서 드나드는 사람 모두에게 칠이 더럽혀지지 않도록 신발 바닥을 깨끗이 하라고 잔소리를 해대는 거였다. 요셉이 가장 싫어하는 것은 그의 분노와 탄식의 변주였다. 입주자와 의견 충돌이 생기면 그는 없는 사람이라고 무시하지 말라며 핏대를 올렸다가 다음 순간 자신 같은 무식한 사람이 뭘 알겠느냐며 자학적 탄식을 내뱉곤 했다.

그럼으로써 자신보다 돈도 없고 수면시간도 부족하고 같이 식당에 갈 친구도 말 한마디 나눌 직장 동료도 밥 차려줄 가족도 노후에 용돈을 줄 자식도 없고 축구도 못하고 변비와 불면증에 시달리고 정해진 휴일도 교대근무도 없는 요셉 같은 입주자를 도덕적으로 공격하는 것이다. 그는 감시와 통제처럼 잔소리의 권한이 주어진 일 이외의 업무에는 그다지 관심이 없었다. 기다리던 택배가 주소불명으로 반송돼버렸기에 확인하러 갔던 요셉은 약자를 트집잡고 괴롭히는 가해자가 되어 되돌아와야 했다. 직업이 경비원일 뿐 그가 약자라고 생각해본 적이 한번도 없을 만큼 그를 마음 깊이 존중하고 있었는데도 말이다.

약자의 피해의식이 때로 권력이 되는 건 역설적으로 보수적인 이데올로기 때문이라는 게 요셉의 생각이었다. 남에게 의존해야만 생존할 수 있는 어린아이와 자기가 살고 있는 사회의 부자처럼 되기를 꿈꾸는 가난한 자들은 현재의 이데올로기가 지속되기를 원하므로 보수적일 수밖에 없다. 또한 가난하다는 이유로 남을 동정하는 것이야말로 돈만을 기준으로 삼는다는 점에서 물질만능주의라고 요셉은 생각했다. 노동의 신성함을 부르짖으면서 육체노동자를 하위계층으로서 특별히 배려하려는 태도 역시 편견이었다. 장애인의 경우만 보더라도 그들은 시혜적인 온정을 원하는 게 아니라 보통의 인격체처럼 자연스럽게 존중받을 권리를 요구하는 것이다. 요셉은 정해진 틀 안에서 계급을 나눈 다음 그중 약자로 규정된 자의 편이 되어서 싸우거나 위로한다며 노골적으로 목청을 높이는 감상적이고 진지한 소설들이 지겨웠다. 빈부와 상하관계와 계급이 뒤바뀌면서 이루어내는 신분상승과 인생유전의 서사가 흥미에 만족하지 않고 강렬한 주제의식으로 정의롭게 포장되는 데에 짜증이 났기 때문인지도 모른다. 요셉의 생각이 맞는다면 스스로 도덕적이고 정당하다고 믿는 주장일수록 배타적이 되기 쉬웠고 타인에 대한 폭력의 성격을 띠기 일쑤였다. 그것은 노인들의 단체생활과 다를 바 없었다. 요셉이 포착하고 싶은 것은 그 단체생활에서 벗어나 있는 고유한 개인이었다.

인간을 표본집단으로만 보는 정신분석이나 진화생물학 같은 전체주의적이고 패턴화된 진단방식을 멸시하는 것도 그 때문이었다. 왜곡된 부자관계 때문에 성격이 비뚤어졌다, 둘째아들이라서 우유부단하다, 지나친 성적 금기와 결핍 때문에 폭력적이 되었다 등등. 또는 여성은 자기 아이를 잘 키울 수 있는 조건을 가진 남자에게 반한다, 아이 울음소리가 듣기 싫은 것은 빨리 아이를 돌보게 하기 위해서다 등등. 그런 종류의 결정론에는 결코 동의할 수 없었다. 그럼에도 누군가 간파했듯이 대중은 소위 인간적이라는 작가들에게 몰렸다. 그들을 두려워할 필요가 없다는 것을 알기 때문이다. 그들역시 대중처럼 어중간하게 멈추어 불가능과 적당히 타협하며, 혼돈상태를 논리적으로 설명하는 것이다. 조금 전 읽은 보험설계사의 수필만 해도 요셉의 논리를 뒷받침하고 있었다. 더 잘 속이려면 일단 적당히 의심하도록 만들어야 했다. 요셉은 제쳐놓았던 심사원고를 뒤적여 그 글을 찾아냈다. 접수번호 165번의 글이었다.

"어느새 나는 보험설계사로서의 길에 익숙해지고 있었다. 강사 선생님들의 교육을 받을수록 나도 할 수 있다는 자신감이 생겼다. 한국 사람은 전부 다 옳은 말만 하면 의심을 한다고 한다. 한가지 정도는 틀려줘야 한다. 그러면 그걸 자기가 고쳐주면서 이야기에 귀를 기울이고 나머지 이야기도 믿는다고 한다."

요셉은 탁자 위에 놓인 펜을 들어 그 원고 위에 A라고 썼다. 그러고 나자 너무 많은 일을 한 기분이 들었으므로 커피를 한잔 더 마시고 싶어졌다. 옆자리 남녀가 일어나면서 흘끗 요셉을 바라보았다. 그 못마땅한 눈빛에서 요셉은 다음번 그들의 회화수업이 오늘 까페 옆자리에서 자기들의 대화를 엿듣던 아저씨에 대한 성토로 끝맺을 수도 있다는 걸 눈치챘다. 요셉도 자리를 정리하고 일어났다. 커피는 다른 까페에 가서 마실 작정이었다. 1회에 한해 무료로 리필을 해주는 까페라서 아깝긴 했지만 심사평을 쓰기 위해서는 새로운 분위기가 필요했다.

요셉이 알고 이안이 모르는 것

지난 십년 동안 요셉은 류와의 재회를 수없이 상상해왔다. 그가 상상했던 어떤 방식과도 거리가 멀었지만 어쨌든 이제 그 시간은 내일로 다가왔다. 이안의 말대로라면 「위기의 작가들」은 문단의 상업성과 파벌, 권위주의를 모조리 고발하는 영화였다. 요셉을 모델로 한 K선생이라는 인물을 통해 진정한 작가의 비전을 제시한다는 말만 하지 않았어도 요셉은 보통의 시시한 영화인가보다 하고 넘겼을지도 모른다. 이안은 출세주의자인 데 지나지 않고 그것을 쉽게 들켜버리는 촌스러운 진지함을 갖고 있었다. 유연성이 없으니 유머가 있을 리 없었다. 가장 나쁜 것은 자기 인생의 서사에 스스로가 사로잡혀 있다는 거였다. 그처럼 자기조차 객관화를 못하는 인간이 영화를 만들어 짧은 시간이나마 웃음을 앗아감으로써 세상에 폐를 끼치는 일을 막아야 할지도 모르지만 사실 그런 일은 가만히 있기만 해도 저절로 해결되는 종류의 일이었다. 류의 냉정함에 대해서라면 요셉은 누구보다 잘 알고 있었다. 이안의 씨나리오에 등장하는 K선생이 어떤 식으로든 류에게 요셉을 연상시켰다면 그것은 십년 전 말없이 S시를 떠나버린 이후에도 류가 요셉의 행적에 관심을 가졌다는 뜻일 것이다. 이안의 행운은 거기까지였다.

이안이 알고 요셉이 모르는 것

이안의 씨나리오는 세 부분으로 나뉘어 있었다. 모두 술집이 배경이었다. 순수하고 정의로운 청년 영준이 내레이터로 사건을 이끌어간다. 1부에서는 대학교 앞 단골 술집 '작가들'에서 K선생과 제자들이 술자리를 벌인다. K선생을 둘러싼 부도덕한 소문들이 암시되면서 갈등이 심화되고 결국 주먹다짐이 벌어진다. 2부는 영화제의 소모임에 참석한 K선생과 팬들이 바닷가 술집에 모여 있는 장면이다. 문학에 대한 K선생의 장광설이 펼쳐지는 가운데 그가 그를 추종하는 여자들과 부적절한 관계를 맺어왔음이 폭로된다. 요셉을 직접 등장시켜야 할 부분은 3부이다. 1부와 2부는 씨나리오에 따라 배우들이 연기하지만 3부는 상황극에 가깝다. 술자리에서 요셉은 평소 모습 그대로 욕망에 사로잡힌 위선적이고 권위적인 속물로 행동할 것이다. 카메라는 어떤 식으로든 그 장면을 기록해야 한다. 분위기 위주로 찍고 대사는 편집으로 끼워맞춘다. 중요한 건 1부의 술자리에서 싸움까지 불러일으켰던 소문들이 다시금 화제에 오르도록 요셉을 유도하는 일이다. 이 계획에는 세가지의 행운이 필요했다. 첫째, 요셉이 그날의 술자리에 나타나야만 한다. 둘째, 카메라를 거부하지 않아야 하며 셋째, 망가진 모습을 제대로 보여줘야만 한다. 요셉에게 영화출연 같은 건 별다른 미끼가 되지 못했다. 남에게 도움이 될지도 모를 일에 손수 나설 사람도 절대 아니었다. 테스트라고 속이거나 아니면 카메라를 숨겨서 찍을 수밖에 없다. 어쩌면 단지 타이밍과 기술적 문제일 수도 있다. 그나마 가장 쉬운 것은 세번째였다. 만취한 상태에서 조금만 부추기면 요셉은 속내를 드러낼 것이다. 1부에서처럼 주먹이라도 휘둘러주면 그림은 더 좋아진다. 이안은 내일의 술자리에 최대한 류를 오래 붙잡아둘 셈이었다. 신인감독을 후원하여 영화사업 진흥에 기여하겠다고 홍보를 요란하게 한 데 비해서 B재단의 지원은 무척 소극적인 것이었다. 그럼에도 영화계에 인맥이 없는 이안으로서는 B재단에 매달릴 수밖에 없었다. 실제 인물 캐스팅이라는 카드를 동원해서 류의 마음을 붙잡지 못하면 영화 촬영은 헛수고가 될지도 모르는 일이었다. 이안은 트리트먼트 심사 때 류가 자신에게 높은 점수를 주었다는 걸 알고 있었다.

에뛰드의 세계 ― 아홉 명이 기다리는 한 사람

이안의 플롯, 급정지 스튜디오

골목에 꽃향기가 가득했다. 요셉은 봄밤의 대기 속을 걷고 있었다. 담장 밖으로 뻗어나온 목련나무 가지마다 꽃이 만개하여 마치 축포를 쏘아올린 것 같았다. 불꽃놀이 하는 밤처럼 하늘이 환했다. 언젠가 이런 밤길을 걸어 누군가를 만나러 갔었다는 막연한 기억 속에서 요셉은 천천히 걸음을 옮겼다. 양복 재킷 속으로 들어오는 바람은 아직 차가웠다. 골목을 꺾어들어가자 술집 간판이 눈에 들어왔다.

'급정지 스튜디오'는 작은 술집이었다. 카운터가 한쪽 벽을 거의 차지했다. 주방으로 향한 뒤쪽 벽에는 장식 선반이 있고 앞쪽은 몇 권의 책이 꽂힌 낮은 책꽂이로 가려졌다. 카운터에 서서 여섯개의 탁자를 한눈에 볼 수 있도록 설계된 공간이었다. 창가에는 2인석 탁자 두개가 놓였다. 4인석 탁자들은 기둥 옆에 세워진 커다란 장식용 자작나무 뒤에 있었다. 요셉을 기다리는 사람들은 그중 카운터와 가까운 쪽의 탁자 두개를 붙여놓고 술을 마시는 중이었다. 벽에 설치된 LED 스크린에서는 오래전 유행했던 외국 록그룹의 뮤직비디오가 돌아가고 있었다. 다른 손님은 없었다.

요셉이 들어서는 걸 보고 이안이 자리에서 일어났다. 금방 찾으셨어요? 응, 아는 집이야. 요셉은 테이블에 모여 있는 사람들의 얼굴을 재빨리 눈으로 좇았다. 아는 얼굴은 없었다. 이안은 요셉이 이 술집을 어떻게 알게 됐는지 알았으므로 더이상 묻지 않고 미리 정해놓은 자리의 의자를 뒤로 빼주었다. 이안의 오른쪽 자리였다. 그 앞자리는 비어 있었다.

이안을 따라서 몸을 일으켰다가 다시 자리에 앉는 사람들은 모두 넷이었다. 이안이 돌아가며 소개를 했다. 탁자 건너편의 젊은 여자 둘은 B문화재단의 직원과 이안이 찍을 영화의 스크립터였다. 재단 직원은 실크 원피스에 카디건을 걸치고 고급스러워 보이는 새틴 머리띠를 하고 있었다. 의자 등받이에 걸쳐놓은 유명 브랜드의 핸드백과 옷과 장신구 모두 자주색으로 색깔을 맞췄는데 립글로스도 유난히 번들거리는 자주색이었다. 그에 비하면 키가 크고 깡마른 스크립터는 무척 수수해 보였다. 짧은 커트머리를 조금 숙인 채 청바지에 두 손을 문지르며 인사하는 모습이 수줍음 많은 소년을 연상시켰다. 이안은 대각선 쪽 구석 자리에 앉은 C도 스태프라고 인사를 시켰다. C는 가볍게 고개를 숙인 다음 이내 요셉의 시선을 피했다. 요셉의 오른쪽에 앉은 젊은 남자는 이안과 함께 B문화재단의 트리트먼트 공모에 당선된 영화감독이었다. 그는 요셉의 팬이라고 직접 자신을 소개했다. 초판본으로 갖고 있는 요셉의 책 이름을 줄줄이 나열했는데 그중에서도 특히 안 팔려 요셉 자신이 내심 저주받은 걸작으로 여기고 있는 책을 가장 좋아한다고 말했다. 그가 그저께 '대단찮은 영화제'라는 행사에서 대상을 받았다고 말해준 것은 재단 여직원이었다. 관객투표로 결정하는 제목상까지 받은 건 순전히 자신이 표를 던진 덕분이라며 이안도 한마디 덧붙였다.

정연이 주방에서 맥주를 날라왔다. 며칠 전 요셉이 왔을 때처럼 머리를 포니테일로 치켜올려서 묶고 있었다. 그 바람에 짙은 마스카라와 콧대가 유난히 강조돼 보였는데 요셉이 보기에 재수술이 필요할 것 같았다. 안주 쟁반을 든 이채가 뒤따라 나왔을 때 요셉은 그다지 놀라지 않았다. 이틀 전 이채에게서 토요일이 쉬는 날이라는 말을 들었기 때문이었다. 이채는 날씬한 스키니진 위에 신축성 좋은 노란색 니트 스웨터를 받쳐입어 가슴의 볼륨을 적당히 드러내고 있었다. 목에 맨 짧은 스카프도 산뜻하고 발랄했다. 선생님, 오셨어요? 이채가 환하게 웃으며 스스럼없이 인사를 건네는 것을 보고 요셉은 자신의 여주인공의 연기력에 다시 한번 만족했다.

팀장님도 곧 오실 거예요. 요셉의 잔에 술을 따르며 이안이 말했다. 자리마다 술잔이 새로 채워지고 대화가 시작되었다. 겉돌고 서

먹서먹한 분위기였다. 아는 사람과 처음 보는 사람이 섞여 있는데다 업무와 친목을 겸한 술자리 특유의 어색함 뒤에 알 수 없는 미묘한 긴장이 감돌고 있었다. 이안이 제안했다. 선생님, 시원하게 소맥으로 갈까요? 저기 C가 엄청 잘 말거든요. 일부러 술을 천천히 마시고 있던 요셉은 무심히 고개를 끄덕였다. 이안이 활개를 치는 게 거슬렸지만 지금 이안은 그의 관심 대상이 아니었다. C가 맥주에 소주를 섞어 돌리기 시작했다. 어떠세요? 칼칼하면서도 부드럽게 넘어가고, 비율이 딱 맞죠? 요셉이 술잔을 내려놓자마자 이안은 다시 한 잔을 권했다.

하나같이 술을 잘 마셨는데 스크립터만은 예외였다. 그녀는 담배를 피우기 위해 자주 자리를 비웠다. 술자리의 분위기가 조금씩 무르익어가는 동안 스크린에서는 계속해서 외국 록그룹의 공연 실황이 흘러갔다. 음악 소리가 큰 편이었지만 줄여달라고 하는 사람은 없었다. 대신 다들 목소리를 높였다. 요셉과 이안, 젊은 감독이 주로 이야기를 끌어갔는데 시간이 지날수록 재단 여직원이 수다스러워졌다. 최근 출장을 다녀온 유럽에 이어 자신이 대학생 때 배낭여행한 나라에 대한 갖가지 견문을 늘어놓았다. 이안은 종종 그녀의 말을 끊고는 류에게 전화를 걸어보게 했다. 류는 전화를 받지 않았다. 나란히 앉은 스크립터와 C는 비교적 조용했다. 돌아가는 이야기에 귀를 기울이고 있다가 가끔씩 자기들끼리 나직하게 이야기를 주고받는 정도였다.

정연과 이채는 창가의 2인석에서 따로 맥주를 마시고 있었다. 건물 밖으로 화장실에 다녀오던 이안이 그 앞에서 발을 멈추더니 둘을 데려와 합석을 시켰다. 정연과 이채가 탁자 끝자리를 하나씩 차지하자 이안은 요셉 옆의 모서리 쪽으로 옮겨 앉았다. 파티를 연주인 부부처럼 정연과 마주 보는 자리였다. 테이블에 모인 사람은 이제 여섯에서 여덟이 되었다. 도경에게서 전화가 걸려온 것은 한 시간쯤 뒤였다. 선생님, 벌써 가셨어요? 감독하고 아는 사이니까 가자고 할 때는 언제고? 전화기 밖으로 새어나오는 도경의 목소리를 듣자마자 뺏다시피 요셉의 전화기를 가져간 이안은 친절하게 급정지 스튜디오의 위치를 설명해주었다. 얼마 지나지 않아 한 손에 납작한 가방을 든 도경이 술집에 나타났다. 오늘은 또 어느 학원 학생이세요? 이안이 인사말을 던지자마자 도경은 큰 소리로 깔깔 웃었다. 젊은 감독이 도경에게 요셉의 오른쪽 옆자리를 양보하며 이채의 옆으로 붙어앉았다. 테이블에는 아홉명이 모여 앉게 되었다.

　그중에서 그날 밤 이안의 계획을 아는 사람은 이안과 이안의 스태프인 여자 스크립터와 C, 정연이었다. 재단 직원은 업무의 연장으로 회의 뒤풀이에 참석했고 김류 팀장을 만나러 B재단에 들렀던 젊은 감독은 사무실에서 이안과 마주쳐 술자리에 낀 것뿐이었다. 그날 밤 요셉은 요셉대로 원하는 게 있었다. 그것과 상관없이 도경과 이채 역시 그 자리에 끼어들 만한 이유를 갖고 있었다. 각기 생각은 달랐지만 아홉 사람 모두가 류를 기다렸다. 스크립터를 빼고는 다들 조금씩 취해 있었다.

이안 전화 한번 더 해봐요.

재단 직원 왜 안 받으시지? 문자 또 보내볼게요.

젊은 감독 여기 찾기가 쉽진 않을 텐데. 선배는 이런 괜찮은 술집을 어떻게 안 거예요? 음악은 좀 아니지만. 저거 언젯적 퀸이야.

정연 바꿔드려요?

젊은 감독 해본 말예요. 술 드세요.

이안이 구석 자리의 C를 가리키며 젊은 감독의 질문에 대답했다.

이안 저 친구 땜에 오게 된 거지. 여기서 알바하잖아.

젊은 감독 아, 스태프가 알바하는 집? 나도 안해본 알바가 없지.

젊은 감독이 옆에 앉은 이채에게 몸을 돌리며 물었다.

젊은 감독 여긴 시급 얼마예요? 참, 성함이 어떻게 되세요?

이채 이이채예요.

진짜 이름을 대지 않는 이채를 정연이 못마땅한 눈길로 쏘아보았다. 이채는 턱을 앞으로 내밀며 정연을 향해 어깨를 한번 움찔해 보였다.

젊은 감독 이채? 이름 되게 이쁘신데요?

이채가 요셉을 가리키며 대답했다.

이채 선생님이 지어주셨어요. 다음에 쓰실 소설 주인공 이름이래요.

이채의 말에 이번에는 도경이 옆자리의 젊은 감독 너머로 흘끗 이채를 바라보았다.

이안이 뭔지 알겠다는 듯 고개를 끄덕거리며 요셉에게 말을 던졌다.

이안 다음 작품 혹시 그거 아녜요? 글이 안 써져서 무작정 떠나는 작가 이야기. 포장마차에서 누군가를 만나서 소주를 마시며 인생과 예술에 대해 일장 연설을 늘어놓고…… 그거 쓰면 갈 데까지 간 거라면서요.

젊은 감독 왜요? 그런 얘기 난 재밌던데. 내가 재능이 있나 없나, 그런 건, 뭘 좀 만들다보면 기본적으로 하는 고민 아녜요?

요셉 재능이 있는 사람만 할 수 있는 고민이지.

요셉이 젊은 감독을 보며 대꾸했다.

요셉 재능 없는 사람들은 다른 고민에 빠져 있거든. 자기의 뛰어난 재능을 세상이 안 알아준다는 고민 말야. 그런 심오한 고민과 분노 때문에 늘 바빠. 혹시 재능이 있더라도 시간이 없어서 못 보여줄 거야.

젊은 감독이 크게 웃은 다음 이안에게 물었다.

젊은 감독 선배도 원래 소설 쓰지 않았어요?

얼른 대꾸를 하지 않는 이안을 흘끗 바라본 뒤 요셉이 말했다.

요셉 이안은 재능이 있었지. 바로 그게 문제야, 약간의 재능. 그게 있으면 죽으라고 안되는데도 포기를 못하거든. 작은 재능이야말로 신의 가장 큰 저주다, 매컬러스라는 여자가 소설은 별로지만 가끔은 맞는 말도 해.

이안 선생님, 저 소설 딱 한편 쓰고 관뒀는데요.

볼멘소리로 이안이 반박했다. 그러고는 요셉의 얼굴을 똑바로 바라보며 천천히 다음 말을 내뱉었다.

이안 판이 하도 환멸스러워서요. 근데, 제 소설 기억 못하세요? 시정마 이야기.

요셉 왜 기억 못하겠어. 그렇게 길었는데.

이안 선생님은 그걸 단편으로 쓰셨더라구요.

도경 선생님, 그거 소설로 쓰셨어요? 언제?

재단 직원 시정마가 뭐예요?

도경과 재단 직원이 연달아 물었다. 거의 동시에 정연도 C 쪽으로 고개를 돌린 채 속삭였다.

정연 언니가 읽어보라고 했던 그 소설 맞지?

이안 그 「다섯 말의 이야기」요, 솔직히 제가 쓴 거랑 비슷해서 깜짝 놀랐어요. 그때 시정마가 과제물이었잖아요. 결말은 수희 거하고 거의 같던데요.

요셉 그랬어?

요셉이 피식 웃었다.

도경 궁금하다. 선생님, 설마 저는 안 나오죠?

도경이 제법 큰 목소리로 앞자리의 재단 직원에게 설명했다.

도경 종마 목장에 선생님이랑 놀러 갔었거든요. 말이 섹스하는 거 그때 처음 봤어요. 개는 길에서 본 적 있는데.

재단 직원 전 유튜브에서 봤어요.

젊은 감독 그걸 왜 유튜브로 보나. 씨디 하나 빌려줄까?

도경 대체 그런 걸 왜 보는 거예요?

젊은 감독 안 보세요?

이채가 픽, 짧은 웃음을 터뜨리자 정연이 또 한번 동생을 쏘아보았다.

머릿속을 정리하려는 듯 말없이 술잔을 만지작거리던 이안이 다시 입을 열었다.

이안 술집에서 진실게임 한 얘기는 왜 쓰신 거예요? 프라이버신데 그렇게 써먹어도 돼요? 그리고, 섹스하고 나서 상대에게 돈을 받은 적 있나 없나, 그 질문은 선생님이 꺼내신 거잖아요.

젊은 감독 재밌겠는데? 나도 돈 달라고 해볼까. 그래서, 있대요 없대요?

이안 팬이라면서 소설 안 읽었어?

젊은 감독이 끼어드는 게 불쾌한 듯 이안이 핀잔을 주었다.

이안 선생님 소설에 반드시 나오는 에피그램들 있잖아. 여럿이 모인 술자리에는 반드시 같이 잔 여자가 끼어 있어야 분위기가 화기애애해진다, 그 자리에 여자가 셋이면 그중 한명, 다섯명이면 둘 이상은 같이 잔 여자여야 적당한 비율이라 할 수 있다, 그것은 그날 밤에 그중 누구와 잘까라는 결정을 두고 술자리 내내 흥미와 긴장감을 조성하지만 물론 마지막 선택은 새로운 여자이다, 섹스와 돈의 공통점은 감정의 지불수단으로 사용할 수 있으며 악화가 양화를 구축한다는 점이다, 이런 멋들어진 말들 말야.

젊은 감독 여기 지금 여자 몇명이지? 하나 둘…… 여섯명이네?

그럼 적어도 둘은 돼야 적당한 비율이군.

재단 직원 감독님, 실망이야.

요셉 역시 이안은 문학적 은유를 알아듣는 데 문제가 있군. 소설 안 쓰고 영화판으로 가기 잘했어.

젊은 감독 맞아요, 선생님. 영화는 카메라만 빌려주면 아무나 찍어요.

요셉이 술잔을 비우자 도경이 잔을 채운 다음 얼른 안주 접시에서 한치회를 집어들었다. 그걸 본 요셉은 이마를 찡그린 채 술잔을 들어 입을 가렸다. 그리고 도경이 한치회를 도로 접시에 내려놓은 뒤에야 다시 이야기를 시작했다.

요셉 모든 관계에서는 거래가 발생하는 법이야. 지불은 돈이든 섹스든 시간이든 하다못해 사랑이든, 각자 자기가 가진 것으로 하게 돼 있고. 거래는 대개 순차적으로 작동하지. 누군가를 사랑하면 돈이나 섹스를 주고 싶고 반대로 그걸 주다보면 사랑이 생겨날 수도 있을 테고. 사랑만 갖고 거래하려는 사람이 가끔 있는데 그게 제일 약은 태도야. 돈이나 섹스처럼 가시적이고 솔직하지가 않잖아. 사랑만 갖고 거래하는 사람한테 계속해서 사랑으로만 갚아주면 아마 화를 낼걸. 내 말이 어렵나?

재단 직원 네. 설명 좀 해주세요.

요셉 정의나 도덕, 그런 헛소리에 휘둘리고 있다는 얘기야. 예를 들어 뒷골목 창녀와 빅토리아 씨크릿 같은 속옷 브랜드의 모델을 비교해봐. 그 둘은 본질에서는 똑같아. 직접 몸을 파는 창녀들보다 성적 이미지를 포장해 파는 스타들이 엄청나게 돈을 잘 번다는 차이뿐이지. 섹시한 스타는 선망받는 쎌러브리티이고 술집 여급은 부도덕한 직업여성이다, 그거야말로 직업에 귀천을 두는 태도 아니겠어? 똑같은 이데올로기로 작동되는 시스템인데 말야.

요셉은 젊은 감독과 재단 직원, 그리고 이채를 번갈아 바라보며 말을 늘어놓았다. 이안 쪽으로는 거의 등을 돌리고 있었다. 이안의 목소리가 커졌다.

이안 인간관계가 다 거래라는 말이네요. 그럼 이런 것도 성립되나요? 제자하고 연애하면서 등록금을 보태줬는데, 헤어지겠다니까 그 돈을 갚으라고 하는 것 말예요. 그것도 공정거래겠네요?

이안의 말을 무시하며 요셉이 말을 이어갔다.

요셉 조슬린 제임스 소설 읽어봤나? 인기 여자 아나운서가 자기 팬이었던 재벌 2세와 결혼하는 이야기지. 어느날 이 신혼부부는 기분전환을 위해 바에 놀러 가거든. 근데 엉덩이를 유난히 흔들면서 써빙을 하는 섹시한 호스티스에게 남편이 계속 눈길을 주는 거야. 아내는 남편과 호스티스 둘 다 천박하다고 비난하지. 그러자 남편이 이렇게 대답해. 그녀는 자기 직업에 충실한 것뿐이야, 당신이 텔레비전 화면에 나와서 대중들에게 눈웃음을 던진 것과 뭐가 다르지?

요셉은 거기에서 말을 끊고 술을 한모금 마신 뒤 신혼부부의 이어지는 대화를 들려주었다. 나는 프로그램을 진행했다구요! 그래? 내가 본 것은 프로그램이 아니라 당신 웃음이었어. 그건 처음부터 당신 계획에 있었던 일이잖아. 그녀라고 같은 계획을 갖지 말란 법이 있어?

요셉 이게 무슨 이야기냐면, 우리가 부조리한 이데올로기의 거대한 패턴에 굴복하며 살고 있다는 거지.

이안 타락한 인간들의 자기합리화예요. 그런 위선적인 논리를 내세우는 게 바로 위기의 작가라구요. 작가라면 비전을 제시해야죠. 인간의 구원 같은 거 말예요.

이안의 목소리가 사뭇 비장했기 때문에 좌중에는 잠시 침묵이 감돌았다. 스크립터가 불현듯 담뱃갑을 집어들고 자리에서 일어났다. 그 뒷모습을 눈으로 좇으며 젊은 감독이 중얼거렸다.

젊은 감독 다 그냥 피우는데 쟤 혼자 왜 저렇게 들락거려. 얘기 잘 듣다가. 테이프 갈러 가는 타이밍도 아니고.

젊은 감독의 말이 끝나기도 전에 이안이 짜증스러운 투로 재단 직원에게 말했다.

이안 전화 다시 걸어봐요.

재단 직원은 가볍게 한숨을 내쉬며 탁자 위에 올려놓았던 휴대폰을 집어들었다.

재단 직원 안 받아요.

젊은 감독 분명 온다고 했는데. 내가 걸어볼까?

순간 이안의 얼굴이 눈에 띄게 벌게졌다.

이안 그 전화를 왜 네가 걸어? 됐어.

요셉 안 온다고 봐야겠군.

요셉의 입에서 나직하게 혼잣말이 새어나왔다.

정연이 주방에서 쟁반을 가져와 빈 술병을 모아 담으며 이안에게 물었다.

정연 술 더 갖고 와요?

이안 위스키도 한 병 갖고 와봐요.

재단 직원 맞다. 법인카드, 팀장님이 갖고 있는데. 아, 걱정 마세요. 제가 계산하면 되니까.

정연 살짝 곤란하다…… 양주는 편의점 나가서 현금으로 사오거든요.

이안 소맥으로 계속 가. 맥주 말고 소주를 더 갖다줘요.

젊은 감독 저기, 음악 뭐 있어요? 클래식 같은 건 없나? 축배의 노래, 이런 거라도?

정연 뮤비가 몇개 안돼서. 오페라도 괜찮으세요? 사장님 혼자 있을 때 듣는 건데. 요새 완전 꽂히지 않았어?

마지막 말은 C를 향해 하는 말이었다. C가 피식 웃으며 대꾸했다.

C 업종 바꿀 때가 된 거지.

정연이 다시 주방으로 들어가자 안주 만드는 걸 돕겠다며 C가 그 뒤를 따라 나갔다. 정연과 C가 카운터 뒤로 사라지는 모습을 바라보던 이채도 반쯤 남은 술잔을 마저 비운 뒤 몸을 일으켰다.

요셉이 젊은 감독에게 물었다.

요셉 아까, 영화 제목이 뭐라고 했더라?

젊은 감독 아, 그거요. 좀 긴데. 「우리의 옛 맹세를 저버리지만 그때는 진실했으니」예요.

요셉 비슷한 시가 있지 않나?

젊은 감독 죄송합니다.「낙화유수」*에서 베꼈거든요.

재단 직원 어쩐지. 시였구나. 그때는 진실했으니; 그다음 구절은 어떻게 돼요?

재단 직원이 계속 재촉을 하자 젊은 감독이 머리를 긁적였다.

젊은 감독 쓰면 뱉고 달면 삼키는 거지. 나는 새로운 사랑의 가지에서 머물 뿐이니. 이 잔인에 대해서 아무 죄 없으니, 배가 고파서 너를 좀 먹은 것 갖고 뭘 따지냐, 뭐 그런 시야.

재단 직원 뭐예요. 까사노바라도 되나. 프랑스 서점에 가니까 까사노바가 쓴 책 되게 많더라구요. 아무튼, 제목상에 던진 내 표가 아깝다. 대상만 받아도 되는 건데.

이안 운이 좋았지. 심사위원 중에 둘이 동문이잖아.

재단 직원 왜요? 영화 진짜 골때리던데. 팀장님도 재밌다고 하시고. 우리 재단 영화는 언제 들어가요?

젊은 감독 이제 곧.

재단 직원 정말요? 축하해요, 결재 났구나. 실은 예산 깎여서 한두편밖에 지원 못한대요. 오늘 그 얘기도 한댔는데 팀장님 진짜 어떻게 된 거지?

재단 직원은 탁자 위의 휴대폰을 들어 액정화면을 확인한 다음 다시 내려놓았다. 전화기 케이스까지 자주색인 걸 보고 요셉은 그

---

* 함성호의 시.

녀가 케이스를 색깔별로 갖고 있을 거라고 확신했다. 갑자기 젊은 감독이 자신의 휴대폰을 주머니에 집어넣고 화장실에 가려는 듯 자리에서 일어났다. 옆자리의 도경도 따라서 몸을 일으켰다.

테이블에는 이안과 요셉과 재단 직원만 남아 각기 생각에 잠긴 채 말없이 술을 마시고 있었다. 스크린에는 록그룹이 사라지고 대신 오페라 무대가 등장했다.

잠시 뒤에 스크립터가 자리로 돌아오고 C와 이채가 술과 안주를 차려들고 나타났다. 도경도 자리로 돌아왔는데 걸음이 약간 비틀거렸다. 맨 나중에 젊은 감독이 휴대폰을 손에 든 채 테이블로 다가왔다. 바깥 날씨가 차가운지 어깨를 움츠리고 있었다.

젊은 감독 난 먼저 좀 일어나야 할 것 같은데? 가서 데이트 좀 해도 되죠?

재단 직원이 이안을 향해 시무룩하게 말했다.

재단 직원 우리도 대충 일어나야 하지 않아요?

도경 양주는 어떡하지? 지금 아가씨가 사러 나갔는데.

이채 아줌마가 수표 주시더라구요.

재단 직원 왜요? 제가 계산할 건데.

도경 괜찮아요. 아직도 많아요. 이상하게 돈은 나를 좋아하나봐. 날 막 따라다니네. 실은 제가 조울증이 좀 있거든요. 지난주엔 우울증 주기가 왔는지 갑자기 만사가 귀찮더라구요. 그래서 아파트 두 채를 팔아버렸는데 그뒤에 엄청 떨어진 거 있죠. 꼭대기일 때 팔아치웠다고 부동산에서 나한테 큰돈 벌었대요.

젊은 감독 우울증 대박이다.

도경이 취한 목소리로 말을 이어갔다.

도경 요즘 그런 일이 자꾸 생기네. 우리 빌라 앞에 고층 아파트가 들어서나봐요. 주민들이 기사랑 파출부들 구청으로 내보내서 시위했잖아요. 일조권 보장하라고. 그거 보상금 곧 나온대요. 다들 목걸이나 한개씩 할까 하던데 난 보석 같은 거 별로 취미 없거든요. 나랑 같은 신경과 다니는 사모님은 그림 사는 게 취미라나봐요. 우울증이 도지면 남편이 가서 그림이나 보라고 일이억 준다던데. 근데 난 그냥 술 사는 게 취미예요.

젊은 감독이 술잔을 도경의 잔에 부딪치며 유쾌하게 웃었다.

젊은 감독 양주 한 잔 마시고 일어나야겠네요.

정연이 위스키와 잔을 쟁반에 받쳐들고 테이블로 다가왔다. 술병을 내려놓는 정연에게 이채가 속삭였다.

이채 저 여자 잔돈 주지 마.

정연 당연하지.

정연은 오페라가 펼쳐지고 있는 스크린에 흘낏 눈길을 주었다. 그러나 다들 음악에 그다지 신경을 쓰지 않는 기색이었다. 위스키가 한 잔씩 돌아갔다. 단숨에 마셔버린 이안이 위스키 병을 끌어다 스스로 잔에 술을 따르며 다짜고짜 요셉에게 물었다.

이안 선생님, 수희 소식 안 궁금하세요?

요셉 글쎄, 잘 있나?

이안 저기 C한테 한번 물어보세요. 수희 친구거든요. C 처음 보

세요? C가 선생님하고 인연이 없지도 않은데. 수희 병원에도 따라
갔고.

C가 고개를 돌리고 나직하게 혼자 중얼거렸다.

C 난 빼달라니까.

이안 수희도 진짜 풀리는 게 없어요. 제일 먼저 등단할 줄 알았
는데. 공모전 때 최종심에서 선생님이 그렇게 반대했다면서요.

요셉 내가 심사하면 대개가 다 최하점이지.

이안 동기들 모인다고 연락했다던데 그땐 왜 안 나가셨어요?

요셉 이안도 안 간 모양이지?

이안 아버지 장례 때였으니까요.

요셉 참, 아버지가 사고 겪으셨지. 물인 줄 알고 마셨는데 농약
이었다고. 고의는 아니겠지만 어머니가 난처하셨겠군. 부모님이
사이는 좋으셨어?

이안 그 세대에 좋고 말고가 어딨어요.

남의 일을 갖고 이야기를 멋대로 유추해내는 요셉의 습관을 알
고 있는 이안은 그 화제를 끝내고 싶어했다. 요셉은 그렇지 않았다.

요셉 독선적이고 바람도 좀 피우고, 가부장적인 아버지였을 것
같은데. 돌아가신 뒤 아버지한테서 놓여나니 그제야 조금 용서가
되지 않던가? 위기의 작가 이야기 말고 위기의 아버지 이야기를 영
화로 만들어보지그래.

이안 왜요?

요셉 인간의 자유란 부모를 거부하거나 땅에 묻었을 때 시작되

는 게 아니야. 부모가 태어나는 순간, 바로 그때 인간의 자유는 이미 죽음의 선고를 받는 것이지. 이건 내 말이 아니고.

이안 선생님은 남의 말 인용 안하면 말을 못하시거든. 그것도 몇 가지 안되지만.

요셉은 이안의 말을 못 들은 척 계속해서 문장을 인용해 읊었다.

요셉 자신의 출신을 믿지 못하는 자가 자유이다. 숲 속에 떨어진 알에서 태어나는 자가 자유이다. 하늘에서 떨어져 전혀 고마움을 느끼지 않으며 대지로 내려오는 자가 자유이다.

이채 멋있다.

이채가 두 손을 턱밑에 모으고 박수 치는 시늉을 했다.

탁자 위에서 젊은 감독의 휴대폰이 요란하게 울렸다. 전화기를 집어들고 급히 몸을 일으키는 젊은 감독이 빠져나가도록 이채가 길을 터주었다. 요셉이 술잔을 들고 모두에게 술을 권했다.

요셉 한잔 마시자구. 죽은 자는 완전히 보내버리고, 지난 일은 흘러가게 놔두고, 자유롭게.

이안 그럼 안돼죠, 선생님. 복수가 없으면 역사가 옳은 방향으로 흘러갈 수가 없잖아요.

요셉 뭐가 옳은 방향인데? 그건 권력을 쥔 놈들이 정하는 거야. 이데올로기의 보편성이란 것 뒤에는 특정 계급의 이익이 숨겨져 있어. 그 시대의 지배적인 사상은 지배계급의 사상이다, 그런 말 몰라? 그 옛날 촌스러운 맑스도 그건 알았는데.

이안 선생님, 전 말이죠.

이안이 요셉 가까이로 얼굴을 바짝 가져가며 목청을 높였다. 눈이 충혈돼 있었다.

이안 반드시 「위기의 작가들」을 영화로 만들 거예요. 한 여자의 인생을 완전히 파괴했다구요. 그런 위선적이고 타락한 인물에게 복수하는 게 특정 이익인가요? 잘 아시잖아요, 그게 무슨 의미인지.

요셉 그놈의 의미가 다 뭐야. 뭐든 연결 좀 시키지 마. 의미 때문에 관계가 이어지고 플롯이 생겨나고, 결국 인생이 무거워지잖아. 반성도 절대 하지 말아야 해. 그건 지금을 과거랑 연결하는 짓이니까. 다 무슨 관계가 있어? 한때 중요했던 것들 지금 다 쓰레기라구. 환상이 있었지. '더러운 역사를 버리고 새로운 시대를 열어가는 게 바로 우리라는 아름다운 환상' 따위. 그래서 어떻게 됐는데? 그 당시의 시간에 복무했을 뿐이야. 지나가는 자가 되라. 이런 건 아무나 다 할 수 있는 소리지만 예수가 말하니까 사람들이 받아적었는데, 도마복음에 나와. 알아들었어? 그냥 그렇게 흘러가면서 떠돌면 돼. 인생이 실은 아무것도 아니잖아.

이안 아무것도 아닌데 왜 살아요?

요셉 왜가 있어야 하는군. 그럼 아무것도 아닌 것을 위해서 산다고 해두지.

이안 그건 말장난이구요.

요셉 너는 아무렇게나 살 수 있어? 아무렇게나 살 만한 배짱을 가진 사람은 많지 않아. 아무렇게나라는 건 이전에는 없었던 방식이지. 그게 그 사람의 고유성이야. 아무렇게나 사는 사람은 아무도 무시 못해.

　이안　그래요? 근데 선생님은 왜 소설 쓰려고 눈에 불을 켜고 있는데요? 인정 안해준다고 욕하잖아요. 잘나가면 씹고 질투하고. 왜 그러시는데요?

　요셉　또 그놈의 왜. 노래나 듣자구. 저 아리아 오랜만에 듣네. 도대체 집에 오디오가 없으니 말야. 1막 끝 장면이군.

　요셉이 스크린을 가리키자 이안을 빼고 모두가 그쪽으로 시선을 돌렸다. 허름한 옷차림을 한 젊은 여자가 잘생긴 남자를 향해 간절한 표정으로 노래하고 있었다. 여자의 옆에서 쇠약한 노인 하나가 역시 호소하듯 두 팔을 쳐들고 여자의 노래를 거들었다. 화답하는 젊은 남자의 노래는 싸늘했고 고집스러운 표정으로 보아 자신의 뜻을 굽히지 않는 듯했다. 중국옷을 입은 세명의 남자는 젊은 남자를 둘러싸고 따라다니며 조롱하는 노래를 불렀다. 그 노래에는 코러스도 가세했다. 모든 배우들이 다투듯이 번갈아가며 목청껏 노래를 불렀고 그들의 목소리가 뒤섞여 폭풍우가 몰아치듯 감정이 점점 고조되는가 싶더니 한순간 남자가 무대 끝으로 뛰어가 커다란 징을 세번 울리는 것으로 갑자기 막이 내려졌다.

　스크립터가 일어났다. 카운터 쪽으로 가다 말고 급히 되돌아와서 탁자 위의 담뱃갑을 집어갔다. 그녀가 다시 자리로 돌아오자 재단 직원이 퉁명스럽게 내뱉었다.

　재단 직원　진짜 왔다 갔다 하신다.

　스크립터　왜요? 안돼요?

재단 직원 튀잖아요. 다들 그냥 앉아서 피우는데.

스크립터 담배연기를 싫어해서 그래요. 됐어요?

생각에 잠겨 있던 이안이 재단 직원을 향해 불쑥 입을 열었다.

이안 아까 그 얘기 좀 해봐요. 영화 쪽 예산이 깎인 거예요?

재단 직원 당선작이 다섯편이잖아요. 그중에 두편 정도 지원하나봐요. 확실한 건 몰라요. 쫄따구가 뭘 알겠어요.

스크립터 우리 영화는 어떻게 되는데요?

재단 직원이 대꾸를 하지 않자 스크립터는 완전 돌아버리겠네, 하며 담뱃갑에서 담배를 빼내 불을 붙였고 기침을 하기 시작했다. 이안이 이마에 주름을 깊게 만들며 불쾌한 듯 중얼거렸다.

이안 누구랑 통화를 하길래 이렇게 길어.

이안의 말에 재단 직원이 고개를 돌려 까페 입구 쪽을 바라보았다. 갑자기 도경이 어깨를 들먹이며 쿡, 하고 웃음을 터뜨렸다.

도경 선생님 오늘 진짜 화장실 안 가신다. 선생님 욕 못하게 제가 다 듣고 있을 테니까 다녀오세요.

도경의 웃음소리가 조금씩 커지기 시작했다.

도경 근데 진짜, 선생님은 욕 먹을 말을 너무 잘하시지 않아요? 그게 진짜 웃겨. 섹스 이야기도 엄청 고상하게 하고, 남 갈구는 것도 완전 폼 잡고 하시잖아. 선생님, 오늘 아직 나한테 헤프다는 말 한번도 안했네요? 무뇌란 말도, 그리고 뭐더라, 불능? 아 참, 불감도 있구나. 남자들은 왜 그런 약 먹는지 모르겠다니까 내가 불감이라서 이해 못하는 거래요. 우리 선생님, 진짜 노골적이지 않아요?

진짜 노골적으로 차가운 인간이세요. 그렇게 욕 실컷 얻어먹고 마음 편한 건 난생처음이야. 그것도 너무 웃겨. 선생님, 선생님 말이 맞았어요. 내가 좀 나쁜 남자 스타일인가봐. 웃겨 죽겠네, 진짜. 어떡하지? 나 한번 웃으면 못 참는데.

정신없이 웃어대는 도경을 빤히 바라보던 재단 직원이 한마디 던졌다.

재단 직원 진짜 잘 웃으시네요.

도경 저 원래 잘 웃어요. 원래부터 그래요.

도경의 웃음소리는 점점 높아졌고 이채는 콧등을 찡그린 채 몸을 앞으로 내밀고 그 모습을 빤히 바라보았고 정연과 C는 낮은 목소리로 뭔가 얘기를 주고받았고 스크립터는 기침을 해가며 담배 연기를 마구 뿜어댔다. 유장한 관현악 연주와 오페라의 아리아가 실내를 가득 채웠다. 젊은 감독은 오지 않았고 이안과 재단 직원은 술잔을 앞에 두고 각자의 생각에 골몰해 있었다. 이채가 화장실에 가려고 일어나는 것을 확인한 요셉은 천천히 자리에서 일어났다. 그리고 잠깐 선 채 허리를 굽히고 이안의 귀에 뭔가 속삭인 다음 문을 향해 걸음을 떼었다. 이채가 다시 들어와 카운터 옆에 걸어놓았던 겉옷을 들고 나갔다.

이채의 재구성, 놀이터

술을 깨기 위해 좀 걸어야겠다고 요셉이 말했다. 안 추우세요? 라며 이채가 자연스럽게 요셉의 팔짱을 끼었다. 둘은 천천히 걷기 시작했다. 늦은 밤 가로등이 켜진 골목 안은 고즈넉했다. 그림자를 끌고 가는 두 사람의 발소리가 정적을 깨고 있었다. 이채가 놀이터 앞에서 걸음을 멈췄다. 선생님, 우리 저기 잠깐 앉아요. 꽃 핀 목련 나무 뒤쪽의 헐벗은 등나무 넝쿨 아래로 어둑어둑한 벤치가 눈에 들어왔다. 둘은 나란히 벤치에 앉았다. 별은 없네요. 하늘을 올려다보며 중얼거리던 이채가 요셉을 향해 몸을 돌렸다.

—선생님, 저, 할 말 있어요.

어둠 속에서 이채의 눈빛이 반짝였다.

—저도 늦게 와서 잘 모르지만, 이안 감독님하고 C언니가 무슨 일을 꾸미는 것 같아요. 정연언니는 술만 많이 팔아주면 된다고 하고. 암튼 좀 수상해요. 저, 이 말 하려고 선생님 화장실 가기만 기다렸는데.

—난 이채가 일어나기만 기다렸지.

—저요? 왜요?

—답답하잖아. 저기서 말 통하는 사람이 누가 있어.

요셉의 말에 이채는 아랫입술을 내밀며 어리광 부리듯 대꾸했다.

—그렇긴 해요. 실은 저 이런 자리 처음이거든요. 영화 일 하는 사람들은 모여서 무슨 얘기 하나 엄청 기대가 컸는데. 다들 자기

얘기만 하고, 별로 재미없었어요. 그 명품으로 휘감은 여자는 유럽이 그렇게 좋으면 거기 가서 살지? 완전 잘난 척하던데. 돈자랑하는 아줌마는 누구예요?

―응, 팬.

―그럴 줄 알았어. 전화까지 걸고 쫓아와서는 옆에 앉아 계속 술이나 따르고.

―할 수 없지.

귀찮은 존재라는 듯 요셉이 심드렁하게 대꾸했다. 이채가 빙긋 웃으며 덧붙였다.

―근데 솔직히 말하면, 좀 부럽기도 했어요.

요셉은 이채가 도경 대신 자신의 옆자리에 앉아 술을 따라주고 싶었다는 뜻이라고 생각했다. 그러나 이채의 입에서는 다른 말이 흘러나왔다.

―돈 많은 남자랑 결혼한 거요. 나도 그렇게 될 수 있을까. 재단 직원 그 여자같이 좋은 직장에 취직하기는 틀렸고. 선생님, 저 좀 한심하죠? 아니, 욕심이 많은 건가.

―젊은이들은 욕심을 부려야지. 욕망을 키우라고. 기성세대들을 밀어내야 해. 이런 한심한 세상을 물려줘놓고 사과를 해야지, 자리를 차지하고 앉아서 가르치려고만 하잖아. 그것도 잘 들어보면, 자기가 뭘 안다는 얘기만 있지 뭘 생각한다는 얘기는 하나도 없어.

―그런가? 사실, 별로 희망이 없으니까 열심히 하고 싶지도 않아요.

이채는 자신의 손등을 내려다보았다. 그리고 진한 핑크빛 매니큐어 위에 자잘한 흰 꽃이 꼼꼼히 그려진 긴 손톱을 요셉의 눈앞으로 가까이 가져갔다.

—그래도 저 나름 일 열심히 해요. 오늘 어떤 뚱뚱한 여자 손님이 왔는데요, 엄청 내성적인 것 같았어요. 말도 완전 느리고. 친구가 한명도 없대요. 그리고, 손 잡아주는 게 좋아서 외로울 때 네일 관리 받으러 온다는 거예요. 숍에서 도란도란 얘기하는 소리 듣고 있으면 꼭 친구 집에 놀러 온 것 같다고 그러는데, 왠지 얼굴을 못 쳐다보겠더라구요. 저 진짜 정성스럽게 해줬어요. 나 같은 사람한테 위로받으려는 사람도 있다니 열심히 살아야겠다 그런 생각이 들었거든요.

다음 순간 이채의 표정이 바뀌었다. 눈썹 끝이 치켜올라가 있었다.

—근데 언니가 말끝마다 철없다고 잔소리해서 미치겠어요. 그러는 자기는 진짜 더하면서. 글쎄, 선물 사주는 남자가 제일 섹시하대요.

—솔직하네.

요셉은 포털 싸이트에서 보았던 설문조사에 대한 기사를 떠올렸다. 데이트할 때 여자가 가장 싫어하는 남자는 외모나 성품이 마음에 안 드는 사람이 아니라 짠돌이였다. 결혼 결정에 영향을 주는 항목에서도 카드빚이 상대방의 과거 연애사보다 순위가 높게 나타났다. 기사의 결론은 물질적 풍요 속에서 자란 젊은이들의 물질만능주의가 심각하여 우려가 된다는 거였다. 그러나 요셉은 젊은이들이 허위의식의 무게에서 조금 벗어나 솔직해진 점도 있다고 생각했다.

—선생님은 진짜 이해를 잘하신다니까. 진짜 똑똑한 사람들은 남의 마음을 잘 아는 것 같아요. 선생님같이 제 마음을 딱 집어내는 분은 처음 봤어요.

—친구들이 더 잘 통하겠지.

—안 그래요. 다들 경쟁심이 심하고 자랑에다 질투, 숨기는 것도 많구요. 피곤해요. 선생님은 그런 게 없어서 마음이 편해요.

두 손으로 요셉의 팔을 감싸 잡아당기는 이채의 목소리에 콧소리가 섞여 있었다.

—선생님, 저의 멘토세요.

—멘토 같은 건 만들지 마. 한두가지 맞는 말은 어지간하면 다 해. 계속해서 맞는 말을 하는 인간이란 성립되기 어렵고. 그러니까 남을 다 믿지 말고 자기가 혼자 생각하라구. 세상이란 건 의심을 해도 절반은 속고 있다고 보는 게 맞아.

—근데요, 혼자 생각하는 게 제일 어려운 것 같아요, 선생님. 저는 저를 못 믿겠어요. 그치만 남한테 지적을 받으면 엄청 열받는 거 있죠. 나한테 왜 그러지? 엄청 까칠해져요. 나중에 혼자 생각하면서 막 후회하고.

—후회할 것 없어. 뻔뻔하게 욕망을 키워나가야 해. 싸드란 사람 말인데, 행복은 욕망 속에 있는 거야. 더 정확히 말하면 욕망을 가로막는 브레이크를 부수는 데 있어.

—역시!

이채는 다시 두 손으로 요셉의 팔을 잡고는 몸을 살짝 기댔다가 뗐다. 그런 다음 눈을 맞추며 요셉을 향해 활짝 웃음을 지어 보였다. 순간적으로 이채의 젖가슴이 요셉의 팔을 스쳤는데 그 탄력은 깊은 여운을 남겼다. 이채의 등 뒤 어두운 허공 속에는 목련꽃이 하얗게 피어 있었다.

—선생님, 이안 감독님이 진짜 제자였어요?

—응.

—원래 저렇게 예의가 없어요?

—변함없는 인간이지.

—분명히 속셈이 있다니까요. 자꾸 억지소리 하면서 물고 늘어지잖아요. 선생님이 돌려서 말해주는데도 못 알아듣고 계속 같은 얘기 또 꺼내고. 제가 보니까 말예요.

이채는 급정지 스튜디오에서 벌어진 일을 재구성하기 시작했다.

—재단 직원 그 여자가 제일 밥맛이야. 티를 너무 내요. 앞에 앉은 감독한테 완전 반했구요, 다른 사람은 다 무시하던데요? 이안 감독님 말도 안 듣잖아요. 전화도요, 몇번은 번호도 안 누르고 하는 척만 했어요. 그거 스크립터 언니가 쳐다보니까 기분 나쁘게 탁 째려보고. 그 언니를 제일 무시하더라구요. C언니가 그러는데 둘이 동갑일 거래요. 스크립터 언니는 진짜 착한 것 같애.

스카프의 매듭이 등 쪽으로 돌아가 환히 드러난 이채의 목덜미에 눈길을 주며 요셉은 무심히 고개를 끄덕였다.

─그 팀장 말예요, 왜 약속 안 지켜요, 짜증나게. 누구 계속 기다려야 하면 술자리 분위기가 좀 그렇잖아요. C언니 말이 원래 올 생각이 없었던 것 같대요. 그럴 거면 왜 다들 기다리게 만들어. 그 팀장이 오면 뭐가 어떻게 될 거라고 이안 감독님은 그렇게 애를 태우는 거예요? 상 받은 감독님한테 감정이 많은가보던데, 무슨 지원인가 못 받게 된 거, 그것 때문이죠?

─그렇겠지.

─그럼 그 감독님한테 싸움을 걸어야지 왜 선생님한테 그래요? 제자하고 사귈 수도 있잖아요. 좋으면 같이 잘 수도 있고. 자기 소설 베꼈다는 말도 진짜 웃기는 거 같애요. 저번에 선생님이 그러셨잖아요. 하늘 아래 새로운 이야기는 없고, 그걸 자기 식으로 쓰는 게 중요하다고.

─그랬나.

요셉은 계속 건성으로 대꾸했다. 이채의 몸짓에서 눈을 뗄 수가 없었다. 두 손으로 빠르게 제스처를 써가며 이야기를 하는 이채는 생기가 넘쳐났다. 어깨를 흔들고 가슴을 앞으로 내미는가 하면 고개를 갸웃거리면서 속눈썹을 깜빡거렸다. 핑크빛 손톱의 움직임은 마치 하늘에서 떨어지는 꽃잎의 율동 같았다. 말을 내뱉을 때마다 도톰하고 붉은 입술에서는 희미하게 입김이 뿜어나왔다. 이채 쪽으로 얼굴을 조금 가까이 가져간 요셉은 목련꽃 향기라고 생각했던 것이 이채에게서 풍기는 향수 냄새라는 걸 깨달았다. 요셉은 가볍게 한숨을 내쉬었다. 패턴과 통속을 이기기에는 자신이 너무 약

한 존재라는 체념과 모름지기 작가란 극단성과 데까당스를 갖춰야
만 한다는 결연함이 마음속에서 동시에 고개를 쳐들었다.

　—작가들도 힘들겠어요. 그죠?

　—경멸할 수밖에 없지만, 그래도 세계는 있어야 해. 우리가 대화
하기 위해서. 사랑을 배겨내는 침묵은 없거든.*

　요셉은 아무 말이나 머리에 떠오르는 대로 내뱉고 있었다. 말이
끝나자마자 감탄스러운 표정으로 요셉을 바라보던 이채는 그의 입
술이 다가오는 것을 보고는 그대로 가만히 눈을 감았다. 요셉은 소
리가 나도록 이채의 입술을 빨았다.

　—어?

　다음 순간 이채가 손가락으로 제 뺨을 만지며 요셉에게서 얼굴
을 뗐다. 그리고 손바닥을 앞으로 내밀었다.

　—눈 와요.

　요셉은 대꾸하지 않고 이채를 힘껏 끌어당겨 다시 한번 입을 맞
췄다. 눈발이 조금씩 날리기 시작했다. 요셉은 추워서 몸을 떨었다.
이채를 안은 팔에 힘을 주었다. 이채의 주머니에서 전화벨이 울렸
을 때 요셉은 움직이지 못하도록 이채의 어깨를 더욱 세게 끌어안
았다. 전화벨은 조금 오래 울렸다.

* 밀란 쿤데라 『정체성』 중.

240

도경과 요셉의 대단원, 어둡고 따뜻한 방

도경이 전하는 말은 도무지 두서가 없었다. 스스로 재미있어한다는 것만은 충분히 알 수 있었다. 긴 이야기를 마친 도경은 목이 마른 듯 탁자 위의 맥주잔으로 손을 뻗더니 깜짝 놀라 소리쳤다. 어머, 나도 다쳤잖아! 손등에 피가 조금 흘러나와 굳어 있었다. 파편이 튀었나봐. 도경은 침대 옆으로 가서 스탠드 램프의 불빛에 손등을 이리저리 비춰가며 손톱 끝으로 부러진 연필심만한 유리조각을 빼냈다. 그러고는 화장지를 뽑아 손등을 누른 채 눈으로 전화기를 가리키며 말했다. 선생님, 맥주 더 시켜요? 요셉은 고개를 끄덕였다. 도경을 침대에 눕힐 마음은 전혀 들지 않았다. 양복 재킷도 그대로 입은 채였다. 요셉의 머릿속은 도경에게서 들은 이야기를 짜맞춰보느라 분주했다. 캐릭터가 분명했기 때문에 플롯을 파악하기는 그리 어렵지 않았다.

젊은 감독과 이채, 그리고 요셉이 자리를 비운 뒤 테이블에는 여섯 사람이 남아 있었다. 말없이 술만 따라 마시는 이안은 몹시 피곤해 보였다. 재단 직원이 이안의 유학 시절에 대해 물으며 다시 유럽 이야기를 꺼냈지만 몇 마디 형식적인 대꾸가 돌아왔을 뿐이었다. 재단 직원도 이내 조용해졌다. 그녀는 휴대폰을 켜서 액정화면을 들여다보기 시작했는데 도경에게는 한마디도 건네지 않았다. 뒤늦게 마시기 시작한 스크립터는 묵묵히 술만 축내고 있었다.

가라앉았던 분위기가 급격히 되살아난 것은 젊은 감독이 돌아오면서부터였다. 젊은 감독은 코끝이 빨갰고 몸에서 냉기가 전해져 왔다. 자기가 앉았던 자리로 돌아가려는 젊은 감독을 이안이 불러 옆자리로 오게 했다. 요셉의 자리였다. 이안은 누구나 한눈에 알아 챌 수 있을 만큼 술이 오른 상태였다. 이안이 누구와 통화했느냐고 묻자 젊은 감독은 웃으며 대답을 피했다. 이안은 젊은 감독이 실력 도 있고 인맥도 탄탄하고 성격도 좋아서 앞으로 잘 풀릴 거라고 비 아냥거렸다. 부모가 다 살아 계시느냐고 묻더니 아버지 직업까지 물었고 젊은 감독의 마지못한 대답을 듣자 대뜸 부모 복까지 타고 났다며 그의 행운에 또 한번 탄복했다. 앞으로 잘 부탁한다는 말도 여러번 했다. 그리고 그런 말로 이죽거리는 사이사이 계속해서 누 구와 통화했는지를 집요하게 묻는 것이었다. 마침내 젊은 감독이 잘 알고 있는 것 같은데 왜 자꾸 묻느냐고 삐딱하게 대꾸했다. 김 류 팀장하고 통화했느냐고 되묻는 이안의 목소리는 잠겨 있었다. 젊은 감독은 아니라고 간단히 대꾸했다. 이안은 난데없이 젊은 감 독에게 몇살이냐고 물었다. 그러고는 대답을 기다리지도 않고 벌 떡 일어나, 나이도 어린 새끼가 건방지게!라고 소리지르며 탁자 위 로 술잔을 힘껏 내던졌다. 젊은 감독이 반사적으로 자리에서 일어 섰고 다음 순간 그의 머리 위에서 술병이 퍽 소리를 내며 깨졌다. 술병을 맞은 젊은 감독은 잠시 그대로 고개를 숙인 채 얼굴로 흘러 내리는 술과 깨진 병조각을 몇번 터는가 싶더니 곧바로 이안에게 로 몸을 날렸다. 그리고 바닥에 맥없이 나동그라진 이안을 짓밟기 시작했다. 소리를 지르며 재단 직원이 일어났고 뒤이어 C가 뛰어들었다. 두 여자는 젊은 감독의 양쪽 팔을 하나씩 붙들었다. 싸우려거든 밖으로 나가라고 욕을 퍼부으며 정연도 힘을 보탰다. 소리치는 여자들의 목소리와 스피커의 음악 소리가 겹쳐지고 이안의 신음소리와 젊은 감독의 욕설이 더해져 술집 안은 순식간에 아수라장이 되었다. 스크립터만이 무관심한 표정으로 자리를 지킨 채 술잔을 기울였다. 도경은 쓰러진 이안을 더 잘 보기 위해 의자에서 일어섰다. 마침내 세 여자는 젊은 감독을 이안에게서 떼어놓았다. 젊은 감독도 더는 때릴 마음이 없었는지 두 팔로 얼굴을 감싸쥐고 무릎을 굽힌 채 시멘트 바닥에서 버르적거리는 이안에게 차가운 시선을 던진 다음 의자에 가 앉았다. 그제야 젊은 감독의 머리가 피투성이라는 걸 발견한 재단 직원이 비명을 질렀고 C가 택시를 부르기 위해 뛰어나갔다.

젊은 감독과 재단 직원이 병원으로 떠난 뒤 술집에 남은 손님은 도경과 이안과 스크립터 셋뿐이었다. C와 정연은 어지러운 술자리를 치우지 않고 그대로 둔 채 창가 자리로 옮겨서 자기들끼리 숙덕거리고 있었다. 누군가가 전화를 받지 않는다고 짜증을 내는 정연의 목소리가 간간이 들려왔다. 스크립터는 작정한 듯 술을 마셨다. 이안은 이따금 팔과 고개를 앞뒤 좌우로 움직여보며 분이 풀리지 않는 표정으로 담배를 피워댔다. 입술이 터지긴 했지만 재빨리 방어자세를 취한 덕분인지 다친 곳은 별로 없는 것 같았다. 이안이 계속해서 식식대는 데에는 재단 직원이 술값을 내지 않고 갔기 때문에 화가 난 탓도 있을 거라고 도경은 짐작했다. 도경은 손목시계를 확인하고 생각보다 시간이 많이 흘렀음을 알았다. 그때까지 돌아오지 않고 있는 요셉에게 전화를 걸어보았지만 벨소리는 의자에 걸어둔 요셉의 양복 재킷 주머니에서 울렸다. 요셉의 양복 어깨 위에도 유리 파편이 튀어 있었다. 술에 젖어서 소매 부분이 조금 축축했다. 도경은 의자에서 양복 재킷을 벗겨 가볍게 턴 다음 다시 걸쳐놓았다. 떨어져 앉아 각기 침묵하고 있는 이안과 스크립터 사이에서 도경이 할 수 있는 일은 이제 스크린 속의 오페라 무대를 올려다보는 것뿐이었다.

류가 급정지 스튜디오의 문을 열고 들어선 것은 그때였다. 바바리코트 주머니에 두 손을 집어넣은 류는 문앞에 서서 잠시 실내를 둘러보았다. 그런 다음 이안 쪽으로 천천히 다가왔다. 류가 가까이 왔을 때 도경은 밖에 눈이 오고 있다는 걸 알았다. 류의 검은 머리카락과 바바리코트 깃 위에 남아 있는 희끗희끗한 눈이 불빛을 받아 반짝였다. 류는 똑바로 걸어와 자연스럽게 이안의 옆에 앉았는데 그 자리는 처음부터 류의 자리로 정해진 곳이었다. 그녀는 오래 머물지 않았다. 코트도 벗지 않은 채 맥주를 두 잔쯤 마셨고 한 차례 걸려온 전화를 받았다. 그리고 이안과 낮은 목소리로 얘기를 나누었다. 말을 하는 쪽은 주로 이안이었다. 이안의 말을 듣는 동안 류는 술이 엎질러지고 유리 파편이 흩어져 있는 요셉의 빈자리에 물끄러미 시선을 던졌다. 류가 자리에서 일어났을 때 머리카락과 어깨 위의 눈은 사라지고 없었다. 스크립터와 도경에게 사무적인 눈인사를 던진 뒤 카운터 쪽으로 걸어가는 류를 이안이 뒤따라갔다. 그리고 어디에선가 카메라를 들고 나와 뭔가 설명하기 시작했지만 류는 아무 말 없이 술값을 계산하고는 눈 내리는 골목으로 걸어나갔다.

류가 떠난 뒤 자리로 돌아온 이안은 스크립터에게 그만 마시라고 소리를 질렀다. 냉큼 일어나 카운터 쪽으로 간 스크립터가 잠시 후 다시 나타났을 때는 묵직해 보이는 커다란 가방 두개를 메고 있었다. 자리에서 일어서려던 이안은 가벼운 비명을 지르며 다시 의자에 주저앉았다. 아까는 몰랐는데 다리를 다친 것 같았다. 표정으로 보아서는 말할 수 없이 아픈 모양이었다. C의 부축을 받으면서 발을 질질 끌다시피 술집을 나가는 이안의 축 처진 뒷모습에 비한다면 스크립터는 오히려 명랑하게 걸음을 떼놓고 있었다. 두 사람마저 떠나버리자 혼자 남은 도경은 하는 수 없이 요셉의 양복 재킷을 챙겨들고 자리에서 일어났다.

4월에 웬 눈이야. 근데 옷을 갖고 가버리면 선생님이 추울 테고, 눈치가 보여서 마냥 기다릴 수도 없고, 진짜 곤란했다구요. 하필 왜 내가 그 자리에 끝까지 있었던 거지? 오분만 기다리려고 했는데, 선생님 정말 딱 오분 뒤에 오시더라? 벌벌 떨면서. 화장실을 어디까지 가셨길래 그렇게 꽁꽁 언 거예요? 말을 멈춘 도경이 요셉을 빤히 바라보았다. 이채라는 애랑 같이 갔죠? 아니. 술잔을 입에서 떼며 요셉이 대수롭지 않게 대답했다. 선생님 진짜 웃겨. 그 이상한 이름, 류? 그 여자 만나러 술자리에 간 거잖아요. 새 양복까지 사 입고. 근데 잠시 한눈팔다가 놓쳐버렸어. 내 말 맞죠? 아무 대꾸

도 하지 않는 요셉의 앞으로 얼굴을 바짝 가져가며 도경이 고자질
하듯 덧붙였다. 그 여자는 선생님 만날 생각 없나봐. 이안 감독이
선생님 화장실 갔다, 저게 선생님 양복이다, 몇번이나 말했거든요.
근데 잘 듣지도 않던데요? 역시 못된 여자라니까. 그 여자 잊어요,
선생님.

요셉은 쏟아지는 눈발 속으로 사라지던 류의 뒷모습을 생각하고
있었다. 추운 계절에는 만난 적이 없었기 때문에 바바리코트를 입
은 모습은 처음이었다. 그런데도 첫눈에 알아보았다. 이채와 다시
만날 약속을 하고 급정지 스튜디오로 급히 돌아가던 요셉은 골목
어귀에서 갑자기 걸음을 늦췄다. 앞서 걸어가는 긴 머리 여자의 뒷
모습을 보자마자 그것이 류라는 걸 알 수 있었다. 류가 술집 안으
로 들어가는 걸 확인하고 이제야말로 화장실에 들어간 요셉은 오
줌을 눈 뒤 세면대 거울에 얼굴을 비춰보았다. 어깨 위의 눈을 천
천히 떨어내고 이마에 달라붙은 젖은 머리카락을 넘겨올려 정수리
의 빈 곳을 가렸다. 그러나 문을 열고 나가려던 요셉은 문득 걸음
을 멈추었다. 거울 앞으로 돌아가 다시 한번 자신의 모습을 바라보
았다. 십년 전의 자신으로 되돌아가서 십년 뒤의 자신을 바라보는
기분이 들었다. 거울 속의 남자는 자신이 한번도 상상해본 적이 없
는 낯선 남자의 모습을 하고 있었다. 십년이라는 시간 너머 어딘가
에 실이 끊어진 채 버려진 타래를 끌어당겨올 만한 힘이나 욕망은
전혀 없어 보였다. 화장실을 나온 요셉은 계단의 어둠 속에 서서
오들오들 떨며 시간을 보냈다. 눈발이 점점 굵어졌다. 얼마 뒤 류가

다시 급정지 스튜디오의 문을 열고 나왔다. 류가 쏟아지는 눈발을 뚫고 골목 저편으로 사라져갈 때 몇번인가 이름을 부르며 달려가려 했지만 요셉의 몸은 점점 얼어붙어갈 뿐이었다.

담배 없지? 요셉의 말에 도경이 전화기를 가리켰다. 시킬까요? 됐어. 요셉은 고개를 숙이고 잔에 술을 따랐다. 선생님, 화장실 갈 때 이안 감독한테 뭐라고 한 거예요? 약올라 죽던데. 응, 그거? 요셉이 심드렁하게 대꾸했다. 내 마누라하고 잔 거 다 안다고 그랬지. 진짜? 그게 진짜겠어? 그렇구나. 고개를 몇번 끄덕이고 나서 도경이 다시 물었다. 이안 감독 영화는 이제 끝난 거야, 그죠? 왜? 뻔하지 뭐. 사람이 병원에 실려갔는데. 그 여직원 있잖아요. 뭐가 그렇게 급해? 나가다가 넘어지기까지 했다니까요. 팬티가 다 보였어. 자주색이던가? 요셉의 말에 도경이 킥킥 웃었다. 아무튼 난 오늘 싸움 구경도 하고 뮤직비디오도 실컷 봤네. 선생님, 그 오페라 제목이 뭐예요? 나쁜 남자와 뻔뻔스러운 여자 이야기. 진짜? 재밌겠다. 그래서 둘이 어떻게 돼요? 요셉은 그 여름 류가 식탁에 앉아 턱을 괸 채로 조용히 부르던 아리아를 떠올리며 도경에게 오페라의 줄거리를 들려주었다.

전설시대의 아름다운 중국 공주는 남성혐오론자이다. 청혼자들에게 수수께끼를 내서 맞히면 결혼하지만 못 맞히면 죽인다는 룰을 걸고 게임을 벌인다. 수많은 왕자들이 목숨을 잃는다. 자기 나라에서 쫓겨나 떠돌던 한 왕자도 공주를 본 순간 사랑에 빠져 수수께끼에 도전한다. 병든 아버지와 자신을 사랑하는 노비가 간곡히 말리지만 왕자는 이기적이고 나쁜 남자라서 막무가내다. 다행히 왕자는 공주가 낸 세개의 수수께끼를 모두 맞힌다. 계획이 틀어진 공주는 이름조차 모르는 남자와 결혼할 수는 없다며 발뺌하려 한다. 이번에는 왕자가 수수께끼로 승부를 건다. 공주가 자신의 이름을 맞히면 죽임을 당해도 좋지만 못 맞히면 자신과 결혼해야 한다는 것이다. 온 나라에 왕자의 이름을 맞힐 때까지 잠을 자지 말라는 비상이 선포된 가운데 공주는 인질로 삼은 노비를 끌고 나와 왕자의 이름을 불라고 심문한다. 그러나 노비는 나쁜 남자를 위해 스스로 목숨을 끊는다. 노비의 사랑과 헌신을 목격한 공주는 마음이 약해지고 그 틈을 이용해 나쁜 남자는 무작정 공주에게 달려들어 키스를 한다. 그리고 거기 넘어간 공주는 뻔뻔스럽게도 왕자의 이름이 바로 사랑이었다고 노래 부르는 것이다.

요셉은 이 세상에 사랑을 이루는 건 나쁜 남자와 뻔뻔한 여자 들뿐이라는 말로 이야기를 끝맺었다. 놀라는 표정으로 도경이 말했다. 선생님이 나한테 뭘 이렇게 자세히 말하는 거 처음 봐. 선생님 음악 좋아하셨구나. 인도 식당에 가서 인도 유행가를 주로 듣지. 요셉이 이죽거렸다. 집에 오디오가 없어서 말야. 그 말은 오디오가 포함된 집을 아내가 독차지하고 있어 불만이라는 뜻이었다. 내가 선물할게요. 도경에게서 대뜸 대답이 나왔다. 요셉이 고개를 돌려 도경을 빤히 바라보았다. 넌, 왜 나한테 잘해주는 거냐? 귀찮게. 왜요? 도경이 생글거렸다. 내가 유부녀잖아. 잘해줘봤자 선생님은 두 번째인데, 성의를 보여야죠. 생각 잘했군. 요셉은 아무렇게나 한마디 던졌다. 도경의 헌신은 희생적 포즈도 없고 자기만족도 없었고 상대의 마음에 들려고 눈치를 보지도 않았다. 서로에게 당당한 거래였다. 그제야 양복 재킷을 벗는 요셉을 바라보며 도경이 말을 이었다. 선생님 아까 진짜 불쌍하더라. 양복 걸치고 나서도 막 떨고. 술집 나오자마자 따뜻한 방부터 찾았잖아. 근데 선생님. 도경이 속눈썹을 깜박거렸다. 선생님은 누구한테 잘해주실 거예요? 무슨 말이야? 두번째가 누구냐구요. 요셉의 머리에 이채의 얼굴이 떠올랐다. 아직도 기다리고 있진 않을 것이다. 급정지 스튜디오로 돌아간 요셉이 도경에게서 양복 재킷을 받아들 때 정연은 통화를 하고 있었다. 너 올 때까지 가게 안 닫으니까 알아서 해! 요셉을 의식하고 목소리를 높이는 게 틀림없었다.

요셉의 입에서 불현듯 한숨이 새어나왔다. 얼었던 몸이 녹으면서 심신이 나른해지고 만사가 귀찮았다. 눈을 감고 소파에 등을 기대는 요셉을 보고 도경이 웃음을 터뜨렸다. 그냥 한번 물어본 거야, 선생님. 난 몇번째든 상관없어. 나 별생각 없이 살잖아요. 근데 오페라는 좀 멋진 것 같아. 그거 가르쳐주는 학원도 있을까? 난 배우는 게 좋아요. 누굴 따라 하고 있으면 아무 생각 없고 마음이 편해지잖아. 요셉은 소파에 기댔던 고개를 조금 세우고 도경을 흘끗 바라보았다. 다음 순간 입에서 퉁명스러운 말이 튀어나왔다. 시계 좀 그만 봐. 지겹다. 그리고, 난 앞으로 까치한테나 잘해줄 생각이야. 기쁜 소식도 전해주고 얼마나 귀여워. 참, 선생님. 뭔가 생각난 듯 도경이 눈을 깜박였다. 이안 감독이 키스는 했나봐. 무슨 소리야?

딱 한번 키스했는데 그걸 갖고 의심한다고, 선생님한테 도둑놈 심보 어쩌구 하던데? 뭐? 요셉은 벌떡 몸을 일으켰다. 그러나 다시 기운 없이 소파에 몸을 내려놓고 말았다. 그래. 등받이에 머리를 기대며 요셉은 입속으로 중얼거렸다. 따분할 것도, 아득할 것도, 너절할 것도, 허전할 것도 없다.*

---

* 서정주 「침향」 중.

요셉의 노래

침향은 따뜻한 기운과 깊은 향기를 갖고 있는 약재이다. 한 시인
이 노래했듯이 옛사람들은 침향을 만들기 위해 골짜기에서 내려
온 물이 바다와 만나는 지점에 참나무 토막을 수백년 동안 담가놓
았다. 삼백년은 지나야 향기가 나기 시작하고 천년쯤 잠긴 것은 냄
새가 더욱 좋다. 사춘기 때 처음 그 시를 읽고 요셉은 몇가지 질문
에 사로잡혔다. 천년 뒤에나 쓸 수 있는 향기, 그러니까 천년 뒤에
태어날 누군지 모르는 사람을 위해 뭔가를 만드는 일. 대체 거기에
는 어떤 상상력과 허무의 스케일이 들어 있는 것일까. 그 스케일이
얼마만해야 그런 걸 만들고자 하는 낙관이 되는 것일까. 욕망이 성
립되지 않는 곳에 스케일이 생겨나는 것일까. 그때까지 요셉이 알
던 세계는 훨씬 명확했다. 두개의 길 가운데 하나를 선택했고 그것
이 자신의 인생이 되었으며 그로 인해 가지 않은 길에 대해 생각한

다는, 교과서에 나오는 시 정도였다. 침향의 세계는 분명 다른 차원에 있었다. 그러나 그때의 요셉이 대답을 찾기에는 너무나 아득하고 모호한 세계이기도 했다. 십년 전 류가 말없이 S시를 떠나버린 뒤 사실 요셉은 그녀를 만난 적이 있었다. 대학강사를 그만두고 장편소설을 쓰기 위해 스키장이 있는 콘도미니엄에 묵고 있던 때였다. 3월이라서 폐장을 앞둔 스키장은 한산했다. 스키하우스의 상가도 문을 닫은 곳이 많았다. 요셉은 산책 삼아 숲길을 걸어올라가서 숲 안쪽에 자리잡은 호텔의 라운지 바에서 커피를 마시곤 했다. 이국적인 분위기가 물씬 풍기는 그 호텔은 알프스 샬레풍의 목조건물이었는데 그쪽 어느 나라의 건축가가 설계한 것이었다. 라운지 바의 천장과 벽은 모두 통나무였고 구석에서는 벽난로가 타고 있었다. 군데군데 커다란 새장이 매달려 있어 굳이 귀를 기울이지 않더라도 조용한 클래식 연주음악 사이로 언제나 새소리가 들려오곤 했다. 값이 비싼데다 교통이 몹시 불편한 곳이었고 손님은 많지 않았다. 요셉이 콘도미니엄에 머무는 한달 동안 두 차례 여자 손님이 찾아왔다. 요셉은 그곳에서 그중 한 여자와는 커피를 마셨고 눈오는 날 찾아온 또다른 여자와는 맥주를 마셨다. 류와 마주친 것은 두번째의 여자 손님과 맥주를 마시던 날이었다. 밤이 깊었고 술도 적당히 올랐으므로 그만 방으로 함께 들어가야겠다고 생각하며 요셉은 무심히 실내를 둘러보았다. 조도 낮은 부분조명 아래에서 종업원 몇이 조용한 움직임으로 문 닫을 준비를 하고 있었다. 실내 공기는 따뜻하고 나른했다. 안개 속을 헤매는 듯한 모차르트의 클라리넷 곡이 흐르고 있었고 작게 틀어놓은 물소리와 접시를 포개 놓는 조심스러운 마찰음 사이로 드문드문 나지막한 말소리가 들려왔다. 손님은 건너편 자리에 혼자 앉아 있는 여자뿐이었다. 그녀는 흰 이마와 반듯한 콧날 아래 흐르는 듯한 부드러운 입술의 씰루엣을 보인 채 조용히 웨이트리스의 움직임을 바라보고 있었다. 요셉은 눈을 의심했다. 그러나 한쪽 손으로 턱을 괴고 탁자에 비스듬히 몸을 기댄 그 모습은 틀림없이 류였다. 류가 바라보는 웨이트리스는 발목까지 내려오는 검은색 에이프런 아래 납작한 메리제인 슈즈를 신은 가냘픈 소녀였다. 손에는 검은색 보자기를 들고 있었다. 소녀는 발소리를 죽이며 붉은 카펫 위에서 조용히 걸음을 옮겼다. 그리고 탁자 사이를 지나 새장 앞에 멈춰서더니 거기에 조심스럽게 검은 보자기를 씌우는 것이었다. 새들을 잠재우는 시각이었다. 라운지 바에 있는 여러개의 새장을 돌아다니며 소녀는 똑같은 동작으로 하나하나 보자기를 씌웠다. 마치 미사가 끝난 뒤 긴 옷자락을 끌며 제단의 촛불을 끄고 다니는 수녀처럼 실내를 서서히 어두움과 침묵으로 덮어갔다. 류는 한순간도 눈을 떼지 않고 그것을 지켜보고 있었다. 요셉은 여자를 재촉해 서둘러 자리에서 일어났다. 하이힐을 신었던 그 여자를 데리고 눈길에 어떻게 콘도미니엄의 방까지 내려갔는지 기억조차 없었다. 여자에게 무슨 핑계를 대고 혼자 다시 밖으로 나왔는지도 역시 생각이 나지 않았다. 밤이 깊어지면서 눈발이 굵어져 있었다. 점점 무서운 기세로 차가운 대기를 휘젓기 시작했다. 바람도 매서웠다. 요셉은 눈보라 속을 미친

듯이 뛰었다. 퍼붓는 눈 속에서 오르막길을 헤쳐가기가 쉽지 않았
다. 차가운 눈송이가 얼굴을 덮치고 시야를 가로막아 눈을 뜰 수가
없었다. 몇번인가 넘어져 굴렀다. 그때마다 온 힘을 다해 몸을 일으
키며 요셉은 수없이 중얼거렸다. 기다려줘, 류. 내가 가고 있어. 기
다려줘. 뜨거웠던 그해 여름. 온 나라가 폭염으로 달구어져 들끓던
계절. 우리는 뜨거운 진흙탕에 빠진 것처럼 이불 속에서 얽혀 허우
적댔고 몸속의 마지막 땀까지 쥐어짜며 사랑을 나눴지. 우리는 세
상의 버린 자식이 되기를 기도했었어. 그 높고 검은 벌판에는 너와
나뿐이었잖아. 기다려, 류. 내가 가고 있어. 눈물인지 콧물인지 모
를 뜨거운 것들이 뒤범벅된 채 얼어붙어 얼굴이 뻣뻣해진 요셉이
마침내 폭설을 뚫고 호텔 앞에 당도했을 때에 거짓말처럼 눈이 그
쳤다. 냉기로 수축된 검은 하늘과 숲 사이로 희끗희끗한 눈발 몇개
가 기운 없이 흩날릴 뿐이었다. 요셉은 숨을 고르며 잠시 가만히
서 있었다. 호텔에서 새어나오는 희미한 불빛과 눈이 그친 밤 숲의
정적이 요셉을 감쌌다. 짧은 순간 요셉은 알 수 없는 날카로운 슬
픔에 사로잡혔다. 거기에는 까마득한 허공에 던져진 듯한, 역시 정
체를 알 수 없는 완강한 고독과 경건한 공포 같은 것이 버티고 있
었다. 요셉은 불현듯 자신이 어떤 문 앞에 서 있으며 그 문을 열면
거기에는 원하는 것이 아니라 원하는 것 너머가 있다는 걸 깨달았
다. 누군가 요셉의 눈앞에 천천히 검은 보자기를 씌워주고 있었다.
류가 바라보던 새장 속의 새가 그랬듯이 요셉은 자신의 눈앞으로
어두운 막이 내려지는 걸 묵묵히 바라보았다. 어둠은 한순간에 왔

고 모든 걸 차단했다. 요셉은 몸을 돌려 자신이 눈보라를 뚫고 울며 달려온 길을 돌아보았다. 그리고 천천히 그 길을 걸어내려가기 시작했다. 다음날 후회에 빠진 요셉은 여자 손님이 떠나자마자 다시 호텔을 찾았다. 호텔 규정상 투숙객 이름을 확인해줄 수 없다는 말에 하릴없이 라운지 바를 둘러보기도 했다. 그리고 그후 사흘 동안 매일 라운지 바에 올라가서 커피를 마시며 시간을 보냈다. 그렇게라도 하지 않고는 마음속의 격렬한 갈망을 스스로에게 납득시킬 수가 없었다. 갈망을 납득한다면 분열과 도망침은 또 어떻게 설명할 수 있을까. 단지 비겁했기 때문이었을까. 어쨌든 분명한 것은 그때 라운지 바에서 시간을 보내는 동안 머릿속에 침향에 대한 생각이 떠나지 않았다는 거였다. 천년 뒤에 태어날 모르는 사람을 위해 침향을 만드는 허무와 낙관의 스케일이 그때의 요셉에게는 욕망의 서사로 다가왔다. 가장 먼 것에 대한 욕망이야말로 가장 완벽하게 소유할 수 있는 욕망이었다. 요셉은 그 콘도미니엄에서 장편소설을 탈고했다. 그리고 그것은 거의 읽히지 않았다. 그나마 가장 호의적인 평가는 '믿을 만한 작가가 쓸 만한 작품이 아니다'였다. 요셉은 분노했다. 믿을 만한 작가라면 못 쓴 것이 아니라 안 쓴 것이다. 안 쓴 것을 보고 그 작가를 믿지 않게 되었다면 그가 그동안 믿은 것은 무엇인가. 요셉은 낡은 형판으로 상투적인 본을 찍어내는 패턴이라는 권력에 신물이 났다. 그것을 집행하는 자들은 외과의사처럼 누군가 메스와 소독가위를 건네주면 그것으로 환부를 잘라낼 뿐 고통의 고유성에는 관심이 없다. 요셉은 인간이라는 유한한 존재가 존엄성을 가질 수 있는 것은 개인의 고유함 덕분이라고 생각했다. 고유함이 없다면 인간은 시간이 되면 꺼지는 기계처럼 패턴에 의해 소비될 뿐이다. 패턴에는 매혹이 없었다. 타인이 지겨운 것은 관계를 맺기 위해 그런 패턴의 세계로 들어가야 하기 때문이었다. 그러나 타인에 대한 환멸에는 그나마 고독이 위로가 되었다. 환멸을 완성하는 것은 자기 자신에 대한 염증이었다. 류가 공책에 쓴 것과 달리 어두운 숲을 물려받은 자에게 움직이는 숲을 보는 날은 오지 않았다. 요셉은 검은 보자기로 덮인 어둠 속에서는 노래할 수가 없었다.

류의 노래

아주 오래전 어느 봄날 류의 아버지는 세상에서 가장 아름다운 여인을 보았다. 그녀는 공중전화부스의 유리에 기댄 채 통화를 하고 있었다. 아버지는 그녀의 눈빛과 입술과 상기된 표정에서 눈을 뗄 수가 없었다. 한순간 그녀의 얼굴로 웃음이 퍼져나갔을 때 봄 햇살이 비쳐든 듯 전화부스 안이 환해지면서 엄청난 볼티지의 전율이 아버지의 심장을 강타했다. 류의 아버지는 즉시 사랑에 빠졌다. 몽유병자처럼 비틀거리며 장님처럼 맹목으로 그녀에게 달려갔고 그녀로 하여금 그 부스에서 통화하던 남자를 버리도록 만드는 데 성공했다. 류의 어머니는 애인을 배신하고 류의 아버지와 결혼했다. 그리고 결혼생활 내내 고독에서 벗어날 수 없었다. 류는 어머니의 이혼과 재혼 모두 고독 때문이라고는 생각하지 않았다. 어머니는 그녀다운 이지적인 독립심으로 고독의 침전물 속에서 자유로

움과 평화를 찾아냈고 그 범주 안에서 인생을 꾸려나가는 데 익숙해진 지 오래였다. 복수심 때문도 아니었다. 함께 사는 동안에도 이미 품위있고 차가운 방식으로 자신의 인생을 아버지와 분리시켜왔다. 복수라면 아버지를 고독하게 만든 것으로 충분했다. 아버지를 향한 복수는 아니었다. 자신을 고독으로 이끈 매혹의 세계에 복수한 것이었다. 류의 아버지가 사랑에 빠진 것은 다른 남자와 통화하는 어머니의 모습이었다. 아버지를 어머니에게로 이끌었던 매혹은 처음부터 배신 속에서 잉태되었다. 어머니는 그 매혹을 고독으로 환산함으로써 운명에게 갚아주었던 것이다. 그리고 그것은 시작될 때처럼 불현듯 끝났다.

어느 휴일 오후 어머니가 뒷마당 덱의 피크닉 테이블에서 홍차를 마시며 책을 읽고 있을 때 먼지를 뒤집어쓴 아버지의 낡은 지프가 모습을 나타냈다. 차에서 내린 아버지는 어머니를 발견하고 손을 번쩍 들어 보인 다음 성큼성큼 집 안으로 걸어들어갔다. 어머니는 계속해서 책을 읽었다. 두시간쯤 뒤 책을 덮고 찻잔을 챙겨 일어나던 어머니는 피크닉 테이블 앞에 잠시 그대로 서 있었다. 뭔가 일어났었다는 느낌이 들었는데 그게 무엇인지 얼른 떠오르지 않았다. 어머니는 고개를 들어 지난 주말 자신이 깎아놓은 잔디와 그 사이사이 돋아난 노란 민들레에 무심한 눈길을 던졌고 한참 뒤에야 보름 동안 소식을 몰랐던 아버지가 집에 돌아왔다는 걸 기억해 냈다. 어머니는 다시 의자에 앉았다. 햇살은 부드럽고 대기는 맑았으며 꽃향기 섞인 미풍이 불어오는 멋진 날씨였다. 옆집의 노부부는 이층 발코니에 의자를 내놓고 썬글라스를 쓰고 앉아 와인을 마시고 있었다. 꼬리 긴 다람쥐 한마리가 천칭 모양의 새 모이통에 매달려 그네를 타듯 흔들흔들 씨앗을 훔쳐 먹는 중이었다. 어머니는 눈을 들어 담장 아래 잎이 무성한 삼나무 세그루를 바라보았다. 이사 온 첫날 어린 류를 자전거 뒷자리에 태운 류의 아버지가 그 나무 사이사이로 곡선을 그으며 페달을 밟는 모습이 스쳐갔다. 짧은 머리를 나풀대며 그때와 똑같은 동선으로 혼자 자전거를 타던 소녀 류의 모습도 보였다. 어머니는 또 마른 흙으로 덮인 작은 화단을 보았다. 아버지가 비료를 여덟 부대나 사온 뒤 이틀 동안 삽으로 갈아엎어 밭을 만들고 채소 모종을 잔뜩 심었지만 물을 주지 않아 모조리 말라 죽은 뒤 아무것도 심지 않게 된 화단이었다. 어머니는 정원 장화를 신고 화단 한가운데 호스를 들고 서 있던 어린 류의 젖은 머리카락과 울먹이는 얼굴을 보았다. 어느 황금연휴 내내 아버지는 뒷마당에서 스케치 도면과 목공기구들에 둘러싸여 어린이용 책상을 만들었다. 류의 열세번째 생일선물이 될 줄 알았던 그 책상은 연필로 눈금이 표시된 몇개의 이어진 판자의 상태로 차고 어딘가에 처박혀 있었다. 어머니는 또 류와 어머니가 배드민턴 공을 담장 밖으로 넘겨버렸을 때 덱에서 고기를 굽던 아버지가 달려가서 뛰어넘었던 쥐똥나무 담장을 보았다. 그사이 고기는 다 타버렸고 저녁으로 햄버거를 사러 갔던 아버지는 취해 돌아왔다. 어머니는 계속해서 보았다. 햇볕 좋은 날 헤드폰을 낀 채 해먹 위에서 모로 누워 잠들어 있던 아버지의 달큰한 숨소리와 배 위에서 규칙적으로 오르내리던 얇은 린넨 담요, 그리고 땀이 찬 헤드폰을 빼거나 햇볕에 달궈진 담요를 걷으면 그 즉시 눈을 뜨던 아버지의 화난 얼굴. 살아오는 동안 그런 낯선 얼굴과 부닥친 순간이 얼마나 많았던가. 어머니는 그 시간 너머를 보기 시작했다. 그 나라로 떠나오기 전 아버지와 함께 걸었던 캠퍼스와 거리들, 어깨에 두르고 있던 아버지 팔의 힘, 너털웃음, 벚꽃잎이 날리던 밤의 고궁, 골목의 포장마차에서 새어나오던 불빛, 비 오는 밤 술집 탁자 아래에서 잡았던 차고 축축한 손바닥, 아버지가 쓴 편지 겉봉의 큼지막한 글씨, 빛바랜 티셔츠에서 나던 빨랫비누 냄새와 푸른 잉크가 묻어 있곤 했던 팔꿈치, 그리고 아버지의 노랫소리와 숨 가쁜 맹세들을 보았다. 마치 천문학자들이 어느 별에선가 시작되어 우주를 통과하는 동안 그 거리만큼의 과거를 갖게 된 빛을 바라보듯이, 그 빛이 담고 있는 천체와 그보다 더 먼 과거로 존재하는 별의 시간을 보듯이 보았다. 그리고 그것들이 더이상 아무런 회한도 그리움도 불러일으키지 않는다는 것까지를 보았던 것이다. 자신은 사라져버린 별을 너무 오래 바라보고 있었다. 사라진 것은 완결된 것이며 완결된 것은 변하지 않는다. 죽은 것이다. 어머니는 눈을 감았다. 고독 역시 스스로 의식함으로써 살아 있을 뿐이었다. 이유를 깨달았다거나 시간에 지쳤다거나 하는 명분은 어리석고 공허했다. 어떤 일이든 때가 되었기 때문에 종결되는 것이며 때가 되었다는 말은 그때를 알았다는 뜻이기도 했다.

이혼한 다음 해에 한국으로 돌아온 아버지는 계속 혼자 살았다.

몇가지 안되는 아버지의 유품은 그때의 시간에 대해 아무것도 말해주지 않았다. 류는 아버지가 스스로 목숨을 끊었다는 걸 믿을 수가 없었다. 그것은 누구나 느끼는 충동이고 아버지의 경우 격정이나 취기에 떠밀려 행동에 옮겨볼 수는 있었겠지만 운명의 도움 없이는 성공하기 어려운 일이었다. 운명은 아버지와 어머니를 잇는 고통과 고독의 서사가 끝나기를 원했다. 어머니가 이혼할 때처럼 아버지가 스스로 세상을 등질 때에도 운명은 배신이라는 선택을 존중했던 것이다.

아버지의 죽음 이후 류는 한국에 정착했다. 정해진 인턴 기간을 마치고 떠날 계획이었던 외국 문화원의 정식 직원이 되었다. 그때의 류는 아버지의 죽음을 대하는 어머니의 냉담에 혼란을 느끼고 있었다. 자신에게 필요한 것이 어머니와의 거리인지 아버지를 향한 회복인지도 명확하지 않았다. 요셉을 만나게 되었을 때 류는 그에게서 아버지와 어머니 둘 다를 보았다. 무책임한 욕망에서 에너지를 얻는 한편 세상의 이중성과도 무난히 타협했다. 류가 설명할 수 없는 친연의 감정으로 강하게 요셉에게 이끌린 것은 자연스러운 일이었다. 부모의 나라에 이방인으로 온 류에게 요셉은 첫번째로 사랑을 고백해온 사람이기도 했다. 아버지의 장례식장 너머 굴뚝에서 뿜어져나오는 검은 연기를 바라보며 깊이 오열하던 류가 눈물을 멈췄을 때 요셉은 불현듯 옆에 서 있었다.

요셉과 함께 S시로 떠나는 비행기 안의 류는 격정에 휩싸여 있었다. 문화원은 본국의 기념일에 맞춰 일주일의 휴무에 들어갔는

데 그 기간이 끝나더라도 돌아가지 않을지도 몰랐다. 세상 끝까지
가보자는 요셉의 약속은 류에게 축제의 해방감을 주기에 충분했
다. 요셉은 매혹된 자의 무질서한 용맹으로 류를 자주 행복의 충동
한가운데에 빠뜨렸다. 젊은 예술가의 재능과 열정을 동원하여 발
길이 닿는 곳 어디에서든 사랑에 빠진 자들만의 완벽한 독립기지
를 건설해냈다. 그중 가장 완벽한 독립기지 안에 고립되기를 꿈꾸
며 떠난 것이 그 여행이었다. 비행기의 창가 자리에 앉은 류는 이
륙을 기다리는 활주로의 비행기들을 잠시 바라보았다. 류는 늘 혼
자서 여행했다. 마지막으로 함께 여행했던 사람은 대학 시절의 연
인이었던 K였다. 그는 류와 여행을 떠나기 전날 밤 류의 스튜디오
에서 류의 여자 친구와 키스했고 그녀의 귀고리를 셔츠 주머니에
넣은 채 류와 함께 비행기를 탔다. K와는 소식이 끊어진 지 오래였
다. 그 이후로 류에게는 두명의 연인이 있었다. 한국으로 오면서 모
두와 헤어졌다. 지난 일이었다. 비행기 동체가 약간 흔들리는 느낌
과 함께 택싱을 알리는 스튜어디스의 안내방송이 들려왔다. 안전
띠를 매기 위해서 고리를 찾던 류는 흠칫 놀랐다. 옆자리의 요셉이
팔을 뻗어 버클을 채워주었을 때 소리가 지나치게 크고 차갑게 류
의 귓속을 파고들었기 때문이다. 철컥, 하는 그 소리는 오래전 봄날
가족 피크닉을 떠나는 렌터카 안에서 창가 자리에 어머니를 묶었
던 그 안전띠 소리와 비슷했다. 버클이 채워진 뒤 아버지와 어머니
의 눈이 마주친 짧은 순간의 들리지 않는 총성을 신호로 그들은 점
점 서로에게서 멀어졌다. 그날의 기억이 떠오르자 류는 자신도 모

르게 오른손을 들어 왼쪽 가슴에 갖다댔다. 어두운 극장 안의 어머니와 똑같은 자세였다. 그 순간 비행기가 이륙했다.

아버지와 어머니의 서사를 통과한 류는 순진한 연인은 아니었다. 요셉의 궁극적 욕망이 자신의 내부를 향한 것이며 누구와도 공유할 수 없는 소설이라는 개인적 영역을 위해 소진된다는 것을 받아들이고 있었다. 그러나 류는 자신이 매료된 것이 태연함 속에 깃든 파탄의 맛이란 것을, 열렬한 삶 속에 깃든 차고 날카로운 죽음의 맛이란 것을 깨닫지 못했었다. 죽음을 기다리도록 태어난 무력한 존재들에게 그 죽음의 맛을 선택하는 것이야말로 가장 열렬하고 능동적인 삶의 증명이었다. 매 순간이 새로운 시작이면서 두번다시 오지 않는 끝이었다. 마지막일지도 모르는 것들과 결코 마지막이 아니라고 믿는 것들이 섞인 채로 흘러가는 것이다.

좌석 등받이와 함께 류의 몸이 뒤로 비스듬히 젖혀졌다. 가벼운 현기증을 느끼며 류는 고개를 돌려 옆자리의 요셉을 바라보았다. 감고 있던 눈을 뜨면서 요셉이 류를 향해 웃음을 지어 보였다. 그 다정한 웃음은 류를 슬프게 만들었다. 류는 알고 있었다. 그들이 가는 세상의 끝은 S시가 아니었다. 열정이 끝나는 소실점이었다. 매혹은 지속되지 않으며 열정에는 일정한 분량이 있다. 그 한시성이 그들을 더욱 열렬하게 만든 것이었다. 류는 그들에게 주어진 매혹과 열정의 시간이 끝나버리는 날 자신이 혼자 비행기에 실려 돌아오리라는 걸 예감했다. 요셉과 다른 점은 그것이었다. 둘 다 뜨거웠지만 류는 요셉과 달리 자신을 속이지 못했다. 매혹이 사라진 이후의 사랑은 어머니처럼 자신이 동의할 수 없는 이데올로기의 틀 안으로 들어가는 일이었다. 류는 자기기만의 부역보다는 상실을 택했다. 고통보다는 고독을 택한 것이다. 그것을 요셉에게 납득시키기는 어려운 일이었다. 조의를 표하듯 왼쪽 가슴 위에 올려놓았던 팔을 요셉에게로 뻗어 손가락으로 머리카락을 만지는 류의 표정에는 슬픔과 갈망이 조용히 깃들어 있었다. 그 여름 S시를 혼자 떠나올 때 류는 울었지만 요셉과의 관계에서 마지막 한 걸음을 남겨놓고 되돌아와버린 것에 대해 후회하진 않았다.

부모가 이혼한 얼마 뒤 류는 아버지가 집을 떠나면서 챙겨가지 못한 짐을 정리하고 있었다. 모두 차고 한쪽에 버려지다시피 처박힌 것들이었다. 클래식 음악 씨디 몇장과 녹슨 릴낚싯대와 목공용 마스크와 천체망원경과 록클라이밍 신발 등 아버지가 한때 몰두하다 이내 잊어버렸던 여러가지 관심사의 흔적들, 혹은 의미를 알 수 없는 잡동사니들뿐이었다. 누렇게 바랜 페이퍼백들과 중요하지 않은 우편물, 청구서, 연주회 티켓도 함께 굴러다녔다. 류는 그 안에서 사적인 편지 두어장을 가려냈다. 수신인이 어머니로 돼 있었으나 부치지 않은 기념엽서도 한장 있었다. 류는 첫 문장을 읽어보았다. '내가 잠시 길을 잃지 않았다면 아름다운 그 꽃을 발견하지 못했겠지.' 잠깐의 망설임이 있었지만 결국 엽서는 쓰레기봉투 안으로 들어갔다. 류가 그 구절을 다시 기억한 것은 아버지 유품을 정리할 때였다. 몇가지 서류에서 아버지의 글씨를 보다가 불현듯 그 엽서를 떠올렸다. 장례식을 마친 뒤 얼마 되지 않았을 때여서인지 류는 그것이 아버지가 어머니에게 하고 싶었던 작별인사라는 생각을 버릴 수가 없었다. 아버지가 잠시 길을 잃었던 아주 오래전의 그 봄날로 돌아가서 죽음을 맞았을 것이라고 말이다. 류는 또 생각했다. 낙관은 인간이라는 유한한 존재에게 주어진 작은 쾌활이었다. 아버지 삶을 지켜보는 어머니의 마음속에 자기 방식으로 소멸해갈 수 있는 사람에게 바치는 변형된 선망이 없었다고 할 수는 없을 것이다.

어머니는 비행기처럼 기류를 따라 자유롭게 흘러가라는 뜻으로 류의 이름을 지었다. 그러나 아버지는 오페라 속 비극적인 여인의 이름을 따서 류에게 붙였다. 그 오페라에서 노래 부르는 모든 사람들 가운데 사랑이라는 이름을 붙일 수 있는 것은 류뿐이라고 생각했기 때문이었다. 살아오는 동안 류를 고통스럽게 했던 수많은 증오와 경멸과 피로와 욕망 속을 통과한 것은 어머니의 흐름에 몸을 실어서였지만 류가 고독을 견디도록 도와준 것은 아버지로부터 물려받은 삶에 남아 있는 매혹이었다. 고독은 그것을 받아들이는 사람에게 적요로운 평화를 주었다. 애써 고독하지 않으려고 할 때의 고립감이 견디기 힘들 뿐이었다. 타인이란 영원히 오해하게 돼 있는 존재이지만 서로의 오해를 존중하는 순간 연민 안에서 연대할 수 있었다. 고독끼리의 친근과 오해의 연대 속에 류의 삶은 흘러갔다. 류는 어둠 속에서도 노래할 수 있었다.

　지난해 3월, 계간『창작과비평』에 연재할 장편소설 첫 회분을 쓰기 위해 토지문화관 작가집필실에 들어갔다. 오래전부터 써보고 싶은 얘기가 있었고 준비도 어느정도 되었다고 생각했는데 한 줄도 쓸 수가 없었다. 뭔가에 화가 나고 혼란에 빠져 있었던 것 같다. 그런데도 아무렇지 않은 척, 하던 일을 계속하려는 나에게 환멸과 두려움을 동시에 느꼈다. 다른 방식이 필요하다는 생각에 난생처음 랩톱을 들고 까페에 나가기 시작했다. 커피를 마시고 쿠키를 먹고 하릴없이 실내의 밀도와 기척에 신경을 쓰며 시간을 흘려보냈다. 거기에서 쓴 것이라고는 빨간 스웨터를 입은 한 여자 손님에 관한 메모뿐이었다. 집필실에 입주한 작가들과의 주말 술자리에서는 지나가는 계절과 드립 커피와 뜻밖의 연애 사건과 종마 목장과 오래전 흥행했던 영화와 아버지의 죽음과 그날의 식단 등이 화제가 되었다. 그 이야기들을 흘려들으며, 장편연재를 못하겠다는 말을 출판사에 어떻게 전해야 하나 궁리하느라 술이 취하지 않았다.

마감을 보름쯤 앞둔 주말에 K가 잠시 들렀다. 민물매운탕 집에 마주 앉은 그는 신중하게 생선살을 바르며 아예 새로운 소설을 쓰지 그러느냐고 심상하게 말했는데 앞접시에 매운탕 국물을 부어주려고 하자 급히 손을 흔들어 제지했다. 다음날부터 생각지도 않았던 소설을 쓰기 시작했다. 시작이 그랬기 때문인지 어쩌다보니 끝날 때까지도 그때그때 주변에 흘러가는 것들을 잠깐씩 붙들어서 쓰는 방식이 계속 이어졌다. 연재하는 동안 일어났던 일들, 만났던 사람, 눈에 띄는 풍경이 마치 우연이라는 듯 소설의 한 부분을 차지했다. 그 시기에 읽었던 글들이 '누군가 말했듯이' '인용하자면' '이런 정언이 성립된다' 식으로 인용되었는데 대부분 밀란 쿤데라와 에밀 씨오랑의 문장이다. 우연히도 여행이 잦아 여러 도시에서 쓰고 교정을 본 탓에 연재할 때와 책을 낼 때 모두 편집자에게 수고를 끼쳤다. 아무래도 이 소설은 우연한 소설이라고 해야 할 것 같다. 화가 나고 혼란에 빠졌고 환멸과 두려움을 느꼈지만 그 또한 우연이었을 것이다. 그러나 다시 인용을 해도 된다면, 용의주도한 계획을 세우는 동안 일어나는 뜻밖의 일들이 바로 우리에게 주어진 인생이며, 운명이란 주어진 운명에서 도망치려 할 때 바로 그 도망침을 통해 실현된다. 때로 계획을 세우고 그리고 도망치려 했던 사람으로서, 이 소설이 끝을 맺어 기쁘다. 누군가 말하기를 어떤 언덕에서 바라보면 나무는 없고 자라남만 있으며 강은 없고 흐름만 있으며 춤추는 자는 없고 춤만 있다 한다. 쓰는 자도 없었으면 좋겠지만 잘 안될 것 같다.

2012년 5월
은희경